順峰勝處是名鬨

從奠基到卓越的學校文化行思錄

SHUN FENG SHENG CHU SHI MING HONG

謝大海 著

北方文藝出版社
·哈爾濱·

图书在版编目（CIP）数据

顺峰胜处是名黉：从奠基到卓越的学校文化行思录 / 谢大海著 . -- 哈尔滨：北方文艺出版社，2024.1
ISBN 978-7-5317-6090-0

Ⅰ.①顺⋯ Ⅱ.①谢⋯ Ⅲ.①故事 - 作品集 - 中国 - 当代 Ⅳ.① I247.81

中国国家版本馆 CIP 数据核字（2024）第 003247 号

顺峰胜处是名黉：从奠基到卓越的学校文化行思录
SHUNFENG SHENGCHU SHI MINGHONG CONG DIANJI DAO ZHUOYUE DE XUEXIAOWENHUA XINGSILU

作　　者 / 谢大海	
责任编辑 / 富翔强	装帧设计 / 圣立文化
出版发行 / 北方文艺出版社	邮　　编 / 150008
发行电话 / （0451）86825533	经　　销 / 新华书店
地　　址 / 哈尔滨市南岗区宣庆小区 1 号楼	网　　址 / www.bfwy.com
印　　刷 / 成都新凯江印刷有限公司	开　　本 / 710mm×1000mm 1/16
字　　数 / 180 千	印　　张 / 13
版　　次 / 2024 年 1 月第 1 版	印　　次 / 2024 年 1 月第 1 次印刷
书　　号 / ISBN 978-7-5317-6090-0	定　　价 / 58.00 元

序
从奠基走向卓越，以文化定义名黉

龚孝华

为广东省名校长工作室主持人谢大海校长的著作写序，是一件开心的事。

一

谢大海校长是我所熟知的一名优秀校长，具备着丰富的治学经验，其所管理的顺德区第一中学更是一所百年老校、岭南名校。自2016年以来，顺德一中在谢校长的精心治理下，发展迅速，步履稳健，不仅稳居佛山头部学校序列，即便在广东全省，顺德一中的也是有口皆碑。谢校长将其工作中的点滴思考，拾掇成书，定是他近年的心血所在，思想的灵光所在。

粗浅浏览一番，已觉此书精要大义。此书名为《顺峰胜处是名黉——从奠基到卓越的学校文化行思录》，所述的内容是谢大海校长在顺德一中办学治校多年，在学校文化建设方面的思考与行动总结。本书在宏观层面整理与论述了一中文化是什么、从何而来，又要到哪里去；在微观层面从阅读文化、景观文化、名师文化、备考文化、书院文化、教学文化、实践文化、励志文化、体育文化等维度对一中文化做了更加全面深入地阐释和解读。书名很好地统领了该书，"奠基"与"卓越"二词分别来自顺德一中的办学理念"为学生一生发展奠基"以及学校精神"追求卓越，崇尚一流"。从"奠基"到"卓越"，不仅是顺德一中的理念精要，更是顺德一中学校文化建设的基本路径。

二

顺德一中是一所高品质的学校。学校建于1911年，与辛亥革命同龄，是一所具有悠久历史和光荣传统的百年老校。学校以"办人民满意的优质教育"为宗旨，秉"为学生一生发展奠基"的先进办学理念，扬"追求卓越，崇尚一流"的一中精神，立"学会做人，学会求知，学会办事，学会健身"的校训，把"培养走向世界的现代公民，培养符合时代要求的创新拔尖人才"作为育人目标和战略使命，学校连续多年取得了优异的高考成绩和卓越的综合办学效益，荣获广东省首批国家级示范性普通高中、全国教育系统先进集体、省书香校园等多项高规格荣誉称号。

谢大海校长思路广阔，守正创新。他善于牢牢把握着学校发展的方向，建设和培育卓尔不群的学校文化。顺德一中以生为本，强调并践行"让学生站在学校的最中央"。谢大海校长一直强调"为学生一生发展奠基"，以"互联深度""智慧课堂"为教学抓手，以"自主德育"为核心，以学生社团为载体，以"我在，学校更精彩"的价值观念为引领，构建现代化"全人教育"范式，促使学生全面发展、个性张扬、健康成长。

近年来，学校发展步入快车道，除了连年斩获多项地市级以上的集体荣誉外，众多学子在国内、国际各类竞赛中摘金夺银，硕果累累，赢得了社会广泛赞誉。

三

文化是一所学校的灵魂，显然，谢大海校长深谙此道。谢大海校长及其团队对学校文化有着自己的认知和定位："我们所理解的学校文化，是在一定的社会背景下，以学校为地理环境圈，由全体师生在学校长期的管理、教育、教学实践过程中积淀和创造出来的，并为其成员所广泛认同和遵循的价值理念、精神品质、行为准则、规章制度、行为方式以及物质设施等，其本质意义在于影响学校内人的全面发展，其最高价值在于促进学校内人的全面发展。"我们认为，谢大海校长善于在文化的层面探究学校发展的密码，具有了学校管理的深层思考的行为自觉，我们深以为然。

无疑，顺德一中是一所有文化的学校。且不说顺德一中对顺德数百年岭南文脉的传承，也不提顺德一中携辛亥革命的薪火开启顺德新式教育的远征，仅仅是近三十年来顺德一中在新的时代背景下的探索实践，就足以为我们展示一座现代教育的精神富矿。

在本书的最后"附录"中，收录了顺德一中校友、当地著名书法家、文化学者李良晖老师的《一中赋》和另外一名一中校友、文化学者李健明先生写的《顺德一中校友楼记》，二文文质兼美，情感真挚，从中可窥顺德一中文化之大略。

从"二李"的文字中，我们可以领略顺德一中学校文化的源流根脉和主体要旨。丰厚的文化底蕴，为顺德一中文化治校提供了一片广阔而肥沃的土壤。

四

在顺德一中的学校文化体系中，"奠基"和"卓越"是两个关键词。

"奠基"源于顺德一中的办学理念——"为学生一生发展奠基"。对此，顺德一中有自己的理解：为学生一生发展奠基，意味着虽然学生的高中学习只有三年的时间，但是学校应不只求一时之利、眼前之得，应以生为本，从大局着手、高处立意，为其持续发展、长远发展奠定基础、提供平台。学校根据学生的成长规律和发展需求，分层分类开展教育教学活动，把学生培养成会做人、会求知、会办事、会健身的"卓一中人",让他们走出校门能管理自我、调整自我、提升自我、超越自我,适应社会变化发展的各种需求,并从中实现自己的人生价值和理想目标,让他们做最好的自己,创造自己最精彩的人生,建设祖国,服务社会,贡献人类。

"卓越"源于顺德一中的学校精神——"崇尚一流,追求卓越"。在顺德一中看来,这是一中人的理想目标和价值归宿,诠释了一中人高处着眼、高位攀登的精神状态,胸怀远大、止于至善的人生态度。作为顺德基础教育的龙头标杆学校,顺德一中不仅具有一流的管理模式、一流的师资配备、一流的基础设施、一流的教学质量,更承载了学生、家长、政府和社会的更高期待。"大学之道,在明明德,在亲民,在止于至善",《礼记·大学》寄托了先人内圣外王的追求。顺德一中把自己的目标瞄向"大"学,她的雄心不止于高分和高升学率,而是培育人格完善、素质卓越、能够定国安邦、对社会历史发展有影响的"卓越一中人",这是一所百年名校的责任担当。

谢大海校长认为,奠基和卓越,具有内在的辩证关系。它们因果相生,奠基是因,卓越是果;它们互为表里,奠基是里,卓越为表;它们互为量质,它们相辅相成。

从谢校长所建构的理论来看,顺德一中的文化立校路径是简洁而清晰的;简言之,正如本书的标题所述:从奠基走向卓越,以文化定义名黉。

是为序。

龚孝华于羊城

2023年8月

(**龚孝华**,现任广东第二师范学院教授、博士、广东第二师范学院培训处处长,广东省中小学校长培训中心副主任)

目录
CONTENTS

第一章	**守望灵魂：**学校文化的内涵解读	001
第二章	**岭南文脉：**顺德一中的学校文化源流	007
第三章	**寻本探源：**百年名校的文化基因	018
第四章	**双璧同辉：**"奠基"与"卓越"的奏鸣	024
第五章	**水漾芳华：**人水相生的景观文化	034
第六章	**书香如缕：**高雅人文的阅读文化	046
第七章	**匠心如磐：**星光熠熠的研修文化	060
第八章	**同心折桂：**激情温暖的备考文化	074
第九章	**古韵新传：**风雅传道的书院文化	090
第十章	**互联深度：**呼应未来的教学文化	105
第十一章	**知行合一：**自主自为的实践文化	118
第十二章	**眺望灯塔：**卓尔不群的励志文化	137
第十三章	**向阳而生：**张力无限的体育文化	152
第十四章	**顺峰畅想：**学校文化的审视前瞻	171

附录一

一中赋 .... 李良晖 / 174

顺德一中校友楼记 .... 李健明 / 176

附录二

奋进的一中更精彩——顺德区第一中学2022年新年献词 177

心之所向，无畏向前——顺德区第一中学2023年新年献词 180

附录三

弦歌弘懋业　百十谱芳华——顺德一中辛丑芳华录暨建校110周年记盛 .... 欧阳晓莹 / 183

百年积厚流光　卓越薪火相传——顺德一中壬寅校史述略 .... 罗嘉悦 / 190

后　记 197

第一章
守望灵魂：学校文化的内涵解读

关于学校文化概念的界定，众说纷纭。如，有的认为学校文化是学校精神财富和物质财富的总和，有的认为学校文化是教育关系和教学关系的观念形态的总和，有的认为学校文化是学校在教育、教学、管理过程中逐渐形成的特定文化氛围和文化传统，还有的把学校文化定义为学校教学及其他一切活动、观念形态和行为形态的总和，等等。

我们认为，学校文化是社会文化的有机组成部分。学校文化以具有学校特色的精神形式、制度形式和物质形态为外部表现，并影响和制约着学校群体成员的活动方式、精神面貌与文化素养。

在教育实践中，我们常用的概念是"校园文化"。学校文化与校园文化的基本内涵具有一致性，但其外延又明显大于校园文化。校园文化是人们多年来认同的一个概念。学校文化包含的内容更加全面，区别了校园文化的课外活动说、第二课堂说、氛围说等较单一的内容；学校文化除了包括校园文化的内容之外，还包括学校中心工作的载体，即课程文化资源的开发与外化；更加注重学校群体成员在学校文化建设中的主体作用。

一、学校文化的内涵

开展学校文化建设，是一项根脉、源流清晰，传承、发展有序的工作，我们试图从以下五个方面寻求依据：党的教育方针及政策是根本指针；我国优秀的传统教育思想是根脉所系；世界教育发展的趋势是外部环境；学校所在区域的文化特质是特色之基；学校的校史校情是根本立足。

据此，我们所理解的学校文化，是在一定的社会背景下，以学校为地理环境圈，由全体师生在学校长期的管理、教育、教学实践过程中积淀和创造出来的，并为其成员所广泛认同和遵循的价值理念、精神品质、行为准则、规章制度、行为方式以及物质设施等，其本质意义在于影响学校内人的全面发展，其最高价值在于促进学校内人的全面发展。

具体而言，我们所理解的学校文化，具有以下6个方面的内涵特征。

1. 学校文化是一种共同的价值信念和行为方式。它是由现代学校系统的全体师生员工在学校的长期的营运与发展演变过程中，共同创造、继承和不断更新的共同价值信念和行为方式。

2. 学校文化与校园文化有区别也有联系。学校文化包括显性文化和隐性文化，具有广阔性、延展性的内涵特征，校园文化是学校文化的有机组成部分。

3. 学校文化的核心是学校的精神文化。学校文化包括学校的精神文化、制度文化、校园物质文化、师生行为习俗文化。其中，核心是精神文化，它反映了学校的办学思想、教育理念、价值观念、思维方式。

4. 学校文化具有强大的力量。学校文化是学校产生强大凝聚力、向心力、创造力的根源，是学校生存的基础、发展的动力和成功的核心。

5. 学校文化的管理是最高层次的管理方式。三流的学校只靠人管人；二流的学校只靠制度约束人；一流的学校依靠的是文化引导人。优秀的学校文化能赋予师生独立的人格、独立的精神，激励师生不断反思、不断超越。

6. 学校文化是学校的灵魂所在。学校文化既是现代学校核心价值形象展开，又是现代学校管理哲学的深层表达。学校文化是一所学校的立校灵魂。

由此可见，学校文化的构建，在学校办学诸要素中，具有内核本质的地位，又具有高位引领的作用，是一个值得学校管理者深入探讨的价值议题。

二、学校文化建设的依据

1. 党的教育方针及政策

党的教育方针是：教育必须为社会主义现代化建设服务、为人民服务，必须与生产劳动和社会实践相结合，培养德智体美劳全面发展的社会主义建设者和接班人。这一方针在教育发展中具有根本性地位，既是教育工作的根本遵循，也是学校文化建设的根本指针。因此，新时代学校文化建设必然要围绕培养什么人、怎样培养人、为谁培养人这一根本问题，以落实立德树人根本任务为根本目标，突出教育性、整体性、时代性和制度性。不论是何种学校文化，只要是在中国的学校内产生和传播的，就必然是在擦亮社会主义底色的基础上再行打造自己的特色。

  2018年，教育部印发的《中小学德育工作指南》专门提到了"文化育人"的相关要求：要依据学校办学理念，结合文明校园创建活动，因地制宜开展校园文化建设，使校园秩序良好、环境优美，校园文化积极向上、格调高雅，提高校园文明水平，让校园处处成为育人场所。教育部办公厅和国家发改委办公厅2020年联合印发的《绿色学校创建行动方案》，提出施行绿色规划管理、建设绿色环保校园和培育绿色校园文化；《广东省中小学文明校园测评细则（2020年版）》则从管理团队、思想道德、活动阵地、教师队伍、校园文化和校园环境6个方面提出了考评要求。诸如此类的政策，都为我们进行学校文化建设提供了框架和原则性的参考。因此，我们在进行制定具体的建设实施方案时，必然不能超脱上级的政策纲领，要依法依规进行。

  2. 中国优秀的传统教育思想。

  著名教育史学家孟宪承在其所撰《新中华教育史》的开首处写道："我们是一个历史最悠久的国家；从虞夏时代算起，也有四千余年的历史了。难道这四千年来，立国于大地，我们没有教养国民，传递文化的方法和精神吗？当然是有的，只是和现代截然不同罢了。"可见，中华优秀传统文化中有丰富的教育思想可供我们在进行学校文化建设时借鉴。

  如《礼记·大学》中那段广为流传的表述："大学之道，在明明德，在亲民，在止于至善。"它强调，人的完善始于个人发扬光大天所赋予的德行，终于将自身的善转化为他人乃至社会民众的善进而达到至善之境，这是倡导身家国一体的教育思想；《论语·宪问》中提出的"仁者不忧，知者不惑，勇者不惧"则蕴含了追求完整人格的教育思想；《论语·卫灵公》中的"君子求诸己，小人求诸人"，强调的是注重个体自觉的教育思想；《荀子·儒效》中说道："不闻不若闻之，闻之不若见之，见之不若知之，知之不若行之，学至于行之而止矣。行之明也，明之为圣人。"则包含了知行合一的教育理念……诚然，在现今这个网络发达的时代，学校文化建设方案网上一搜一大堆；甚至有个别学校还提出"文化墙上一挂"的实际工作指针。但是，对于当今的学校领导层而言，学校文化建设的核心在于实现教师和学生的养成，而中国传统教育思想则提供了大量的养成启发。

3. 世界教育发展的趋势

当今世界正经历百年未有之大变局。近些年，人工智能、5G技术、大数据和互联网等开始为教育深度赋能；跨时空、跨模态、跨组织的教育教学新形态掀开了未来教育的大幕。特别是新时代的到来，更是从教育环境、教育资源、教育活动、教育组织和教育管理等方面对学校教育提出了新的要求；加之国家在基础教育领域围绕改革评价导向机制、健全立德树人落实机制、深化育人方式改革等方面相继出台重大政策，这些时代的大背景，都要求我们的学校教育转向全人发展、主动学习、能力提升、优质供给和优化治理的5G智能时代新内核。因此，学校文化建设势必要在继承本校优良历史传统的基础上，勇敢地超脱"千校一面"的标准化建设，转而强调更自觉、更优质、更幸福的价值取向，强化交往和分享的伦理道德，培育同伴教育机制，建立共同学习的文化生态，积极创新智能时代学校文化新形态。

4. 学校所在区域的文化特质

"一方水土，养一方人"，学校在区域内生存，必然会与自然环境和人文环境发生千丝万缕的联系，因此，校园文化势必会受到区域文化的渗透和影响。区域文化的形成是时间空间的积累，校园文化的发展属于区域文化发展的其中一个表现。从哲学角度来说，二者是共性与个性，一般与个别的关系。校园文化体现了地域文化的个性化，并深刻地打上地域文化的烙印。同时，高质量的校园文化又可以促进城市形象对社会发展改善，促进区域文化的繁荣。校园作为最权威、最系统的传教解惑场所，在建设过程中自觉地融入区域文化，不但能推动区域文化的传承与发展，还能丰富校园文化的精神内涵。基于此，有必要将区域文化建设与校园文化紧密融合。

5. 学校的校史校情

校史校情呈现的是一所学校的"过去时"和"现在时"，展望的是它的"未来时"，是学校建设发展各个方面的历史积淀，涉及的都是实实在在的人与事，且直接或间接地与每位教师、学生息息相关。由于涉及的内容生动具体，使人能够做到可亲、可敬、可感、可学，因而易于激发学生的学习兴趣和易被学生所接受，能够很好地起到以小见大、见微知著的教育效果，潜移默化地影响学生的健康成长。进一步讲，校史校情凝聚的是一个学校建设发展的智慧，蕴含着丰富的文化资源。其所彰显的学校历史底蕴和学校精神渗透着滋养学生的德育要素，因此，校史校情是一部典型的乡土德育资源，既是学校文化、学校精神、学校传统独特形成和发展过程的体现，也是中国革命、社会主义建设和改革发展的缩影，折射出国史和国情。校史校情教育作为学校德育的一部分，当然应该成为提升学校校园文化吸引力的重要内容。

总之，开展学校文化建设，党的教育方针及政策是根本指针；我国优秀的传统教育思想是根脉所系；世界教育发展的趋势是外部环境；学校所在区域的文化特质是特色之基；学校的校史校情根本立足。

三、基于校情的学校文化定位法则

1. 分析学校发展历史。历史传统是重要的无形资产，我们要认真研究多年来的遗留传统，以及在发展目标上能多大程度地得到社会和学校师生的认同，尤其在传统基础上形成的学校特色能否有助于发展规划目标的实现。只有总结过去，才能面向未来。

2. 分析学校发展机遇。就是要从国家及地区政治、经济、文化、教育政策发展的走向来把握学校的未来发展趋势。要对学校所处的地理、社会环境与其他学校发展相比，有一个清晰的认识，并能发现并把握学校发展的契机。

3. 分析学校相对优劣。就是要认识到学校在地理位置、课程建设、公共关系、师资、教学质量、生源等方面所具有的长处，并充分发挥这些长处，以推动学校的良性运行。当然，认识学校优势，并不能忽视学校所存在的问题与不足。只有正确、全面地分析优劣所在，才能制定出切实可行的学校发展规划。

4. 分析相关利益群体。利益群体包括与学校有直接、间接关系的群体。包括政府、教师、学生、家长、校友、社会相关群体。无论这些群体与学校的相关程度如何，都要充分重视其需要，并将其合理的建议纳入学校的发展规划之中。这一方面能保证学校按合理的方向前进，不会有所偏失；另一方面，也能确保学校照顾到各方面的利益，储备各种潜在资源，创造良好的发展环境。

综合以上四个方面的考量，顺德一中是一所具有112年办学历史的"百年老校"、一所在顺德久负盛名深受认可的"岭南名校"、一所名师云集校风淳朴的"第一学府"、一所培养了无数社会贤达的"精英摇篮"、一所课程丰富五育并举的"树人之校"、一所创新迸发活力无限的"未来学校"，这些都是顺德一中进行学校文化定位的基本因素。

第二章
岭南文脉：顺德一中的学校文化源流

一、岭南文脉看顺德

  顺德，名出《周易》。《周易·升卦·象辞》曰："地中生木，升；君子以顺德，积小以高大。"五百年前，中国的版图上还没有"顺德"。但是，"顺德"这两个字，已经在《周易》里等待了两千年，最终，以此命名的，就是今天的广东顺德。

  从天文上看，顺德正好处于北回归线，每年夏至日，太阳以90°的垂直角度照射顺德，带来充足的阳光；从地理上看，这里正好处于陆海相交的珠江三角洲，顺德境内的每一条河流都与海平面持平，境内水网纵横，雨水充沛。

  明景泰三年（1453）朝廷划出南海县东涌、马宁、鼎安、西淋四都三十七堡及新会县白藤堡设置顺德县，以大良为县治，归广州府管辖。顺德的面积只有806平方公里。这是一片虽然不大，却非常肥沃的土地，后人形容顺德是"割南海三都膏腴之地"。

  自建制以来，人多地少的矛盾始终伴随着顺德。但是，狭小的地理空间也极大地激发了顺德人的创造精神和商业才干。桑基鱼塘对外部粮食的天然需求打破了自给自足的自然经济状态，培养了顺德人的商品经济意识。

  清王朝闭关锁国后，广州成为全国生丝唯一的对外输出港口，外国商人都集中到广州来购买生丝和丝织品。需求量的增加吸引了越来越多广州及周边地区的人种桑养蚕、开办丝厂，到20世纪20年代，顺德县成为"广东蚕业的中心,产茧量占全省一半以上",“顺德因为居广东蚕丝业之中心地位,蚕丝业也最为发达,所以拥有广东全省最大的蚕茧市场,集中在那里的茧市、茧行、茧栈之数占全省总数的80%"。除了娴熟的生丝生产工艺,顺德蚕丝产量和质量的提高更离不开缫丝机的引进使用。1873年,广东华侨商人陈启沅在南海创办继昌隆机械缫丝厂,中国丝绸工业自此走入近代化;1874年,顺德第一家机械缫丝厂开业。顺德缫丝业鼎盛时期,一年四季都能生丝从丝厂运出,沿珠江而上,奔向省城广州的各大丝庄,由丝庄联系安排出口到世界各地,"一船生丝出,一船白银归"。

此外,在顺德民间,翰墨诗书与武术流派,各有千秋,源远流长。

在此基础上,顺德人将文武兼备的艺术种类——粤剧发扬光大,近代以来,涌现了一大批粤剧名伶和泰斗级的大师,将岭南粤剧艺术推向了新的高峰。马师曾、千里驹、白荣驹就是其中的代表人物。文武兼修的文化基因,在李小龙身上得到了最集中的体现。在李小龙创始的"截拳道"中,中国文化中的哲学思想与武术中的实战搏击实现了完美的结合,是一个文武兼备的哲学体系。

二、顺峰双塔与顺德文脉

明万历年间,顺德知县倪尚忠为了兴起顺德文风,牵头捐禄,并广泛发动本地士绅捐建文塔,用以守护顺德文脉与文风。县令先建太平塔,后建青云塔。双塔建成不久,顺德士子黄士俊得中魁首,成为顺德建县以来第一位状元。顺德人为纪念倪尚忠的恩德,为其建祠。倪尚忠为顺德"四贤"之一。

倪尚忠,字世卿,号葵明,浙江浦江人。顺德县志对倪尚忠有这样一段描述:"博通经史。幼从其伯兄习青乌家言,玉尺青囊,研精极审。"此处青乌指的是青乌经,相传是青乌子著的《相冢书》。至于青乌子,则是一个不知道到底什么朝代的人,但可以确定的是,他是古代中国堪舆术、风水术的代名者。而后面的玉尺、青囊,则分别是古代风水师堪舆用的工具,分别为测量和装工具的黑袋子。

由此可见,倪尚忠要是没有考中进士,必然会去当了风水师。《顺德县志》载,倪尚忠能以五行方位生克制变,为移凶就吉之法,无不验。看来,倪县令的风水堪舆之术也到了挺高的境界了。

倪尚忠就任顺德县令后，"政尚简净，不轻用法，徭役咸有限制"。可以看出，倪县令深得黄老之学的精髓——无为治县。因此，倪县令以政暇，"出登城南太平山，谓山脉自古楼连亘而来，耸拔冠诸峰。一水横渡，怪石丛起，数峰奔腾逆上，神步实祖太平，居辰巽位。二水分流，抱县治而合于两山者曰水口。"这段文字摘自《顺德县志》，大致的意思是说，顺德县城所在之地的风水还是不错的，山环水抱，其中在东南部有一缺口，谓之水口，神步山、太平山分别在水口左右。

习堪舆之术的倪县令，因为这样的缺口而辗转反侧，因而，先是在太平山上修建太平塔，并从县城东门修建一条路直通山下，称之为青云路，并在两旁遍植松树，谓之龙须路。后来，倪县令感觉一个塔实际上是不够的，就又修建一塔于旁边的神步山上，谓之神步塔，因为青云路通到神步山下，俗称青云塔。塔成，"两塔相望，聚山川淑气，卓然为一邑美观。自是人才辈出，科名称盛焉"。民间有种说法，说正是由于倪尚忠修建了双塔，聚集了顺德县的才气，所以才有短短数年后顺德第一个状元黄士俊。

倪尚忠虽然精通堪舆之术，却也是个铮铮男儿，因而一生不畏强权。在顺德为任期间，经常遇到太监因为采珠而来征税的事情，并因此而导致很多地方上趋炎附势的小人乘机为非作歹，乡民不胜其扰，倪县令则对曰顺德不产珠，因而不用交该项税赋，从此采珠税官不敢来顺德扰民。不仅如此，倪尚忠"其他剪除巨恶，不遗余力，不避权贵，尤见风骨。有忌之者，为所中，遂转同知"。由此可见，倪尚忠最终离开顺德，和其不避权贵之风骨不无关系。

倪县令离开顺德的时候，百姓堵上道路想要留下倪尚忠，但终是违抗不了朝廷的命令，因而顺德百姓在倪县令走后，建其生祠于西街，为碑以志遗爱。

倪尚忠撰《双塔记》，可从中窥其大貌，特摘录共读：

距县治而东可十里许曰太平山。山自古楼连亘，耸拔为诸山最。

横截如削，中坼一水。渡水，陡起，怪石嶙峋，若狮，若象，若龟，若鱼，数峰奔腾逆上曰神步山。太平，祖乎？神步，孙乎？总居辰巽之交。县治左右两水分流环抱，而合于两山之麓，堪舆家所称水口者是也。天下郡县水口，类多浮屠氏塔其上，而顺德缺焉，毋乃以世未远乎？抑犹有待乎？余往从伯兄习形家言，稍窥一斑，则深以为兹邑嫌。甫下车，而缙绅先生言之，且曰："前令公志也，而迁秩行矣，是在新令公。"余曰："诺。"辄捐俸为嚆矢，而绅儒父老协助无后者。于是谀曰鸠工，肇于己亥七月初五日，落成于庚子年十一月二十五日。为级者七，为洞者二十四。空其中，缀梯缘上，而实其外，以羣嵂当飓风，务令久远，不为观美。越明年，余以计还，别驾康公、州守郡倅两陈公、封君罗公，邀余往登。宛若身在霄汉，手扪斗杓，北望三山，东望大洋，紫气横轴，银涛拍空，而西樵、罗浮诸胜，隐隐在目，遂成东粤钜观。快哉快哉！而余犹踟蹰四顾，谓神步未卓，捍门尚缺，然不欲重烦吾士民，而河清难俟，胜愿未酬，安能已已？则又出餐钱为倡，而专募诸最饶羡者，即最饶羡而不乐者不以强也。会诸僚及绅儒耆老，各捐橐金，已又谕诸置业者令之抽毫于毡，而众各翕然。因于辛丑年十二月二十八日命工兴建，六阅月而神步成，视太平大杀之，高倍之，工致伍之，中为空洞，外为井干，旋转而上，梵铃金顶，碍日飘风，登者隐见出没，如仙人冉冉行空中，双雁交翔，祖孙罗立，白虹蜿蜒，斜络其侧，然后神工备而风气完矣。是两役也，一切钱谷，悉附州守陈公掌署，而料理精核，不爽毫发。董工则黎天一、陈章升分任其劳，而黄绍贤兼之，费总二千六百有奇，大都士民乐助，而余佐以俸锾云。余惟谢尚杖头作塔，异气随指，此幻妄之事，儒者不道。郭景纯登鳌山，而占南海衣冠之盛，亦第望气耳，未闻有所助建，乃堪舆之说，则畅于此。余之为顺德也，四新草木，靡一善状，而区区作长发头陀以求影响，景纯氏之馀吻，亦何足为兹山重哉！但福利何心，敢希谢尚衣冠之盛？或者藉地利以什佰往昔，俾真才辈出，翊我皇禧，亿万斯年。余不佞，庶几景纯之占，溯其盛者，指而曰："兹双塔之与有力也，则余志也夫。"因作《双塔记》。

三、顺德状元群星璀璨

顺德虽地处岭南，但历代知识分子都以儒家文化为正统，耕读传家，"科举入仕"。自北宋至清末，顺德共出过文状元3名，武状元1名，文武进士762人，文武举人2397人。值得一提的是，自隋朝科举取士以来，广东历史上诞生过9名文状元，顺德独占3席。一时引为佳话。

1. 文状元张镇孙

南宋时期广南东路南海县熹涌（今广东省顺德伦教熹涌）人，也有说是广州番禺人，生年不详，一说是1235—1278。

顺德四状元图

宋度宗咸淳七年（1271）辛未科状元，卒于宋端宗景炎二年（1277）。德佑元年（1275）冬，元军逼近南宋都城临安（今杭州）。恭帝君臣降元后，宋臣拥立端宗赵昰即位，张镇孙奉诏与都统凌震招兵买马，誓图恢复。景炎二年（1277），张镇孙率军收复广州，军心、民心为之大振。但不久，元军又复占广州，张镇孙兵败被俘。4月，张镇孙自杀于大庾岭。

如今广州的人民南路，有一条街叫"状元坊"，是有名的步行街。相传，南宋时张镇孙住的那条街原名叫通泰里，自张镇孙中了状元后，人们在通泰里的街口处建筑起一座富丽堂皇的状元牌坊，于是把通泰里改名为状元坊。

2. 文状元黄士俊

广东顺德甘竹右滩人，明万历三十五年丁未科（1607），37岁的黄士俊成为当年的状元，并从此进入官场。据传年过九十，不能决事才辞职归乡，于清顺治十八年（1661）卒于家。

黄士俊被后人戏称为"鸭蛋状元"。据传，当年穷书生小黄进京赶考前去岳父家借盘缠，正赶上岳父在家中宴请宾客，因嫌其衣衫褴褛，连客厅的门都没让进，只拿了两只鸭蛋打发他走人，幸好岳父家的几个奴仆倾囊相助，才有了后来的状元及第。

广东四大名园之一的清晖园，原是黄士俊为光宗耀祖所兴建的宅邸，最初只建有黄家祠、天章阁和灵阿之阁。后黄家衰落，庭院荒废，为清乾隆年间进士龙应时购得并修葺扩建，才渐成规模。留芬阁即得名于黄士俊的"足不下楼"，园内设有状元堂。

3. 文状元梁耀枢

梁耀枢（1832—1888），字冠祺，号斗南，晚号叔简，顺德杏坛光华村人，清同治十年（1871）状元。梁耀枢为官清正廉明，人品学识兼优，处事谨敏，而且长得眉清目秀，气度非凡，慈禧太后曾赞其"梁耀枢，金玉君子也！"后在朝堂传开，梁耀枢遂被百姓称为"金玉状元"。

据说，梁耀枢出生时，人们好像听到天空中响起了优美的旋律，乐音悦耳动听，同时产房里一阵异香突起，正在大家都感到非常惊讶之时，梁耀枢呱呱坠地，这事在当地称为奇闻。

梁耀枢自小父母双亡，由堂兄梁介眉抚养长大。中了状元的梁耀枢不忘堂兄梁介眉的抚养之恩，对待他如对自己的亲生父母一样。梁耀枢一生做事严谨。遗憾的是，梁耀枢因为为官时积劳成疾，告老还乡后不久，便于光绪十四年（1888）病逝于自己的家乡，享年56岁。

4. 武状元朱可贞

朱可贞，字占遇，号子庵，顺德龙江人。明末武状元。少时习文，曾考取秀才。后弃文习武。朱可贞臂力惊人，使大刀，挽强弓，名镇一方。明天启四年（1624）中武举，崇祯元年（1628）成武进士，会试第一名及第为武状元，授锦衣副千户。

据记载，朱可贞十分喜欢兵书谋略，熟读孙武《孙子兵法》、吴起《吴子兵法》、诸葛亮《心书》等著名兵书。朱可贞从小习文，曾考取过秀才，期待自己能够保卫国家立功。在高中武状元后，朱可贞被授职锦衣副千户，历升中都副留守，封昭将军。复职调回广东后，适逢流盗结帮窜犯阳江、电白一带，他指挥剿捕并大破敌巢，缴获船只数十艘，流盗余党逃去，不敢再来骚扰。

据《龙江乡志》记载，朱可贞的诗作《浅交行》："盍簪高谊凌千载，君子之交淡如水。青松向日表同心，车笠死生原不改"，透露出其为人处世的作风——言行一致、忠肝义胆。

四、文风绵长：顺德县学盛况

顺德县学，明景泰三年（1452）由知县周蕙始建于县城内梯云山右。清光绪二十七年（1901），武科考试停止，三十一年（1906）科举正式被废除，县学的传统使命告一段落。宣统三年（1911），顺德学宫内设立顺德县中学堂。中华民国以后，县中学堂屡易其名，但直到日军入侵顺德以前一直都设在顺德学宫内。

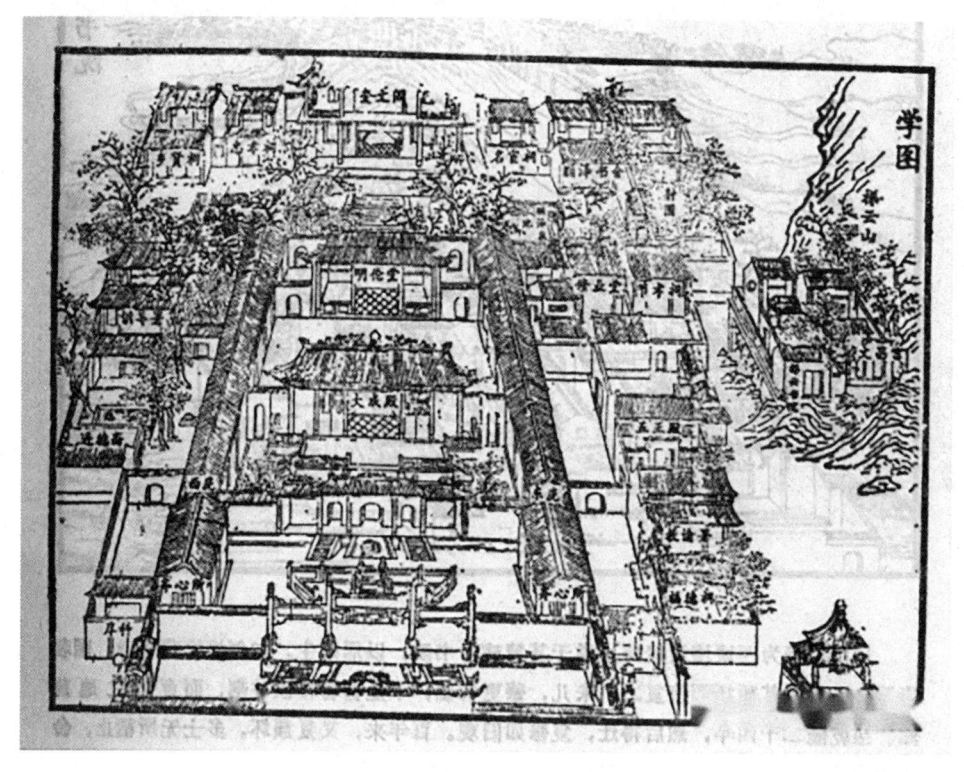

第二章 岭南文脉：顺德一中的学校文化源流

顺德学宫图

新中国成立后，梯云山上建起了人民礼堂，山麓周围则改造成钟楼公园，现在人民礼堂楼梯前的空地便是当初学宫的所在地。

顺德县学额设教谕一名，训导两名，执掌月课、季考、祀孔及督导全县文教事务。文童如想进入县学学习，需要先通过县试、府试以及广东省学政主持的院试，取得生员（即秀才）资格。新入学的生员称附生，以后按考核成绩依次进升增生、廪生。廪生每年可领取官府额发的廪膳银。顺德县附生在明代没有限额，清代前期额取十五名，中期起增至二十一名；增生常额为二十名；廪生明代限额两名，清代以后历有增减，同治年间经朝廷特许递增至三十一名。

生员在县学的学习科目和内容由朝廷统一规定，主要为儒家经典和制艺策论，兼有书艺、应制诗赋和刑律等。考核方面，由教谕、训导设月课、季考对生员进行考核，另外还有三年两次的岁考，由县级以上的学官参与监考评判，最后对生员分为六等，取得一、二等者送省参加三年一次的乡试，考中后就成

顺德学宫旧址所在地

了举人，获得上京参加会试考取进士的资格。同时，县学还有管理、教习本县武科生员的职责，武生员的取录入学与文生员基本相同，但应考武举的程序则略有差异。

　　顺德县学生员在乡试中屡获佳绩，一榜多人中举渐成常态。清代著名顺德学者罗天尺曾提到顺德学宫内有一面写着"十八魁"的匾额，是用来纪念明万历四十六年（1618）戊午科乡试顺德县学十八名生员一同考中举人的盛况；但同时罗天尺还提到，早在万历七年（1579）己卯科乡试，顺德县学就已经有十七名生员考中举人，而到了清顺治十一年（1654）甲午科乡试，顺德县学多达二十五人中试，后来的顺治十四年丁酉科（1667）中试者有十七人，康熙三十八年（1699）己卯科有十九人，其他年份顺德县学一般也会有多名生员中试。

五、文脉记忆：凤山书院

　　凤山书院由明知县吴廷举创建于城西凤凰山麓。旋废。后知县叶初春改为四贤祠，祀明布政使刘大夏、知县吴廷举、吏目邹智、举人李承箕。清康熙二十三年（1684）知县姚肃规捐修，创建书舍，仍祀四贤。雍正二年（1724）

改为镇标守备署。乾隆三年（1738）绅士游法珠等请迁营署，还复书院，未成。乾隆二十三年知县高坤捐俸复建。构堂8楹为讲院，可坐数百人，院后有楼祀四贤，左为魁星阁，凤山之下有池，环池筑学舍40余间，池旁为西厅，面山临水，可钓可观，厨房、浴室皆备。仍名"凤山"。嘉庆十七年（1812）知县周祚熙、咸丰元年（1851）署县郭汝诚倡同绅士罗家政等重修，建监院一所，修复学舍28间，重新头门。每岁由官延师主讲，甄别考取生童进院肄业。光绪二十四年（1898）招收内课生监45名，童生35名，每人月给膏火银2两。经费主要来自官拨田产及租银。康熙二十二年拨田211.76亩、租银597.32两。嘉庆间续有增加。后延请名儒，讲习切磋，每科累有中第者。光绪三十二年改设高等小学堂，由本地绅士龙景恺、梁联芳、何国澧、李彝坤相继担任校长。

书院的发展在近代中国教育改革的洪流中变迁，尤其在新政后，改变了其原来以科举培养朝廷人才的目标，以"劝学"为基准建立新式学堂。

中华民国建立后，时势瞬息万变、风云激荡，凤山书院旧址便相继成了各大文教组织的暂时安置之所，如1927年"顺德县立师范学校"、1934年县参议会办事处、1937年9月顺德公立中学堂（顺德一中前身）迁往凤山书院。

而根据现今所做的口述史调查，从凤岭公园采访到的老居民讲述，在其印象中20世纪50年代时候凤山书院尚在，而后因为修建马路等公共设施而被拆除。

凤山书院的发展除了得益于官办资金的支持，还少不了乡邑富绅与名儒的慷慨帮扶。清代顺德知县高坤于己卯年（1759）重修凤山书院时，吴氏家族的子孙纷纷捐出土地作为生徒的横舍，配有池塘与亭台楼阁，遂成一邑大观。光绪二十四年（1898）官民合力资助重修，遂成巨款。

此外，晚清时大良社团林立，在一定程度上促进了凤山书院的发展。其中，在华盖路兴起的慈善团体——青云文社，直至中华民国都致力于捐资帮助顺德学子"平步青云"，其曾经不仅为凤山书院捐助修缮费用，还为书院学生提供奖学金、伙食费、交通费等福利津贴。

顺德曾有"凤城八景"，其中一景"红棉碧嶂"所代表的就是凤山书院内的一处景致，讲堂、学舍，加上多株百年木棉树，每到春季，花红似火，璀璨非常，与书院后面的凤山交相映衬，因此就有了火红木棉、知识渊博的老先生、来自顺德各地的学子们，还有戒尺、散发着油墨香味的古书，构成了一幅卓然而温馨的"红棉碧嶂"图。

如今，凤山书院埋在了岁月的灰烬里，时人谈起时往往只是用以指代一个地址位置。即便如此，在这片土地上，士人钻研好学、师生教学相长、官绅合力办学、慷慨助学等内涵丰富的书院文化，仍然保留了下来，生生不息。

顺德一中将内涵丰富的凤山书院文化继承下来，2022年创办作为学校内设的学生素质拓展载体"凤山书院"，作为学校"三大书院"之一，以此延续凤山文化之盛，传承一中文脉。

六、文脉脊梁：青云文社

顺德能够成为状元之乡，离不开青云文社。

青云文社，明末清初由地方士绅联合捐资创办的公益性文教组织，目标正是为了帮助更多顺德学子得以"平步青云"。它是清朝及民国时期顺德文教事业经营的大本营，曾与东莞明伦堂齐名。

1598—1604年间，江浙浦江人倪尚忠在顺德担任县令，其间他主持建造青云塔，希望顺德有举子"大魁天下"。不久，黄仕俊，顺德右滩人，1603年高中状元，从此拉开了顺德成为"状元之乡"的序幕。明崇祯年间，其子倪仁祯南来顺德，登塔怀旧，与乡绅们一起祭祀其父于文昌阁下，作《青云第一社序》，"青云社"一名从此诞生。

青云者，取"平步青云"之意。在旧时科举时代，寄托了所有士子的心愿。

最初时青云文社地点不定，资金来源仅是"小铺六间、基田地共约三顷"的出租费用。绵薄之力除资助乡试生员之外，还按例规开支祭祀所需要的费用，更要在农历二月初九日于青云阁举行文昌诞，力有不逮。

后来，文社附设沙局，专门开发沙田，以沙田收入推进文社运作，因沙田固定与不断添增的收入，从此，文社进入漫长的稳定发展期。这一时期，从支持科举学子到给在京的顺德籍官员敬送，再到在京城购置和建立会馆、维护城防炮台的经费，均由青云文社包揽。

清光绪年间，"晚清中兴四大名臣"之一——两广总督张之洞创立广雅书院（现今广东广雅中学）、顺德拓建凤山书院，青云文社同样是捐资主力。

中华民国之后，青云文社资金转而投入到新式学堂，真正成为彻底的文教组织。其间，还曾有顺德籍中山大学学子向青云文社管理委员会争取助学金，并获讨论通过。

时移世易。时局的动荡，小小的青云文社也不能幸免。

随着1938年抗日战争爆发，顺德大良失守，青云文社随同县府迁徙，文社几乎失去对沙田等资产的掌控。

1941—1945年间，面对顺德县内失养失教的儿童，为了"保元气，延国脉"，顺德有识之士在四会江谷佛仔堂创设"青云儿童教养院"，由青云文社拨出经费支持，"聘请师资任教，供应全部费用"。

在战火中，儿教院坚持了两三年的时间，前后安置儿童八百多人，其中不少成为日后的栋梁之材，有的从政，有的经商，有的从军，有的从教。

教养院由前任顺德县长周之贞主理。儿教院的特色是教育与劳动相结合，孩子们不仅要学习，还要进行劳动。常规性的劳动包括耕种、养猪、磨谷、编织、锤石和运谷运柴。同时，校方注重发挥学生的自主性。（《隐没的青云文社》一书中记载，学校里的学生会叫"青云乡"，乡长相当于学生会主席，常设机构包括民政、文化、经济、警卫四个股，各自承担职责，服务乡里）

抗战胜利后，青云文社继续支持全县教育经费，并在1951年被接管，停止运作。而青云儿童教养院则在迁回顺德后几经调整更名，成为现在位于顺德陈村的青云中学。

"青云"从原来的掌握大量田产的地方社会组织，变成了现在的政府公办学校。研究者认为，形式上虽有不同，但其核心没有变——对教育的重视，对知识的尊崇、对人才的培养，也就是对延续中国文化生命的诉求。

如今，已有四百多年历史的青云塔仍耸立在大良顺峰山公园内，被视为顺德文脉之兴的标志。

然则，青云塔常在，真正行"捐资助学"之实的青云文社却不再有。

特别值得说明的是，据《顺德县志》（清咸丰、民国合订本）记载：县立中学堂（顺德一中前身）辛亥开学时，青云文社拨银三千圆（后继续增加），屠牛捐银八百圆，学生每名收学费银十八圆。此外，还向书院、文会、公约码头、庙宇之类筹措。

顺德一中得青云文社赞助，是谓传承顺德文脉的又一生动见证。

第三章
寻本探源：百年名校的文化基因

从1911年办学至今，顺德一中几迁校址，几易校名，采用过多种办学形式。顺德一中的百年发展，既是一个前后相继的过程，也是一个复杂多样的过程；既是一部顺德教育的奋进史，也是顺德教育的改革史。

一、"顺德公立中学堂"——顺德一中的初创画像

19世纪末，甲午中日战争和戊戌变法失败后，民族危机日益深重，改良维新的呼声日益高涨。20世纪初，为挽救统治危机，清政府于1902年、1903年先后颁布了《钦定学堂章程》和《奏定学堂章程》，并于1905年正式宣布废科举、兴学堂，建立近代教育制度。按后一个章程，广东将大小书院和一些义学、私塾改为各级学堂。另外新办一些学堂，并设立蒙养学堂（即后来的幼稚园）。近代教育逐步在南粤建立起来。

中学设置办法明文规定始自1902年的学堂章程，该章程规定中学堂以"府治设立"为原则，称之为"官立中学堂"。

顺德自1452年（明代景泰三年）建县以来，经济上持续繁荣，读书求学之风昌盛。顺德科第居全省前列，明清两代出现过黄士俊、梁耀枢两位状元，以及大批的科举文化精英，是名副其实的经济与文化教育壮县。中华民国之前，顺德由官府或地方筹办和管理的教育机构主要有县官学（官学所在地俗称学宫）、社学（设于乡社的初级儒学，由地方筹办，官府兼管）、义学（也称义

塾，由私人集资或用地方公益金创办的免收学费的私塾）和书院。此外，还有民间筹办的大小书院和私塾。这些或公或私、或大或小的教育机构为昔日顺德的教育发展、文化传承、人才培育发挥了不可替代的作用。

1905年顺德县奉广东全省学务处通饬（chì，旧时上级命令下级的公文），在县城内凤山书院开办学务公所。次年奉学部通饬，改为顺德县劝学所，由邑绅左宗蕃、李彝坤相继为所长。

1910年，顺德县令朱为潮会同士绅募捐筹办中学堂。据《顺德县政公报》民国三十六年（1947）十月二十五日载文"重建顺德县立中学校舍筹备委员会缘起"所述，"考顺德县志载：在县城内学宫，就地建中学堂，除自宫墙至明伦堂，及圣殿两庑，保存未有更动外，其余奎文阁、丽泽书舍、修业堂及名宦、乡贤、忠孝、节孝、四祠，训导署等，悉收为中学堂之用，宣统三年正式开办。"1911年2月学校开始上课；同月，呈准省学务处立案，命名为"顺德公立中学堂"。邑绅黄敏孚为监督，当时，中学以上校长称"监督"。开办时全校为两个班，后陆续增班。这就是"顺德公立中学堂"的创建。

据《顺德县志》（清咸丰、民国合订本）记载：顺德公立中学堂筹办时，公议捐银五百圆者给永远学额一名，子弟在堂肄业不收学费。其时适逢小布、藤涌两乡发生乡民械斗事件，饶邑侯（即县令）劝令和息，小布捐银三千五百圆，藤涌捐银三千五百圆以作罚款，仍每乡给回学额七名。大良四关总局龙敦厚堂、罗世德堂、罗本原堂、扶间乡约各捐银一千圆，各给学额二名。大良李崇本堂、桂州胡世德堂、碧江苏种德堂、苏东瑜堂、苏三兴堂、苏穆居堂、苏怡堂、林怡和堂、南涌林兆莘祖、沙滘陈本仁堂、龙江张余庆堂、龙山赖垂裕堂、甘竹右滩黄垂宪堂各捐银五百圆，各给学额一名。

县立中学堂辛亥开学时，青云文社拨银三千圆（后继续增加），屠牛捐银八百圆，学生每名收学费银十八圆。此外，还向书院、文会、公约码头、庙宇之类筹措。

顺德中学堂草创之初，时值清末，与当时全国大部分学堂一样，其教学以"四书""五经"纲常大义为主，以历代史鉴及中外政治艺学为辅。

1912年，中华民国南京临时政府成立后，按照资产阶级革命的需要，进行教育改革。教育部公布了《壬子学制》，接着又陆续公布了各种学校规定，改学堂为学校，改学堂监督为校长，小学为义务教育，中学为普通教育，可男女同校。1913年9月，遵照新章重新立案，"顺德公立中学堂"遂改名为"顺德县立中学校"（以下简称"顺中"）。

辛亥革命否定了中国的封建旧教育，引进了西方资产阶级各种教育学说和主张。1922年北洋政府颁布《学校系统改革令》（即"壬戌学制"），推行美式的"六三三学制"，把以前的劝学所改为教育局。至1923年，正式成立省教育厅。

从建校到抗日战争（1937）前，虽然有袁世凯等的复辟回潮，政局动荡，经费紧缺，然而在各方努力下，顺中与广东的其他中小学一样还是有所发展。

二、顺德一中校史述略

顺德一中始称"顺德公立中学堂"，创办于1911年2月，是顺德县历史上第一所具近代教育性质的公立中学，校址设于县城大良的学宫内。辛亥革命后遵照新章重新立案，于1913年取名为"顺德县立中学校"。1931年省政府在"顺德县立中学校"设"省立第二农业职业学校"（简称省二农），1934年又改为"省立顺德县农业职业学校"（简称省顺农）。其间，原校名取消，但普通初级中学性质的班级与职业教育性质的班级并存。1937年，学校移址县城西后街凤山书院故址，恢复独立的初级中学设置，重新使用"顺德县立中学校"名称。从创校至抗日战争前，"顺德县立中学校"（以下简称顺中）已发展成一所校风严谨、师资优良、学生勤勉、英才辈出的正规学校。

顺中有优良的爱国传统，1919年五四运动，到1927年前后的大革命，都有学生积极投身爱国运动中。从1931年九一八事变至1938年日军入侵顺德的7年间，顺中（包括"省二农"与"省顺农"时期）的学生，与顺德人民一道，掀起了英勇的抗日救亡活动。

1938年，日军侵占顺德，县城大良沦陷。顺中迁往中山县前山镇，继又迁往澳门地区，后因办学经费无着，遂告停办。抗日战争胜利后，1946年顺中复办于大良南区龙氏春岩祠内。1947年在大良原学宫位置，重新筹建顺中校舍，拟于1949年秋季开始办高中。

1949年10月28日，顺德解放；10月30日顺德县内全境实施军管，军事管制委员会分别向各区派出军事代表，全面接收国民党的政治、经济、文教等机构。1950年3月20日，顺德县人民政府宣布成立，顺德县军事管制委员会随之撤销。

随着顺德的解放，顺德县立中学校回到人民的手中，翻开了新的历史篇章。但由于种种原因，1949年11月至1976年，顺德第一中学（以下简称"顺德一中"）经历了曲折前进的27年。

1990年前后，顺德一中办学规模由高初中共28个班，逐渐增加至34个班，学生人数由1516人增加至1976人。教育质量和师资素质上有很大提高，全方位展开的教研活动取得丰硕成果。学校校舍进行了全面更新，这是新中国成立后的第二次。

时任校长潘甲孚先生亲自制定了顺德一中校训，校训在吸收了各方面意见之后，渐渐完善为"四个学会"，一直沿用至今。

1993年8月，鲁广良先生接任顺德一中校长兼党支部书记，领导实施了以创建广东省名校为目标的"顺德一中一二八教育工程"，在推进校企合作、扩大学校规模、建设高素质的教师队伍等方面成绩显著。顺德一中高初中1993年共34个班，2002年发展到49个班。学生人数由2018人增加至2523人。

2002年8月，卢柏祥先生接任顺德一中校长兼党支部书记。2005年8月高中部新校区如期建成并投入使用，2007年成功创建广东省国家级示范性普通高中。顺德一中在办学规模、教育教学水平、师资质量和软硬件设备等方面都跃上了一个崭新的台阶，在21世纪的第一个十年，实现了新的腾飞。

2011年8月，刘伯权先生担任顺德区第一中学校长兼党总支书记，以新课程改革精神为依据，大胆探索和实践，进一步挖掘学校文化，走文化强校之路，坚持"以学生为中心"，不断深化教育教学改革，以适应教育现代化和经济全球化对人才培养的新要求。特别是其率领全校师生推动的"生本教育"课堂教学改革，从深层促进了顺德一中师生思想观念上的转变，改变了传统的教育教学模式，取得了累累硕果，并为顺德一中下一阶段的教育教学改革打下了坚实的基础。2011年12月18日，我校隆重举行百年校庆庆典活动。本次校庆活动隆重、热烈、和谐、有序、有特色，总结了百年办学经验，展示了百年办学业绩，得到了校友、嘉宾以及社会各界的广泛认可和赞誉，对内凝聚了人心，鼓舞了士气；对外扩大了影响，宣传、提升了学校良好社会形象，开创了工作新局面，为推进我校今后发展奠定了基础。

2016年1月，我本人出任顺德一中校长兼党委书记。在各界帮助和支持下，学校开展了一些革新，并取得一些成效。2018年3月，顺德一中入选"佛山市卓越高中创建学校"。2018年12月，正式成立了以顺德一中为总校的顺德第一中学教育集团。顺德一中迎来了新的发展机遇。

三、顺德一中的学校文化基因

从1911年办学至今，顺德一中几迁校址，几易校名。顺德一中的百年发展，是一个前后相继的过程，也是一个复杂多样的过程；是一部顺德教育的奋进史，也是顺德教育的改革史。112年的发展历程，顺德一中在其肌体中留存有丰富的文化基因。简要列举如下：

1. 革命理想。如，顺德一中是一所与辛亥革命同年的学校，富有革命色彩；革命先贤邓公惠、胡自为烈士，为救国理想英勇捐躯，流芳千古。

2. 家国情怀。如，罗定邦校友回报家乡、叶延英校友深潜海底，更多的校友、社会贤达回校设立基金，捐资助学，他们都是不同时期爱国、爱乡的典型。

3. 弦歌不辍。学校创办以来，饱经沧桑，几迁校址，几易校名，也几度中断办学。但一中师生攻坚克难，兴学不辍，学校弦歌相续，文脉绵长，生生不息。

4. 开放包容。如，一中教师，来自五湖四海，学校唯才是举；早在1988年，就面向全国引进人才；学校还与多个国家和地区的同行广交朋友，开放风气，先人一步。

5. 育人本位。如，顺德一中早在1991年就提出了"四个学会"的校训，具有非常强烈的育人特征，这一观点的提出，甚至比联合国教科文组织更早；从20世纪90年代起，学校就剪辑时事新闻，每周一早读时间向学生播放，此举一直持续至今。

6. 求新求善。如，顺德一中率先引进清北毕业生和世界名校生，创设港澳台生课程班，开拓学生多元成才通道、创办少年科学院、九章书院和凤山书院等，都是创新之举。

7. 统一凝聚。顺德一中经历过多个发展时期、多种办学形式，曾经衍生过多个办学实体，但"一中人"始终是共同的精神符号，集体的身份认同。

8. 严谨务实。顺德一中素有严谨务实的大校之风，早在20世纪90年代，学校就已经建立了全省领先的、涵盖学校办学各个方面的、整齐完备的规章制度，如教职工聘任的"三类六档"制度，规范严谨，紧贴实际，深受教职工认同，一直沿用至今。

9. 珍惜荣誉。从1994年提出"一二八教育工程"，确立"把学校办成校园美、校风好、高标准、高质量、有特色的广东省名校"目标到2021年提出"建设立标省内，领跑湾区的高品质岭南名校"目标，"走在前面"是一中人的一贯追求。

10. 人本人文。顺德一中是一所有人情味的学校。1991年开始，为教师派送生日蛋糕；1993年开始，提供免费早餐；1999年开始，提供免费午餐。从一个侧面，彰显了一所学校的温度。

顺德一中的这些文化基因，都深深融入了每一个一中人的生命里、血液中。在这样丰富、厚重、多重、多元的文化基因中，我们经过提炼和升华，概括出顺德一中的学校文化本质特征，可以用两个词语集中表达："奠基"与"卓越"。

第四章
双璧同辉："奠基"与"卓越"的奏鸣

"为学生一生发展奠基"是顺德一中的办学理念,"追求卓越,崇尚一流"是顺德一中的精神追求。"奠基"与"卓越"贯穿在顺德一中的精神文化中,是顺德一中办学育人的两大关键词。

一、"奠基"和"卓越"的内涵

现代汉语词典对"奠基"和"卓越"有明晰的解释。

1. 奠基:用作动词用,意为奠定建筑物的基础;用作名词用,则比喻一种大事业的创始。基础教育于人的一生,如同建筑的基础,坚实与否,关乎地面部分的高度和整个建筑质量。

2. 卓越:形容词,非常优秀,超出一般。卓越的要义是"高"。同为人,素质能力更高者,为卓越。也指基础之上的地面建筑,或是更高,或是更美,或是更坚固,则更卓越。

二、顺德一中语境下的"奠基"和"卓越"

在顺德一中特定的文化语境下,"奠基"与"卓越"具有显著的"一中个性"。

1. 顺德一中的文化,是一种"奠基"的文化。顺德一中办学,拒绝短期功利，放眼长远。我们积极为学生创设一切条件和机会，为学生夯实终身发展的根基，让学生凭借扎实的基础教育功底，在高等教育阶段乃至终其一生，厚积薄发，行稳致远。例如，学校正在实施的"四大基本能力课程"——"阅读、书写、计算、表达"；"五个一百"素质拓展课程——"一百场科技报告会、一百场人文报告会、一百场读书报告会、一百场电影欣赏报告会、一百场达人报告会"等，均具有奠基人生基本素质、基础涵养的显著特征，可让学生受用终身。

2. 顺德一中的文化，也是一种"卓越"的文化。顺德一中是顺德基础教育龙头标杆学校，从教师到学生都有追求卓越的价值原点和行为自觉。学校高位谋划、高处着手，从生涯规划、课程设置、人才引进、教学方式、培养通道等各个方面促进学生成为高端、卓越人才；在办学实效上，顺德一中近六年以来，办学业绩连年攀升，拔尖创新人才层出不穷，人才培养质量、人才发展后劲得到各大著名高校的高度赞誉。"我在，学校更精彩""崇尚一流，追求卓越"成为全校师生高度认可的价值观。

三、"奠基"与"卓越"的辩证关系

我们认为，在顺德一中的文化体系中，"奠基"与"卓越"两个维度，具有非常密切的辩证关系：

1. 奠基和卓越，因果相生。奠基是因，卓越是果。学校教育为学生终身发展奠定了良好的基础；学生综合素质提高，必将更有利于成长为社稷之才，国家栋梁。

2. 奠基和卓越，互为表里。奠基是里，卓越为表。为学生发展奠基的过程是春风化雨、润物无声的过程，是一种隐性的积累；卓越是学生成长的外化特征，是优秀综合素质的集中体现。

3. 奠基和卓越，互为量质。奠基是一个长期的量的积累的过程，卓越是扎实奠基之后厚积雄发、凤凰涅槃的质的升华。

4. 奠基和卓越，相辅相成。优质的、高效的奠基工作必将把学生导向卓越，卓越的目标则为给学生的奠基工作提供方向上的指引。二者相互促进，相辅相成。

从奠基到卓越，依卓越而奠基。"奠基"与"卓越"，作为对立统一体，是顺德一中学校文化建设最基本的辩证法，是学校灵魂深处的动力源，是破解学校文化建设密码的金钥匙。

四、我们的方法论

顺德一中在构建从"奠基"到"卓越"的学校文化建设实践过程中，形成了一系列的办学思想，为我们的办学行为提供了具体指导。

1. "为学生一生发展奠基"的办学理念

"为学生一生发展奠基"是我们的办学理念，它意味着虽然学生的高中学习只有三年的时间，但是学校应不只求一时之利、眼前之得，应以生为本，从大局着手、高处立意，为其持续发展、长远发展奠定基础、提供平台。学校根据学生的成长规律和发展需求，分层分类开展教育教学活动，把学生培养成会做人、会求知、会办事、会健身的"卓越一中人"，让他们走出校门能管理自我、调整自我、提升自我、超越自我，适应社会变化发展的各种需求，并从中实现自己的人生价值和理想目标，让他们做最好的自己，创造自己最精彩的人生，建设祖国，服务社会，贡献人类。

我们认为，为学生一生发展奠基，也是高中阶段学校办学的核心目标。这一判断，是基于对教育规律的深刻认识和社会发展对人才需求趋势的正确把握。这里包含了三个维度的思考：

（1）教育应当着眼未来，关怀学生一生的生命质量。高中阶段是为人一生发展打基础的黄金时期，为学生提供优质的基础教育服务是学校义不容辞的责任。学生在人文底蕴深厚的土壤中培育思想与品性，在优质教育的作用下增长智慧和才干，在品牌学校中获得自信与充实。健全人格的培养是学生实现理想幸福的基础。

（2）教育应当关怀学生的全面发展，培养学生扎实的发展能力。现代社会的竞争是十分激烈的，它更主要的表现为个体综合能力的竞争。为此，学校对学生的教育进行了长远的规划：扎实基础、注重能力、提高素质。人一生发展所需的能力基础是全方位的，学校教育应当实施全面的素质教育，促进学生全面发展，为学生一生发展奠定全面的坚实的根基。任何教育的短视行为皆背离教育的宗旨和规律。

（3）教育应当关怀学生的个体差异，因势利导发展学生的兴趣与特长。当代社会是一个多元发展的社会，学生也存在多元发展的趋势。高中阶段是确立人生发展方向的关键时期，学校教育应当在注重基础的同时尊重个性，为学生多元发展提供可能，为学生多元发展奠定基础。

这一办学核心目标的确立避免了学校教育的功利思想和浮躁情绪，从而正确引导学校教育健康发展。

2."四个学会"的校训

"四个学会"是指"学会做人、学会求知、学会办事、学会健身"。

（1）"学会做人"，铺就学生的人格底色。"学会做人"具有教育的终极意义，是学校教育的最终目标和最核心要义，是教育根本任务的直接体现，是为党育人，为国育才的题中应有之义。"学会做人"具有奠基的重要作用。高中阶段的教育，处于基础教育的"末端"，处于学生迈向成年的关键节点，处于学生价值理性形成的关键期，这一时期是否"学会做人"，直接关乎其人生的基本走向。

此外，"会做人"是社会评价人才的基本标尺。为实现第二个百年奋斗目标，实现中华民族伟大复兴，青年一代责任在肩。今天，我们用习近平新时代中国特色社会主义思想铸魂育人，按照党的教育方针落实立德树人根本任务，"学会做人"校训指向的就是"努力培养担当民族复兴大任的时代新人，培养德智体美劳全面发展的社会主义建设者和接班人"。

（2）"学会求知"，提升学生的核心素养。当前，普通高中课程标准对学习目标与内容、教学组织与学习方式、评价建议等均有具体指引，"引导教学"的作用十分明显；《中国高考评价体系》鲜明地回答了"为什么考""考什么""怎么考"的问题。从教育价值取向的角度来说，我们的教学、考试等从"知识立意"时代、"能力立意"已经逐渐过渡到"素养立意"时代。因此，"学会求知"校训要求连接新课标和新高考两端，指向的是更新学习观念，打牢知识和能力基础，关注过程和方法，渗透情感态度和价值观，"在真实情境中解决复杂问题"，培养应变创新能力，最终提高学生的核心素养。

从更加宏阔的角度而言，"学会求知"包含了三个方面的问题："为什么求知"——探讨学习的深层动力乃至动力源点。在学科教学行为之外，找到学生学习的源生动力,变"要我学"为"我要学"。"如何求知"——关注学生的学习途径和方法。学生学习的过程,不仅是求取书本上的知识的过程,更是求取更广义的"知识"和技能的过程,也是获取学习的能力,体验事物价值的过程,学校教育,要能为学生提供学习的"金钥匙"。"求知何用"——找出学生学习的目标指向。学生的学习能力和学习效果,直接关乎个体一生发展和终身幸福,鼓励学生"爱学习""会学习""享受学习",引导学生"终身学习",用知识创造更美好的生活。

(3)"学会办事",关切学生的关键能力。实践能力,是学生最为关键的能力,"学会办事"直指这一关键。学生在校园的学习生活是立体的,会碰到许多问题和事情,有时需要掌握规则、熟悉流程,有时需要统筹思考、协调人事。"学会办事"要求学生留意身边事,关心天下事,保持敏锐性、眼里有事才能做到有效干预和妥善处置;在处置过程中,要求具备全场景应对、全方位调动、全过程参与的能力。学会具体问题具体分析,有时要慎独谋事,有时要合作成事,勇于面对压力和挑战,敢于接受挫败和成功,能通过思考研判、组织策划、调度平衡、沟通交流、动手实践等综合解决问题。

我们所理解的"学会办事",具有五个方面的观照:"学会办事"着眼高位引领——新时代新青年,应该担当中华复兴、报效祖国的历史大任,最高层级的"办事",就是致力于中华民族的伟大复兴。"学会办事"奠基幸福人生——指导学生做好从学校到社会的各种衔接和过渡的准备,能为学生一生发展奠定重要的生存和发展基础。"学会办事"蕴含丰富内涵——让学生能够适应不同情境,应对各种情况,处理常见问题,学会有序管理工作任务和人际关系。"学会办事"坚持能力立意——"学会办事"是一项综合能力的培养,是社会精英在实务操作层面最需具备的品质。"学会办事"倡导自主自为——创设舞台,鼓励尝试,重视直接经验,"让学生站在学校的正中央",通过学生自主自为的体验,内生出学生的优秀的处事能力。

(4)"学会健身",奠基学生的幸福人生。体育修德、启智、育美、健心,对人的全面发展具有重要作用。当前学生中出现近视、驼背、体重增加、体质下降、学习焦虑等状况,与学生的生活方式、生命意识、运动素养均有紧密关系。学校对学生身体的关注程度反映出对生命、对生活的态度。

"学会健身"的基本要义是:从家国视野审视"学会健身"——健康的体

魄，是精彩和幸福的人生最重要的基础，是对家庭、社会、国家尽责的基本要求和具体体现。从体育精神审视"学会健身"——除了强调学生要有健康的体魄外，更强调他们要有体育精神所赋予的坚强的意志，顽强的斗志，健康的心理，终身锻炼的习惯等精神品质。从奠基人生审视"学会健身"——鼓励学生在高中阶段至少培养一项相伴终身的体育运动爱好，通过运动，为幸福人生奠定基础。从现实需要审视"学会健身"——健康的体魄，也是学习的必需。高中阶段高强度、快节奏的学习生活，必须要有优良的身体素质作为支撑。

3. "崇尚一流，追求卓越"的一中精神。

"崇尚一流、追求卓越"是一种精神，是一中人的理想目标和价值归宿，诠释了一中人高处着眼、高位攀登的精神状态，胸怀远大、止于至善的人生态度。

作为顺德基础教育的龙头标杆学校，顺德一中不仅具有一流的管理模式、一流的师资配备、一流的基础设施、一流的教学质量，更承载了学生、家长、政府和社会的更高期待。"大学之道，在明明德，在亲民，在止于至善"，《礼记·大学》寄托了先人内圣外王的追求。顺德一中把自己的目标瞄向"大"学，她的雄心，不止于高分和高升学率，而是培育人格完善、素质卓越、能够定国安邦、对社会历史发展有影响的"卓越一中人"，这是一所百年名校的责任担当。

五、办学实践举例

顺德一中在构建从"奠基"到"卓越"的学校文化建设实践过程中，形成了全方位、多层次的办学实践路径，是顺德一中实现从"奠基"到"卓越"的有力证明。

1. "互联·深度"未来课堂范式

因应教育数字化转型趋势，基于顺德一中办学实践，致力于课堂教学高质量发展而探索形成的面向未来的一种课堂范式，具有以下六个方面的显著特征。

（1）主体建构。尊重学生的主体地位，发挥教师的主导作用，主张学生借助包括互联网在内的各种工具和手段，实现知识、能力、价值观、核心素养的自我建构、自我生成和自我塑造。

（2）智慧互联。在教育数字化背景下，基于互联网、大数据等先进的技术手段，学校着眼"万物互联"，创设超越时空限制的智慧教学环境，实现教育教学各元素互联互通。

（3）深度学习。以学生反思、批判性思维能力为培养目标，关注学生学习的充分广度、充分深度和充分关联度；促进学生在理解学习、深度加工、主动构建、有效迁移、高阶思维等方面的能力提升。

（4）素养立意。坚持核心素养立意，为学生终身发展奠定坚实基础。

（5）泛在学习。树立大课堂观，将"互联深度"的课堂范式应用于常规课堂、活动课堂、校本课堂、社会实践课堂、德育课堂等多种教育教学场景，实现管理、教育、教学的全覆盖。

（6）开放创新。把握未来课堂的"未来"本质，深刻把握基础教育、教育数字化转型等领域的未来发展趋势，在坚持"互联深度"基本框架和"为学生—发展奠基"基本价值观的前提下，不断优化调整、创新致远，促进教育教学高质量发展。

2. "知行合一，体验内生"的德育工作理念

"知行合一，体验内生"是顺德一中的德育理念。"知行合一"是中国人关于认识与实践关系的理论表达，"体验内生"是基于"知行合一"的认知路径的表达。我们强调学生应在体验中认识世界并形成良好的行为习惯，不断进行情感和道德的自我完善与解放，以此达到内化、体认、内省的效果。"自主自为"是这一理念之下的行为方式。相信学生、引导学生、激励学生、服务学生、成就学生是其灵魂之所在。在顺德一中，学生真正地站在学校正中央。

3. "四项基本能力"

在"学会求知"的一中校训指引下，顺德一中围绕"求知"展开了一系列的德育实践尝试。首先我提出"四项基本能力"，将"阅读""书写""运算""表达"四项基本能力强化为具体课程，夯实学生的学习基础。

以四大基本能力课程中的"运算"为例，我校围绕"运算能力"设置了一系列具有针对性的核心培养课程并取得了一定的成绩。2023年5月，佛山普通高中多样化有特色发展"双高"行动创建评审结果正式出炉。我校表现亮眼，"数理类"入选市级高水平特色项目，"科技类"入选市级特色项目，在三所

佛山市卓越高中创建学校中成果斐然。

学校围绕拔尖创新人才培养总体目标，凸显数理类特殊人才的系统培养，依据高校数理基础学科专业选才标准，构建高质量"国家课程+竞赛课程+强基课程+实践课程+拓展课程"五维轮动的"2.5+1+X"（"2.5"指的是初三半年和高一高二两年，"1"指的是高三一年，"X"指的是大学若干年）。多元贯通高阶数理类课程体系。着力在"数理竞赛、数学建模、强基课程、大中衔接、数理文化"五个方面深耕课程内容，区域引领基础教育尖优生培养高质量发展，在探索"双高"贯通培养实施路径方面做出示范贡献。学校依托顺德一中少年科学院、九章书院、竞赛工作指导中心和学科课程开发中心的建设（两院两中心），把多元贯通高阶数理类课程教学工作作为拔尖创新人才培养的重要抓手。目前引进数理类正高级教师3人，数学竞赛教练团队4人（含柔性引进1人、北京大学应届数学研究生1人），拟引进物理竞赛金牌教练2人；组建了数学建模队伍，通过模型、算法授课和建模思想渗透，组织学生参加国内外高级别竞赛，全面提升学生的综合能力与核心素养；以国家育人目标为导向，开设了强基计划课程，通过课程教学培养学生高阶数理思维、科学创新素养和综合实践能力，探索多维度考核评价和多元升学模式；建立与中大、华南师大等高校"大中"课程衔接桥梁，促进拔尖创新人才培养的纵深发展，探索具有鲜明特色的大学数学先修课程体系。

在该课程体系的支撑下，近五年来，我校高考成绩持续攀升，高位发展，计有数十人考入清华大学、北京大学、香港大学等顶尖学府，上千人考取C9等双一流名校，取得了社会高度认可的优异办学成绩。五大学科竞赛成绩优异，近50人取得全省一二等奖。数学建模团队是佛山市首个数学建模团队，连续在国际数学建模挑战赛、上海地区数学建模联校活动、国际中学生数学建模中华赛区总决赛中取得佳绩，并作为佛山唯一高中代表受邀参加"第四届中法中学生数学交流活动"。展望未来，学校力争3年内打造一支全市顶尖、立标省内、领跑湾区的高素质数理竞赛教练队伍，能有稳定数量的数理竞赛尖优生考取清北等C9名校，力争一批学生通过学科竞赛入围名校强基计划，并实现校考高分升学。未来三年将在学科竞赛队伍建设，数理高阶课程、建模课程和大中衔接课程体系建设方面作出积极探索和重点建设，力争为中国式现代化"教育、科技、人才"三位一体育人目标贡献佛山智慧。

4. 顺德一中"三院"

目前，我校已形成以自然学科为主要特色的"少年科学院"、以数学学科为主要特色的"九章书院"，以文学、哲学、社会科学相关学科为主要特色的"凤山书院"，取得了丰硕成果；我们还依托顺德第一中学教育集团，打造覆盖小初高一体化的12年书院教育体系，序幕已张，未来可期。关于顺德一中现代书院制的探索实践，在本书的第九章有专节论述，在此略过。

5. "五个一百"工程

"为学生一生发展奠基"的奠基，表现在奠基人生基本素质、基础涵养，我校特此设立了"五个一百"素质拓展课程——"一百场科技报告会、一百场人文报告会、一百场读书报告会、一百场电影欣赏报告会、一百场达人报告会"，可让学生受用终身。2019年，中国药科大学丁选胜教授、中国科学院院士袁亚湘、我校唐杰老师、国际宇航科学院院士沈力平将军、中国农业大学信息与电气工程学院教授陈一飞、中国科学技术大学何海平先生、北京师范大学物理系教授刘大禾、东北大学医学与生物信息工程学院执行院长赵越等为一中学子开设丰富多彩的专题讲座，带来一道道人文、科学、读书等大餐，满足学生个性发展、全面发展需要。

中山大学韦立坚教授做大数据和人工智能专题讲座

6. 校本课程体系

顺德一中核心素养下的多元特色课程体系完备，丰富多样，满足学生多元特长发展的需求。课程内容包括校本化国家课程和学校特色校本课程，例如，竞赛类课程、励志游学课程、生涯规划课程、思维训练课程、阅读拓展课程、大学先修课程、"六走进"课程（走进军营，走进大学，走进名校，走进农村，走进社区，走进企业）、科学素养课程、人文素养课程、艺术素养课程、技术应用课程、创作创新教育课程、生命教育课程、生存技能课程、国际课程体系等。

国家课程体系、拓展课程体系、卓越课程体系构成了我校多元课程体系。建立完整的国家课程校本化体系，实施有针对性的、精准的、高效的学科课堂教学。拓展课程体系设置人文与经典、语言与文化、社会与发展、数学与逻辑、科学与实验、技术与设计、艺术与欣赏、体育与健康、学生社团活动等九个领域。卓越课程体系是面向卓越人才培养的特色高端课程，以学科竞赛、科技创新、百年讲坛、特色课程为主，培养学生的创新实践能力和表达能力，满足学生对高端课程的需求。

7. 优秀学生社团

顺德一中学生社团是提升学生综合素质的实践平台和学校创新人才培养的重要阵地。学生社团秉承"我在，学校更精彩"的价值追求，遵循"文化引领、百花齐放、自主规范"的发展理念，坚持"以团委为主导，以学生为主体"的管理模式，充分发挥教师的指导作用，由社团活动中心负责社团的规划、引导、管理、协调、服务和监督，由"社团联合会"自主管理具体事务，形成我校特有的"一核两翼"发展格局。

学校积极开展文体活动，大力推动学生社团发展。现已成立包含文化、科技、艺术、体育、技能和特色等六大类学生社团47个，其中，街舞、书法、创客、商社、戏语、吉他、外国语等社团深受学生欢迎，腾龙文学社、模拟联合国社、创客社被评为广东省优秀社团。

第五章
水漾芳华：人水相生的景观文化

校园物质文化是校园文化的空间物态形式，是校园精神文化的物质载体。即通过一定的物质构建传递有价值的内容，其可分为校园环境文化和设施文化。环境文化主要包括校园建筑、校园标识、校容校貌、校园绿化、教育教学场所、校园环境卫生等方面。通过这些自然因素能够传递一定价值观念与教育理念。设施文化主要包括教学仪器、图书、实验设备、办公设备和后勤保障设施等方面。

明确提出环境对人的成长起重要作用的先贤代表，是我国春秋战国时期伟大的教育家孔子。他以明确的语言断定"性相近也，习相远也"。指出人的天赋素质并没有什么差别，人之所以成为各种不同的人，乃是后天的习染（环境影响）造成的。

据史料记载，北宋初，"儒老往往依山林，即闲旷以讲授"，就是说，名师大儒选择能避免尘嚣的深山旷野，建立书院，实行私人讲学。所以，我国的书院都建在风景秀丽的山旁林中，其目的是给读书人提供一个幽静的环境，便于他们少受外界的干扰，专心研究学问；同时，书院内的建筑设计也十分美观，给读书人以良好的感染。

心理学家班杜拉认为，人的行为和环境之间存在着一个相互作用，相互决定的过程，环境影响决定了哪些潜在行为倾向可成为实际的行为。

1923年，陶行知先生提出："天然环境和人格陶冶，很有密切关系。"因此，他很注重校址的环境美。当初晓庄师范就设在群山环抱之中，富有乡土气息的农村风光与晓庄师范草顶泥墙的校舍融合在一起，常常在落日的余晖中，构成一幅金黄色的画面，显得意味隽永。

论及顺德一中的环境文化，离不开水。

如果说，祠堂是顺德的魂，那么，水就是顺德的貌和神。顺德的美丽，是因为顺德几乎无村不临水，无房不可以看水而展示出独特的景致。

由于地理的关系，历史上的顺德可以说是一座从水里围出来的聚落。水不但是顺德的独特景观，水更是顺德老百姓得以世代休养生息的依赖。过去农耕时代，水曾经孕育了顺德经济的繁荣，"一船生丝出，一船白银归"，是因为有水。水不但孕育了顺德桑基鱼塘的农耕文化，养育了世世代代的顺德人，水更构成了顺德独有的景观。

关于水，日本一位作家写的《水五则》，对水的概括更为形象。他认为：自己好动，并能推动别人的，是水；经常探求自己的方向的，是水；遇到障碍物时，能发挥百倍力量的，是水；以自己的清洁，清洗他人的污秽，有容清纳浊的宽大度量的，是水；无论何种情况，仍不失其本性的，是水。读一读这些文字，就不难发现顺德人在为人处世方面受到水的影响的影子。

顺德一中，坐落在顺峰山下桂畔海边，占地面积166706平方米，绿化面积23280平方米，水体面积11361平方米，具有典型的南国水乡特色。校园里，有河、有湖；有流泉飞瀑，有亭台水榭；有荷花开放，有水鸭游弋。水，为顺德一中的学校文化注入了灵动的生命。

一、以环境浸润心灵——顺德一中校园十景

苏霍姆林斯基认为，"创造良好的育人环境是教育过程中最微妙的领域之一"。校园景观文化处于学校文化的表层，是学校文化建设的基础。它对整个学校文化建设有着重要的制约作用，其建设状况，在一定程度上直接影响着学校文化的质量和整体水平。顺德一中经过师生共育、师生共评，遴选出学校的"十景"：

1. 黉门启智。一中正门，坐北面南；前眺青云塔，毗邻桂畔河；庄严肃穆，雄镇一隅。一门四孔，各路通达，名曰"智慧门"。此谓立志之门，一入智慧门，便为"一中人"；谓求知之门，探寻真知，成就理想；谓荣耀之门，

顺德一中校园十景之黉门启智

直上青云，成就理想。

  2. 鲤跃荷香。学校设有金鱼池，锦鲤游弋，荷叶舒展。每到夏天，荷花盛开，鱼跃水面，生机盎然，与一中学子的精神气质相得益彰。

  3. 水蕴芳华。学校辟有岭南水乡风格的"一中湖"。学校在湖边种上了一排黄叶风铃，每到开花季节，一片金黄绵延数百米，倒映水面，美丽惊艳；湖面鸭子悠游自在，一切安静和谐。

  4. 绿道晨曦。2021年，我们建设了一条宽4米，长1.8公里的绿道，成为师生锻炼散步、谈心交流的好去处。依次，学校专门设计组织了"三年一千里，一起向未来"的健身行动，校园充满活力。

  5. 行知修贤。在教学楼的一楼，有一条南北贯穿文化长廊，取名行知长廊。长廊两边展示了近100名优秀校友的事迹，更远处则是同学们斗志昂扬的20条横幅。励志修身，震撼人心，非此莫属。

  6. 新山曲水。在学校的东北角，我们重新修葺了杂草丛生的生态园，修建成一个集阶梯、小径、水景、花木、飞鸟于一体的花园。种植了上百种生物教学所需的花卉植物。雅致的小山与山下的流水相映成趣，静美清雅，灵动自然。

7. 楼赋青史。学校为了传承一中文脉、涵养校友情怀，修建了校友楼。校友楼建筑风格与20世纪80年代一中形象一致，重现一中老校门，楼内展示校史，陈列文物，回首100多年的峥嵘岁月。

8. 雅阁书香。顺德一中图书馆，这是学校精心打造的一张文化名片，是学校的文化地标，自然环境与人文内涵相得益彰，书香墨韵与教育理想共冶一炉。

9. 积学登高。指的是顺德一中的教学楼的人行楼梯。教学楼二至五层，依次布局高一到高三。学生完成一年学业，就登着楼梯到更高的楼层学习。步步高，逐年攀，"在最美的年龄，为最纯的梦想，尽最大的努力！"我们这样赋予其以文化的生命。

10. 广场励德。这是顺德一中的升旗广场。每周升旗礼，在师生们的注视下，庄严的国旗护卫队从广场旁的一中湖廊桥远端正步向前，升起五星红旗，满满的仪式感，满满的震撼力，点燃满满的家国情怀。

顺德一中是一所没有围墙的学校，开放包容是它给人的第一印象。校内移步换景，处处生机。一中之环境，是宁静之境，是开阔之境，是启智之境，是修身之境，是健体之境，是成学之境，是塑人之境。

顺德一中校园十景之广场励德

二、以地灵孕育人杰——顺德一中地理环境

顺德位于珠三角广府文化腹地,自古经济发达,商业繁荣,文教鼎盛。顺德是粤曲、粤剧的发源地之一,是"中国曲艺之乡"。顺德美食文化源远流长,天下闻名,被联合国教科文组织授予"世界美食之都"的称号,并有"中国厨师之乡"美誉。顺德自古人文昌盛,北宋至清末出过文状元3名,武状元1名,孕育了清代诗书画三绝的黎简和画坛怪杰苏仁山,以及李小龙、李兆基、郑裕彤、罗定邦、伍宜孙、梁銶琚、陈冯富珍等杰出人物。于此状元之乡,顺德一中更是承载千年文脉,培育出更多的才子俊秀。

深厚的文化底蕴与顺德的山水环境紧密相连。

1. 水韵顺德

顺德一中是一所没有围墙的学校,围绕着顺德一中的,是一条"护校河"。顺德一中校内也有一中湖和一中河,连通顺峰山水系,为校园增添南国风光。

顺德这座"水乡",河流自然是不可缺失。顺德大部分属于由江河冲积而成的河口三角洲平原,河流纵横,水网交织。多数河流河床较深,利于通航、灌溉、养殖及发电。顺德这片土地,孕育着深厚的水文化与水乡记忆。

顺德区的大良河,是大良人的母亲河,承载着许多老大良人说不尽的回忆。大良河自西北向东南流淌,与北江支流桂畔海、西江支流德胜河相通。在过去陆路交通不发达的时候,它承担着顺德区域的水路运输功能。与大良河有关的故事,最早可以从汉代说起。坐落在凤城酒店旁的跃进桥,也就是市民口中的"九眼桥",古称"伏波桥"。

汉代伏波将军路博德,在此搭木浮桥渡兵追击南越国宰相吕嘉,平定南越,伏波桥因而得名。明代修成垒石架木桥,清代重修为圆拱门石桥。民间因桥有九孔,俗称为"九眼桥"。在跃进桥不远处,是有近200年历史的"第一码头",见证着大良城南片区商贸的繁华。旧时的大良河,有20余米宽,有来往广州等地的客船、货船停靠。在第一码头对开的果栏路,便是因发达水运自然形成的水果市场。当年的第一码头附近是各种货物的集散地,大良街来往的人、货物都经由第一码头联通外地。在大良河畔住了70多年的有叔说:"以前

很少有公路,都是走水路,我从这里坐过'红星渡'去过广州,到广州大概要4个小时。"

改革开放以来,位于沿海地区的顺德人敢为人先,工业经济率先发展。爆竹厂、毛巾厂、塑织厂、二轻、木器厂、电线厂、竹器厂、腰果厂等,一大批工厂相继在这一带建成。小冰姐的妈妈曾是塑织厂的纺织工人,她还记得小时候去厂里参观机器设备的情景。"机器上木梭在不停穿梭",她说,那时候工厂工作繁忙,机器连轴转,工人们"三班倒",她妈妈有时也要上深夜班次。当时工厂有冰室,她一直记得妈妈从工厂冰室带回来的绿豆冰甜甜的味道。

如今,鉴海北路这一带,连着第一码头,建起了美丽的河滨公园,成为市民休闲娱乐的好去处。每年初春,火红的木棉、如梦似幻的蓝花楹、橙红的凤凰花、紫红的三角梅等在枝头次第开放,映衬着静静流淌的大良河。经过政府水体整治后,大良河也恢复了它原有的清澈纯净。住在南华社区莘村大街的苏伯,喜欢沿着河边散步,他说:"水清岸绿,感觉很舒服。"时过境迁,不一样的景致,一样的人间烟火。鉴江竞渡是凤城八景之一。鉴江,又称碧鉴河,即现在的大良河。每年的端午节,各方的龙舟齐聚这里,竞渡河上。每当这时,伏波桥上,两岸水边,人山人海,煞是壮观。南华社区城南文化传承队长

凤城八景之鉴江竞渡

者卢阿姨对旧时的热闹场面记忆犹新,"现在端午虽然没以前那么热闹,不过还是会有一些龙船经过,都吸引一些岸边的人围观。"

夜晚的大良河畔又有别样的景致。大良河近良段的凤城食都,是体验顺德世界美食之都魅力的好去处,夜晚迎客的"凤旨走鬼"夜市更是热闹非凡。不同地域的美食文化,在这一条静静流淌了千年的大良河畔边,和谐融洽地交汇在一起,共同组成大良热闹、充满烟火味的夜市景色。凤城食都夜间经济活跃,夜市小吃街设置了超50个摊档,吸引市民来"寻味"。

近年来,大良河被纳入桂畔海水系综合整治项目,水质得到改善。去年以来,顺德全区上下掀起水环境治理大会战,大良河部分片区启动了管网修复工程,治理后将进一步提升河水水质。与此同时,随着金榜莘村大街的改造提升,将串联华盖山栈道、华盖路步行街、清晖园等景点。

时序更迭,万象欣荣。大良河越发优美的自然环境,将碰撞出更闪耀的光彩!

除了大良河,顺德还有桂畔海。不了解大良的人肯定会大吃一惊,大良这片地方居然还有一片海。但其实,桂畔海只是一条河。桂畔海位于佛山市顺德区,桂畔海水系是顺德第一联围最大的水系,范围涵盖大良、伦教和勒流三个街道。桂畔海水系沿线连接56条支涌。桂畔海河位于大良城东,与伦教街道一水相隔,它是大良街道内的主干河涌,全长13.5公里,流经新滘、新松、北区、新桂、云路、府又、近良、苏岗和逢沙等多个村居,与多条支涌水体相连。

遥想200多年前,桂畔海朝夕渔舟往返,清歌互唱,渔盛人欢,一派"桂畔渔歌"的景象。如今的桂畔海河沿岸,与众多生活居民区、商业区相连,生活气息浓郁。傍晚桂畔海河河面洒满金光,岸边绿树掩映,绿道上到处是三三两两散步休闲的市民。

2021年,大良街道投资近2亿元,对桂畔海河沿岸进行升级改造,包括对河滨公园的设施提升、碧道建设、公园灯光亮化等。贯通105国道至东乐路的6.24公里碧道,串联起沿线大大小小的公园、广场,成为众多居民早晚锻炼休闲打卡的好去处。沿途的商业街区零散分布着餐饮、茶庄、酒吧、咖啡屋等店铺。其中,桂畔里这一美食集散地尤受年轻人欢迎。

夜幕之下,灯火闪烁。桂畔里街上飘香的美食、年轻人的欢笑声,无不展现着桂畔海河畔商业带的活力与生机。市民梁晓华在桂畔海河沿岸居住了20多年，见证了桂畔海河畔越富活力生机。"以前这里是城郊河岸风光，很多芦苇野草，后来配套建设了很多绿化、亲水平台，人气也越来越旺。"

随着桂畔海河沿岸公园设施综合提升以及水环境综合治理，成群的白鹭选择栖息在这里。它们时而掠过水面觅食，时而在岸边休憩，给桂畔海河增添了不少灵动之美。大良云路居民冼铨辉人称"顺德鸟叔"，他常年在桂畔海河东侧的竹林守护鹭鸟。"近几年水质好了很多，鱼虾种类丰富了，鹭鸟等水鸟也更加活跃了，整个生态越来越好。"他说，有时开船经过还有鱼跳上船来。

近年来，大良为打造水清景美的高品质河滨空间，大力推进桂畔海水系综合整治项目，不断提升桂畔海河沿岸景观。为延续桂畔海河西部河岸景观带，现时桂畔海河新滘段一个新的美岸项目正在建设施工，近日已完成基本工程建设。随着美岸项目的建设完工，这座建立在大良北部的河滨公园将成为附近居民悠闲玩乐的好去处。市民将能在亲水平台欣赏美丽河岸风景，在慢行步道上进行健身运动，同时公园内还将提供儿童游乐空间，进一步提升大良这一座品质之城的市民幸福感。

2021年10月，顺德区第十四次党代会提出"以水美城、以水兴城"，重塑"水韵凤城"魅力，打造美丽中国标杆。为此，顺德聚全区之力，有序推进清岸、清源、提质、净水、美岸、智慧、兴城、爱河的"八大行动"。随着治水大会战深入推进，一条条河涌泛起碧水清波，一处处岸边崛起滨水景观。高品质的见水近水亲水空间，优化了人居环境，提升了"水韵凤城"魅力，更好满足了人民群众对于美好生活的向往。

2. 顺峰挹翠

有水必逢山，山水相依，人景共生。顺德一中的对面，就是顺峰山。

以顺峰山为基本依托，顺德辟有顺峰山公园，是顺德"新十景"之一。顺峰山公园位于佛山市顺德新城区西北部太平山麓，距离区行政中心约3公里，距离顺德一中仅1.2公里，是集旅游、休闲、娱乐为一体的现代化旅游景区。公园自1999年开始兴建，2005年国庆始向社会开放。

顺峰山公园景区结构包括太平山、神步山、桂畔湖、青云湖等区域。公园的建设突出以"山色水韵"为主题，充分考虑了顺峰山真山真水的特点和深厚的人文历史底蕴，巧妙利用自然空间布局以及旧寨塔、青云塔等历史古迹，依据山势地貌形成了"青山、碧水、一寺、两湖、两塔"的自然与人文景观格局。以两湖（青云湖区、桂畔湖区）、两塔（青云塔、旧寨塔）为主要旅游轴线，巧设独特景点，构成"桂海芳丛""汀芷园""步云迳""雅正园"等景区共24个。

顺峰山是佛山市顺德区"青、碧、蓝"建设重点工程和城市改貌工作的主要配套工程，顺峰山公园建设将成为《佛山市顺德区率先基本实现现代化规划》的重点工作之一，作为佛山市顺德区现代化花园式河港城市的跨世纪标志。

三个景区只是公园中的中式景区的一部分，蓼宸园为江南古典园林建筑风格。秀起堂和紫云瀑为岭南古典园林建筑风格。根据地形地貌，利用建筑单体和连廊划分多个园林空间，环绕水体互为对景，充分体现园林风格。主体建筑结构为钢筋混凝土结构，厅堂均吊藻井天花。走廊与外飘檐的外露部分按古典园林建筑的做法（要求完成后钢筋混凝土不外露）完善了仿古建筑的做法。外墙贴仿青砖，内墙批荡画线。

顺峰山公园入口牌坊，为三跨式巨型中式牌坊，整座牌坊宽88米，总高度38米，基座厚3米，主跨35米，整座楼牌重1.4万吨，牌坊正反两面拱门之间有16条用大理石雕琢而成的龙柱，单条重量就达25吨，全部在门楼顶上用螺丝栓紧倒挂，营造出凌空而下巧夺天工的气势。其规模之大，造型之雄伟，图案之华丽，石艺之精湛均为国内外所罕见，因此享有"中华第一牌坊"的美誉。牌坊以钢筋混凝土框架为骨架，外表挂花岗石，主要为"黑青麻石""富贵红"两种岩石，由于牌坊巨大，与国内三五层瓦面的牌坊不同，顺峰山公园牌坊的瓦面多达11层，高低错落，蔚为壮观，瓦面之多在国内也十分罕见。瓦面普遍采用皇家离宫别院常用的凹黄凸绿色半边琉璃龙华脊。瓦面之间的挑用镂空的石头搭建，既能装饰又能平衡上下瓦面。

牌坊正面中间的拱洞上书"顺峰山公园"五个大字，北面则写着"顺峰揽胜"四个字。字幅两旁贴有门神，门神两侧则为龙门花板，三个门洞上的花板都是左右对称的图案，其中，有三狮戏球、九龙戏珠、八仙八宝、松鹤延年以及形态各异的花鸟，牌坊上的花板无论大小都有雕饰，弧形门洞的两端都以青石鳌鱼头作为点缀，古朴之中又显出祥和高贵。将中国古代龙凤图纹用于牌坊中的雕饰一般少见，顺峰山牌坊中有如此多的龙凤雕刻，也属创新。

第五章 水漾芳华：人水相生的景观文化

顺峰山公园牌坊及太平、青云双塔

  尤其值得一提的是，牌坊四个基座上除了支撑牌楼的四根水泥柱外，正反两边各有两根直径达1.1米，长12米，每条重25吨的龙柱。据介绍，这16条龙柱均是将原有的石头打成空心，里面放置钢管，石材表面则刻绘出三条舞动的龙，所有的龙柱都是倒挂着用螺丝栓紧，拱门两侧在离地面5米的高度各悬挂两条，因其巧夺天工，格外引人注目。

  在山色水韵的顺峰山上，还有太平塔、青云塔（以下简称"双塔"），作为顺德人民心中的"精神高塔"，双塔寄托了顺德人民的"乡愁"。

  从顺峰山公园牌坊出发，沿左侧的绿道前行，不过百米，就看到一座小山，叫神步岗，青云塔就建在山顶。在山脚下建有大成殿，殿前的平台上，有孔子立像，底座上写着：万世师表。在山东曲阜的孔庙，大成殿是祭祀孔子的重要场所。右手边立有重修双塔的碑记，记录了最近一次（2018）修缮之事。

  沿着左手边的石阶登山，只需要一口气，就来到半山腰的一个平台，左右两侧各有一个凉亭，路边还有一方石碑，是上次重修的碑记。不过数十步，就来到山顶，一座巍峨的八角形宝塔，耸立在面前。

  青云塔始建于明万历年间，原名神步塔。塔基周围八面，各镶嵌石雕力士俑一个，包砂岩雕造。可以看到，基座仍保留原始材质，塔身则焕然一新。青

043

云塔的后面是青云湖，湖的另一边就是顺峰山，山中的宝林寺仿佛就在眼前。若遇阳光从云中透出，照在青云湖面，宛如佛光普照。

从神步岗后山下来，就是青云湖畔，穿过青云湖上的拱桥和九曲桥，来到顺峰山脚下，在政协林旁边，有一条上山的马路。路口新建有一座牌坊，牌坊上写着：太平胜境，由此登山，便可到达太平塔。

此处以前道路是柏油铺成，这次重修，全部换成了青石。登山路比较平缓，几分钟，峰回路转，便是一片视野开阔之地，山下就是四季大草坪，远处的顺德东部新城，已经粗具规模。继续向上行至半山处，有一观景台，登上此台，在树影婆娑中，可看到青云湖美景以及青云塔。观景台所在的道路旁，有登山石径，沿着石径可以继续登山。石径上刻有步数，大概500步，便可看到一个凉亭，亭柱上有一副对联，写着："一路松荫开画境，九霄塔影长文风"，很有意境。

太平塔已经近在眼前。这座山叫太平山，是顺峰山的最高峰，也是顺德中心城区的最高点。因山下的村子叫旧寨，当地人俗称旧寨塔。这座塔同样建于明万历年间，呈八角状，共七层。塔的东面刻着："天门瑞气"，西面刻着："震旦玄光"。在抗日战争时期，这里曾发生过太平塔战斗，塔身上至今还留有弹孔，为纪念此事，此次重修，专门在塔旁修建了一个碑墙。太平塔南侧有观景台，站在这里，可俯瞰顺德新城的美景。

告别太平塔，从另一侧下山。依然是500级台阶，来到宝林寺后门，又回到青石板马路。下行不远，路边有条石径，从这个石径下山，经过一片幽静的竹林后，就来到山脚，这里有一个园林，亭台楼阁、假山奇石、风景优美，名为步云径。当然，如果由此登山，去寻访太平塔，也是一个不错的选择。

顺峰山公园太平塔、青云塔，由明代万历年间的顺德知县倪尚忠捐俸禄倡议建造，并广泛发动县绅捐资参与。太平塔于万历己亥年（1599）七月初动工，庚子年（1600年）十一月底竣工，为八角七层楼阁式砖塔，高约25米；2006年被公布为佛山市文物保护单位。青云塔于万历辛丑年（1601）十二月动工建设，壬寅年（1602年）六月竣工，为八角七层楼阁式砖塔，高约45米；2002年公布为广东省文物保护单位。

400多年来，顺峰山双塔见证了顺德这一片土地礼仪雅化，文教昌盛的光辉历史。作为古顺德县城标志性建筑，顺峰山双塔有大量文献和碑刻记载其兴建和屡次修缮，见证了顺德历史繁华和跌宕，已成为顺德传统文化重要遗产和城市景观重要节点。

不到园林，怎知春色如许。依临如此名园，顺德一中借助这得天独厚的地理优势举办了一系列活动。每年百花盛开的春季，都有一批高三学子前去顺峰山公园踏青散心。沐浴在天地灵气之间，高三学子不禁被眼前那青山秀丽与绿水温柔抚慰了疲惫麻木的身心，精神为之一振。"暮春者，春服既成，冠者五六人，童子六七人，浴乎沂，风乎舞雩，咏而归。"仿佛穿越历史，对话先贤，孔子所赞誉的最美理想就在美丽的顺峰山公园得以实现。

三、结语

水，在中华文化中，被赋予了丰富的文化内涵；水，是顺德文化的基本载体；水，也是顺德一中的精神依托。因水而生，水韵天成，山水相依，相映成趣，是顺德一中学校文化的基本要素。桂畔河东，顺峰山南，一片神奇的土地孕育了一座神圣的教育殿堂。顺德一中，看顺峰山云卷云舒，百年丹青绘宏图；听桂畔海潮起潮落，千秋书韵育桃李。作为顺德教育的明珠，百年来顺德一中凭借卓越的教育能量为社会培养了一批又一批优秀人才，取得了瞩目岭南的教学业绩。钟灵毓秀，人杰地灵，山水之间，教有攸归，顺德一中是也。

第六章
书香如缕：高雅人文的阅读文化

2023年3月28日，教育部等八部门印发了《全国青少年学生读书行动实施方案》以下简称《方案》。《方案》提出通过三到五年的努力，使广大青少年学生阅读量明显增长，阅读兴趣、阅读能力持续提升，为养成终身阅读习惯打好根基。

顺德一中一直致力于培养学生阅读兴趣，在提升学生阅读素养的道路上默默耕耘。

顺德一中率先提出"四项基本能力"：以"阅读"为先，将"阅读""书写""运算""表达"四项基本能力强化为具体课程，夯实学生的学习基础；继而推行"五个一百"工程。举行"一百场科技报告会""一百场人文报告会""一百场读书报告会""一百场电影欣赏报告会""一百场达人报告会"，不仅读好古今中外文理众多经典，更要学生读好社会人生百态这本大书。

同时，顺德一中还推行三年阅读课程和举办多项阅读活动。以图书馆为依托，利用现代信息技术手段，智能辅助学生借书、阅读；通过个性化、人文性的借阅卡设计，为学生留下美好的阅读体验。开展学习类专题校园文化活动。如科创文化节、阅读文化节、诗词大赛、朗读者、英语晚会、语言文化节等。每年世界读书日期间，组织系列精彩纷呈的读书活动已成为顺德一中图书馆的传统。在多项举措的推动下，顺德一中高雅人文的阅读文化正在美丽的校园里不断氤氲发展。

要谈顺德一中的阅读文化，就绕不开"以书香升华灵魂"的顺德一中图书馆。顺德一中图书馆是顺德区最早采用自动化管理系统的学校图书馆。它文化内蕴深厚，既有千年传统文化的积淀，又有百年现代文明的润泽，更有顺德一中建校一百多年学校历史与精神的传承升华。过去、现在、未来三者递进、传承而发展，物（馆舍）、人（读者）、神（文献）三者融合、辉映而拱立，成就了广东省"书香校园""顺德读书天堂"之美誉。2022年，顺德一中图书馆更是被评为广东省中小学"最美阅读空间"并向全国推广。本次评审各地市推荐参评的阅读空间共145个，按照"空间之美，馆藏之美，师生之美，服务之美，活动之美"五个维度经专家组综合评审，其中，85个获评2022年广东省中小学"最美阅读空间"，获奖率不到60%，而顺德一中图书馆正是最美阅读空间的典范之一。

一、空间之美

2018年4月，广东东泰五金精密制造有限公司的伍志徵先生，代表公司慷慨捐出1000万元，助力顺德一中图书馆改造升级，并设立"东泰阅读基金"。

改造后的图书馆面貌焕然一新，于稳重严谨中更添一份简洁、明快、现代。翼然临于微波粼粼的水面，天一生水，地六成之，灵动幽雅，中轴对称的造型融合玻璃幕墙的通透，可谓人与自然、古典与现代的完美结合。馆内设

顺德一中图书馆外观

有阅览座位700个，检索和服务终端58台，有实现"藏、借、阅"一体的阅览区，还设有多媒体阅览区、知识共享空间、读者沙龙、教工书吧、放映厅等多个功能区，是一座集"藏、借、阅、研、休"功能为一体的规范化、科学化、现代化的学校图书馆。

当你走进这座广东省中小学"最美阅读空间"时，你一定会被这里的阅览区所深深吸引。图书馆一楼是文学、历史阅览区，环境清幽，听着虫鸣鸟叫，蛙声片片，捧起一本历史书，与古人对话；手执一本文学书，与大师同行，岂不乐哉？图书馆二楼是哲学社会科学、自然科学以及外文阅览区，那里藏书种类丰富，视野开阔，有供一人安静研修的小圆桌，也有可以约上三五知己一起阅读的各式沙发。在阅览区，你可以"正襟危坐"，或驻足细读，也可以"葛优躺"，自由自在。总有一种方式能够让你舒适阅读，畅游书海。图书馆还有设有杂志天地，每年订阅报刊约300种，使报刊阅览区成为一中师生最爱"打卡"的地点之一。自现刊开放借阅以来，热门期刊每周上新后都被读者"一扫而空"，火爆非常。除了传统的纸质化阅读，作为一所现代化图书馆，自然少不了电子阅览区。电子阅览区配备先进的硬件设施，可供同学们上网查阅资料，线上线下学习两不误。馆内随处可见有提倡阅读的标语，如，电子阅览区墙上雕刻的苏轼的名言，"发愤识遍天下字，立志读尽人间书"，时刻不在提醒着前来一中图书馆阅读学习的学子们的使命和初心。

除了一般的阅览区域，顺德一中图书馆还有许多深受学生们青睐的功能区

顺德一中图书馆阅览区域

域。改造后的一中图书馆打造了音响设备可媲美商业电影院的放映厅，可容纳近百人观影，为师生们提供了高质量的影视鉴赏体验。在图书馆的底层，还设置了展览长廊。图书馆展览厅曾举办"小林漫画"展，由中山大学信息管理学院主办的名人与图书馆主题展览，以及校庆LOGO设计展"一个标志的诞生"等，为一中人打开一扇特别的窗口，用更广阔的视野看待世界、感受世界。除此之外，还有装饰精美的知识共享空间与读者沙龙，为师生们交流智慧碰撞思维提供了一个绝妙的场所。知识共享空间配备大屏幕一体机，座椅设计便于面对面讨论交流，是老师们集体备课、同学们开展研究性学习的好地方。读者沙龙常常举办阅读分享会、真人图书馆、教工俱乐部活动等，成为教室外课程开展和文化交流的重要场所。

二、慈善之美

广东东泰五金集团，是顺德知名爱心企业。这是一家集研发与制造于一体，专业为厨柜、卧室家具、浴室家具、办公家具、定制家具及地产商提供门铰链、喷粉滑轨、走珠滑轨、隐藏式滑轨、豪华抽屉、上翻、趟门系统及拆装部件的现代化集团企业。东泰公司在专利技术、制造力量、品质管理、品牌营销、销售渠道和客户服务等方面具有强大的优势。

2018年4月，广东五金集团董事长伍志徵先生，代表公司慷慨捐出1000万元，助力顺德一中图书馆改造升级，并设立"东泰阅读基金"。

2018年4月20日，我校在图书馆孔子像旁举行广东东泰五金精密制造有限公司捐赠顺德一中图书馆建设项目暨新华书店一中悦盈书屋剪彩仪式。区委副书记、区委政法委书记王勇，顺德区委常委、宣传部部长唐磊晶，区教育局闵乐萍局长，东泰五金董事长伍志徵先生等出席了仪式。

下午4:30，仪式正式启动，我代表学校致辞，不无感慨地谈道："今天学校倡导学生夯实阅读、书写、运算三大基础能力，我们将阅读放在首位，致力打造一个书香校园。"学校计划将本次东泰捐赠的1000万元用于图书馆内外部环境的改造和软件的提升、图书购置和阅读奖的设立。我们期望，改造后的图书馆和今日正式启用的阅盈书屋能成为一中最美的"读书天堂"，一中师生能在享受阅读的同时铭记恩泽，奋发有为。

随后，伍志徵先生致辞。他说："企业的发展有赖政府的帮助，也有赖于社会的支持，所以回馈乡梓、支持家乡的教育事业发展，是我们义不容辞的责任，尊师重教也正是我们企业一直遵从的。"伍董指出，之所以选择顺德一中，一是因为被区领导致力于办好顺德教育的热情所打动；二是因为被一中卓越的办学业绩所吸引。他热切盼望，在未来学校与企业之间会有更多的交流与合作。

由政府牵头、东泰五金慷慨捐赠的顺德一中图书馆建设项目，不仅体现了区委区政府对我校发展的真切关怀，也体现了社会各界对顺德一中的密切关注和大力支持，也正因为如此，才有了顺德一中历经百年的弦歌不绝，才有了顺德教育事业的蒸蒸日上。我们全体一中人将敬业奉献，锐意进取，不负大家对我们的期望与厚爱。我们将在上级政府和教育主管部门的领导下，在社会各界的支持下，把顺德一中建设成为佛山市卓越高中，广东省标杆学校。

此外，东泰五金集团还向学校捐赠2000万元，用于建设一栋新教学楼。顺德区第一中学教学楼建设工程项目总投资约6000万元，其中，东泰五金集团捐赠2000万元，经区政府研究，同意将新建教学楼冠名为"东泰楼"。

新教学楼建设内容包括新建一栋八层的教学楼以及连接饭堂和已建教学楼的连廊。新教学楼标准层每层4间教室、1间办公室，负一层为消防水池、消防

广东东泰五金精密制造有限公司顺德一中图书馆建设捐赠仪式

顺德一中"东泰楼"效果图

控制室、生活水泵房，首层为架空层、心理辅导室；二至四层为普通教室，五至六层为选修教室；七层为名师工作室；八层为教师活动室（年级会议室）。本工程教学楼建筑基底面积约为1800平方米，总建筑面积约为13200平方米，其中，连廊建筑面积约为700平方米，项目建成后可提供600个学位。

东泰楼修建完成后将会是校内通行主干道的枢纽，它将会连通教学楼、图书馆、食堂、宿舍等区域。现有篮球场侧边的风雨廊因功能重复，将迁移至食堂南侧继续服务。未来，从学校西大门进入校园后可以直接通过食堂南侧风雨廊至东泰楼，全校师生在校内的所有通行都将会更加便利。

2023年7月2日，顺德区第一中学"东泰楼"开工仪式活动盛大举行，正式开启了新楼建设的序章。

二、馆藏之美

目前，图书馆总面积3940平方米，总藏书量达18万册，每年订阅报刊约300种。顺德一中着力打造"智慧图书馆"。顺德一中图书馆的内部的布局陈设，现代、温馨、实用。图书馆设有非常实用的实时信息显示系统，能够显示图书馆每天运行的主要数据，如，进馆人数、借阅人数、借书排行等，为图书馆管理和教育教学工作能提供有效的数据支持。图书馆全面应用无线射频识别技术（RFID）和自助服务设备，读者可通过人脸识别进行自助借还，实现高效精确的典藏管理与便捷服务。

正所谓"书不读不活"，图书馆没有被翻阅的书很难说是真正的馆藏。顺德一中图书馆有着令人惊喜的图书借阅量。截至2023年4月10日，在班级年图书借阅排行榜中，高三年级（7）班以2700册的借阅量高居榜首，高三年级的（6）（8）（12）（18）（14）（1）（20）班，高二年级的（20）（8）（12）（9）（13）（2）（15）（14）（11）班，高一年级的（10）（18）（14）（13）（15）（20）（6）（17）（7）（12）（16）（19）（11）班，总借阅册数都在1200册以上。值得一提的是，去年相同时段借阅册数在1000册以上的班共20个，今年则有43个。

在个人借阅排行榜中，高一（10）班的陈正银同学以246册居全校榜首。而各年级借阅排行榜的前10名同学，基本上也是以三天读一本书的速度如饥似渴地进行阅读。

2022年，顺德一中图书馆外借图书75278册，比2021年多出14160册，进馆读者超12万人次，比2021年多2万人次。可见，被评为"广东省最美阅读空间"的顺德一中图书馆对同学们的诱惑力之大。

三、师生之美

借力东泰公司的支持，学校成立了博雅阅读奖，奖励"书香班级""书香少年"等。博雅阅读奖固定于世界阅读日当天颁奖，是学校的年度盛事。

2022年5月9日上午，顺德一中全体师生于升旗台前举行升旗仪式，为顺德一中凤山书院院刊首发仪式暨东泰博雅阅读奖颁奖大会拉开序幕。本次活动既是一种向伟大的作家和经典致敬的方式，也是对全校师生热爱阅读的一种鼓励；既是对从腾龙文学社到凤山书院发展和转变过程的一次回顾，同时也是对一年一度校园书香节活动的一个小结。

学生代表高三（5）班关凯南同学作题为《我读，故我在》的国旗下演讲。他分享了自己的阅读感悟，从不同的文字中领略大千世界、感悟家国情怀、树立远大志向。关凯南同学的演讲慷慨激昂，饱含真诚，其对阅读的热爱深深感染了在场的每一位同学。

何训强副校长发表讲话，总结了在读书月中开展的丰富多彩的读书活动，尤其凤山书院的第一本院刊——《腾龙2022春华版》经过主创人员的共同努力正式出版，让一中校园更添书香。何训强副校长还指出，在东泰阅读基金的激励下，校园阅读氛围越来越浓厚，学生阅读热情越来越高。他希望同学们都能成为爱读书、乐读书、常读书的少年，在读书的道路上实现人生的理想。

大会表彰了荣获第五届"东泰博雅阅读奖""博雅书香班级"称号和"博雅书香少年"称号的集体和个人，由广东东泰五金精密制造有限公司人力资源主管潘小媚女士等为他们颁奖。

书香致远，励志前行。"东泰博雅阅读奖"的设立进一步推动了校园内爱读书、读好书、善读书的浓厚氛围的形成，激励同学们养成多读书、读好书的阅读理念，在阅读中汲取行远力量，让"为学生一生发展奠基"的办学理念落到实处。

在一中图书馆里，闪耀着许许多多"读书之星"，他们好读书，读好书，在读书中品味马列经典，保持思想活力，坚定理想信念；或在读书中穿越唐诗宋词，赏读千古风流，尽览名山大川；或在读书中探寻个人志趣，培养远大理想，激发奋进动力……像这样的优秀学生的阅读故事，绝不在少数，每每聆听他们的感悟，都能从中汲取到阅读的智慧和动力。

"合上《献给阿尔吉侬的花束》，我对阅读又有了新的感悟。有的书在读完之后，可以让人称赞它很深刻很美，内容却不可细述，而有的书读完了，它会在生命之舟上深深地刻下一道痕迹，似乎影响着你的一生，似乎你替书中的'他'活过了一生，多年以后，你仍会拿起这本书，回味自己的人生。""读书之星"——来自高三（10）班的潘嘉烨如此写到他与《献给阿尔吉侬的花束》之间的故事，并谈到对阅读的看法："我由衷地希望人们可以多去阅读，不必在乎它是否有名气又是以怎样的题材去描写，只要你不断阅读，你终有一天能遇到最让你有感触的故事。"

北大学子李奕潮与一中图书馆也有一段不可不说的故事。李奕潮，2021年高考位列历史类省第14名，就读于北京大学历史系。李奕潮热爱阅读，且阅读范围非常广泛。他说，中学是人生很重要的发展阶段，阅读可以丰富课余生活，也是为未来的人生奠基。新高考语文越来越重要，对阅读的考查也越来越明显，他对自己的复习有明确的计划，甚至阅读也做了详细的计划，他在高三坚持每个月完整地阅读一本书：《一个人的村庄》《红拂夜奔》《考工记》《胡适四十自述》《活出生活的意义》《世界尽头与冷酷仙境》《挪威的森林》《都柏林人》《东晋门阀政治》《晚明大变局》……同时阅读了三本英文原著：《怦然心动》《二十首情歌和一首绝望的诗》《漫长的告别》。他喜欢读书，他认为读书可以让自己沉静，可以作为调节心情的一种很好的方式。李奕潮平时动静结合，课余时间还要安排一些时间去打打乒乓球，他说，这样才能让高中生活有趣而有味。

而这么优秀的学生离不开同样优秀的老师的培养。李奕潮的历史老师，特级教师李长福就极为重视阅读。"阅读的边界就是教学的边界，阅读的高度就是教学的高度。"这是李长福十分认同的一句话。他认为老师只有在广泛阅读，对教学内容进行深入思考的基础上，才能挖掘出教学内容的价值，实现对学生的价值导引。如此热爱阅读的师生，他们是顺德一中图书馆的灵魂所在。

除了热爱阅读的一中学子，顺德一中图书馆还有另外一道美丽的身影——图书馆志愿者。高一（14）班的黄群倩长期担任图书馆志愿者，在职期间热心工作，踏实负责，被评为"公益之星"。她谈到自己的成长经历和获奖感言，上个学期中旬，当她看到图书馆招募志愿者的通知，她便做下了成为其中一员的决定。每周一中午，最后一节课的下课铃响起，她就赶紧收拾好东西前往图书馆，开展志愿者活动。刚开始的第一天，还不熟悉图书馆的分区，不懂得如何将图书归类上架，做起事来忙手忙脚的，但在老师的指导下，几个星期后她便能熟练地完成工作了。虽然每周只有二十多分钟的工作时间，但她认为做公益不在于时间的长短和规模的大小，而在于做公益的真诚之心。在做图书馆志愿者的同时，黄群倩也获得了不小的收获：每当看到排列整齐的图书时，她就会对自己的劳动成果产生一种满足感。而她的工作也得到了老师的认可，被评为了"优秀义工"。参加志愿活动，不仅给群倩成就种种荣誉，也让她获得了自豪感和幸福感。

四、服务之美

顺德一中图书馆为一中学子提供了多种多样的空间服务，如，各学科在图书馆开设课程，有语文阅读课、英语阅读课、电影鉴赏课、心理课和美术课

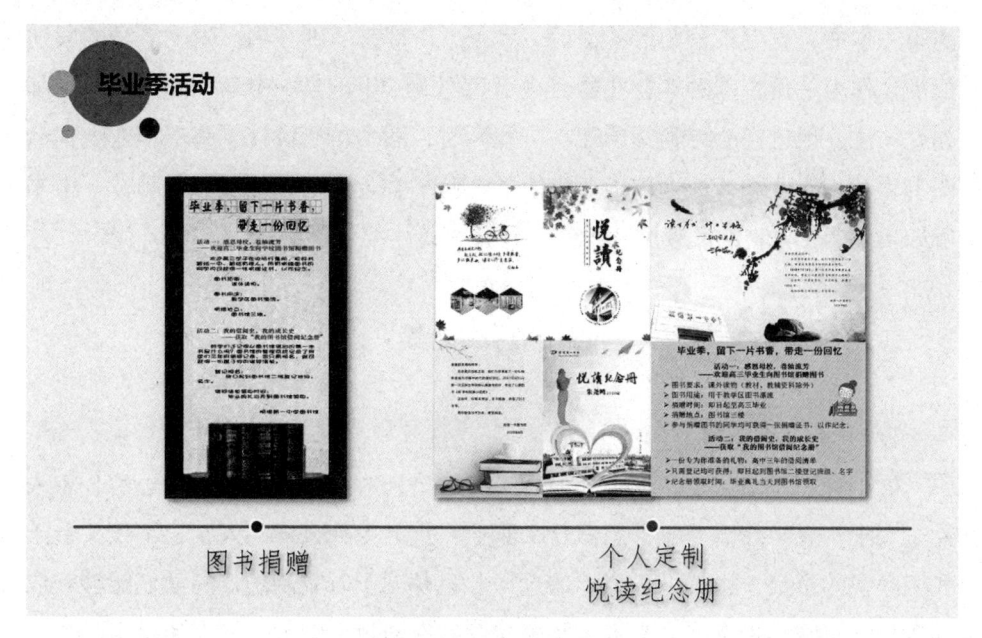

顺德一中图书馆毕业活动

等；学生社团活动，如英语口语社团、经济学社、探粤社、腾龙文学社、青莲读书会、摄影社等社团活动；教工活动俱乐部，如，瑜伽俱乐部、稻田美术俱乐部、亲子俱乐部等；参观交流活动，如接待前来参观交流的师生、校友、社会各界人士，真正使得这片广东省中小学"最美阅读空间"得到充分利用。

顺德一中图书馆为每个一中学子设计了系统的阅读之旅。在新生入学的时候，图书馆设计了开学季活动。有书海寻宝，帮助新生熟悉图书馆布局，更好地使用图书馆资源；新生问卷调查，针对新生对图书馆及其资源的使用现状解决问题，提供高效高质服务；还有新生入馆培训，帮助新生熟悉图书馆资源和服务，提高信息素养，更好地发挥图书馆的文化传播和教育职能。

一中图书馆为了让同学们能够在学校有良好的阅读体验亦是费尽心思。图书馆设置了书单推荐，每周一期主题书单推荐，以经典译著为例，推荐翻译大家及其代表作，让同学们读好书、好读书。同时，图书馆在购置书目时还悉心听取师生意见，设置书目荐购服务，全年持续。全校师生有效推荐采购图书500种，满足师生各方位的阅读需求，同时形成具有一中特色的图书馆藏。

到了毕业季，一中图书馆还设计了"悦读纪念册"。图书馆专门为每一位毕业生设计的"悦读"纪念册，呈现每一个学生在顺德一中的阅读史。从借阅的第一本书，直到离校前借的最后一本书，全部都罗列在内，附上老师的殷切祝福，作为一份特殊的毕业礼物，送给我们的学生。当一个学生的阅读被老师如此关注，他也许会更爱阅读吧！与此同时，图书馆还设计了高三毕业生捐赠图书活动，毕业季，让全体毕业生留下一篇书香，带走一颗书心。顺德一中书香如缕，高雅人文的阅读文化就这样代代相传、绵延不绝。

五、活动之美

1. "真人图书馆"

处于青春期的孩子，可能会前所未有地重视对自己的未来进行思考，想去什么大学？想学什么专业？想做什么职业？想成为什么样的人？它不仅关系于我们存在的意义，也关系于当下的选择。只是囿于时空制约，同学们能够获取的资讯和直观感受有限。"真人图书馆"旨在通过读者与"一个活生生的人交谈"的活动，探索不同职场人走过的生涯路径的印迹，获取更立体的资讯和最

顺德一中第十七期真人图书馆活动照
顺德一中2016届校友、牛津大学在读博士做分享

直接的感受。本学期我校学生成长与发展指导中心联合图书馆，以生涯研习社和青莲读书社的成员们为主力，根据同学们票选的感兴趣的职业，有针对性地邀请相应的职场人士进行分享和交流，为有兴趣甚至有志于此方向的同学提供资讯和联络的窗口。

真人图书馆活动目前已持续开展了十七期，吸引了近千人次学生参加活动，邀请了来自各行各业的社会人士、校友分享职业经验和人生感悟，有牛津大学在读博士生，顺德一中2016届校友何启炽、著名新媒体执行主编，顺德一中2012届校友吴耀锋、顺德著名书法家，一中校友李良晖、索尼中国影像大师，顺德一中1997届校友欧阳智斌等。他们向在校学子传递榜样的力量，发挥重要的指明灯作用。

2. 读书分享会

四月读书月，悦读正当时。2021年4月8日，顺德一中青莲读书会于新图书馆内举办了读书分享会。本次活动是新图书馆首次迎来阅读分享会，吸引了热爱阅读的同学们热情参与。高二（4）班温楚玥同学作为本次分享会的主持人，向同学们介绍了青莲读书会成立的初衷——

青，是春天的颜色，代表活力与希望。莲，是清新高雅的象征，也是一中湖里的夏日主角。青莲，谐音"青年"。青莲读书会，致力于将爱读书、爱分享的同学聚集一堂，定期分享读书心得，激起身边同学的阅读兴趣，共同成长进步。让书卷墨香从书本传递到每位同学中，让读书感悟从个人分享到群体回音，让书卷气质从图书馆走向校园。

在大家期待已久的目光中，三位分享者依次走到台前，给同学们分享她们喜爱的一本书。高二（14）班周洁同学，从哲学角度分享了周国平的《妞妞》，让同学们跟着她一起体会作者的快乐与悲痛；同样来自高二（14）班的黄明敏同学给大家讲述了乔布斯与苹果的故事，探讨"为什么乔布斯被称为苹果教父，而不是苹果之父"的问题，并结合个人的思考给出了回答；高二（9）班的冷话同学和同学们分享了斯科特·派克《少有人走的路》，对书中内容十分熟悉的冷话同学分享了很多书中的小故事和个人感悟，并极力推荐同学们看这套书。

分享活动中有很多互动的环节，反响热烈，同学们大胆地表达自己的观点，热情地交流回答问题，分享自己的经历见闻与点滴感悟。活动中同学们关于"分享一件让你感动的事"的回答最是让人印象深刻：有的是高一同学棒垒球赛失利后偷偷哭泣却反被同学鼓励安慰的感动；有的是在"朗读者"中看到自己的班级用努力换得成功时班级同学的感动；还有的是高三同学在大考中用孤注一掷的勇气却换来了意想不到的收获时的感动……在同学们的不舍中，活动迎来了尾声，青莲读书会在活动的最后为三位勇敢的分享者分别送上一本她们所喜爱的书。

3. 主题展览

顺德一中图书馆一楼有一条光洁亮丽的文化展览长廊，为一中学子开阔视野、足不出校游览世界起到了极大的作用。

2021年4月到5月，持续一个月的时间里，一场特别的文化盛宴——"小林漫画"展在顺德一中进行。

"小林漫画"展是为营造书香满盈的校园氛围，达到环境育人、美育浸润的目的，以悦读·科创·社团文化节为契机，依托顺德一中图书馆为展览平台而举办的一次特别活动。活动由教务与教学督导处统筹，校团委与校图书馆多方组织。"小林漫画"的作者是中山大学艺术学院教师、著名漫画家林帝浣。"小林漫画进校园"是小林老师长期坚持的一项公益活动。"小林漫画"集中在顺德一中图书馆一楼主走廊展出，进入主走廊，一眼就看到这些蕴含生活智慧的画作。画作主要展出了小林老师的生活意趣类漫画，展出后，第一时间赢得了老师与学生们的围观。在繁忙的学习工作中，成了大家放松的一刻，与思考生活沉淀生活的契机。本次"小林漫画"展览，以营造更为丰富多彩的校园文化为目的，让一中人用更广阔的视野看待世界、感受世界。

2021年6月28日，由中山大学信息管理学院主办，我校承办的"图林漫步，书海遨游"——名人与图书馆主题展览在我校图书馆展出。

习近平总书记在2019年国家图书馆建馆110周年之际，给国图8位老专家的回信中强调"图书馆是国家文化发展水平的重要标志，是滋养民族心灵培育文化自信的重要场所"，并高屋建瓴地指出了图书馆事业在国家发展特别是文化发展中的重要作用和重要地位。关于读书的价值与意义习近平总书记深刻指出："读书是文明传承之途、政党巩固之基国家兴盛之要、社会进步之力、水平提升之路、人生成长之梯，青年成才之要。"

图书馆作为知识的海洋智慧的殿堂同阅读一样对个人眼界视野的开阔和民

族文化素质的提升都具有重要意义。回顾历史，我们不难发现：古今中外大凡成就斐然彪炳史册的名人，大都与图书馆，与阅读长期保持着密切的联系。

　　本次展览活动既侧重对红色名人的选取和介绍，在中国共产党成立100周年发挥党史宣传教育作用，秉承中大信息管理学院"党建+专业"的特色思政教育理念和顺德一中"为学生一生发展奠基"的办学理念，将图书馆活动融入第二课堂建设中去；又从图书馆和阅读的专业角度呈现出23位名人如何通过图书馆和阅读汲取知识，追求智慧，营造了良好的校园阅读文化氛围。

　　设在图书馆一楼文化长廊的展览吸引了众多一中学子的目光，同学们纷纷驻足停留，认真看展。观展的同学们纷纷表示，大家应当充分利用学校图书馆宝贵的图书资源，博览群书，让书籍成为良师益友。

　　顺德一中图书馆一直在培养学生阅读兴趣，提升学生阅读素养的道路上默默耕耘。此外，顺德一中还在图书馆开展电影欣赏活动、青莲读书分享活动等，丰富活动，不一而足。每年世界读书日期间，组织系列精彩纷呈的读书活动已成为顺德一中图书馆的传统。2021年读书活动，有"读书分享会""图书馆摄影比赛""我最喜爱的一本书阅读推荐""图书馆寻宝"，以及"听说读写漫谈讲座"。2023年读书活动，更是精彩翻倍！包括"阅读马拉松""书海寻宝""图书盲盒"、图书封面征集"有书要衣"、主题电影展播等。2023年世界读书日前夕，由学生们自主设计、以手绘大赛作品为底稿的顺德一中图书馆文创产品定制完成。顺德一中图书馆文创产品包括书签、明信片以及环保袋。文创不售，仅通过"阅读马拉松"活动中取得的"阅读里程券"换取。以同学们的阅读创新成果吸引更多的同学参与到阅读思考当中，顺德一中图书馆一直在行动！

六、结语

　　前阿根廷国家图书馆馆长、著名作家博尔赫斯曾说过一句十分著名的话："如果有天堂，那一定是图书馆的模样。"顺德一中图书馆，矗立一中湖畔，孔圣像旁，青山为屏，绿水环绕。一座图书馆，汇聚教育心；一中求学路，书香伴我行。

第七章

匠心如磐：星光熠熠的研修文化

校本研修，是我们耳熟能详的一个课题。它是学校办学的重要内容，是学校办学质量的稳定器，是教师专业发展的发动机，在学校、学生和教师发展的过程中，扮演了十分重要的角色。

一、校本研修的定义

校本研修，是指作为教师工作实践的主要场所——学校，成为一个有利于教师专业发展的学习型组织，尊重教师个体的发展愿望，创设一切便利条件，充分发挥教师个体创造力和教师群体合作力，形成一种弥漫于整个组织的学习氛围，并凭借着群体间持续不断地互动学习与实践，使个体价值与群体绩效得以最大限度地显现。

我们认为，要比较准确和深入地理解校本研修，需要把握以下几点：

1. 校本研修的立足点是学校。是基于学校，为了学校，发展学校的研修。

2. 校本研修的主体是教师。只有教师发挥主动性，解决自己教育教学中产生的问题，才能提高教学质量，提升教师的素质。

3. 校本研修具有立体、综合的工作属性。需要多角度、多方面地整合力量，创造良好的校本研修生态环境，让教师在专家引领、同伴互助、个体反思实践中实现专业发展。

4. 校本研修具有鲜明、正面的价值导向。指向是教师的内生驱动、职业幸福和教师队伍的高质量发展。

5. 校本研修需要直接呼应和解决教师发展的突出问题。需要直面教师队伍中普遍出现理想不彰、师德失范、职业倦怠、"躺平"懒散、思维陈旧、教法单一等诸多问题。

二、背景与现状

我们研究校本研修，主要的出发点和依据在于国家的教育政策、当前国内教师校本研修的现状和顺德一中的教师的基本情况。

1. 问题提出的背景。自人类社会进入21世纪以来，互联网、大数据、人工智能、云计算、区块链等技术迅猛发展，使得传统的教育模式受到极大冲击，泛在化的互联、深度学习模式逐渐成为未来教育的发展趋势。

学习已经超越了班级的边界、学校的围墙、学科的界限甚至是学制的限制，信息技术革命带来的教育变革，正成为一股不可阻挡的潮流。

唯有打造一支高素质专业化创新型的教师队伍，方能在时代变革中挺立潮头。

2. 国家和地方的教育政策。2019年中共中央、国务院印发的《中国教育现代化2035》提出，"建设高素质专业化创新型教师队伍"是实现教育现代化总体目标的十大战略任务之一。

《广东省教育厅关于加强广东省中小学教师校本研修工作的指导意见》又进一步明确了"建立与学校整体发展教师专业发展相统一的校本培训制度"的要求，提出促进中小学教师专业发展，要进一步发挥校本研修的优势，提高校本研修的针对性和实效性。

近年来，佛山市发布《构建佛山"五好教育"新形态，推动全市基础教育高质量发展行动方案》，以"五好教育"为突破口，系统构建"好学校、好校长、好教师、好生态，共创学生好未来"更加公平高质量人民满意的教育新格局。顺德区第十四次党代会也提出，要实施好生态、好学校、好校长、好教师"四好工程"。锻造新时代的好教师，成了地方政府发展教育的重要指针。

3. 当前国内教师校本研修的现状。当前中小学校本研修现状与有关部门

设定的目标和要求仍存在相当距离,且面临着这样一些困境:

一是工学矛盾突出。特别是教学与研修在时间安排上难以协调;

二是形式主义凸显。比如,只提倡不落实、只布置不调研、只图表面不求实效、只讲数据不讲质量、只看形式不看内容等;

三是主体意识不够。比如,部分教师认为校本研修仅仅是属于少数骨干教师应该参加的活动,研修思想与行为比较懒散;

四是专家引领不到位。虽然绝大多数学校都会邀请各类专家到学校进行指导校本研修,但专家一般都不能持续地进行跟踪和指导。

五是评价方式单一。比如,只注重书面材料的评价,而缺乏质性评价;以终结性评价为主,而缺乏过程性评价。

三、功能定位、理念和路径

1. 顺德一中校本研修的功能定位。我们校本研修的功能定位是:为百年老校再腾飞破题,对标国家新一轮教学改革、师资培养和人才培养要求,聚焦"教育—教学—科研"三大板块、"课程—课堂—师能—师德—育人"五大核心等关乎学校特色发展的突破点开展校本研修,激发我校教师专业成长内驱力,提升我校教师专业素养,提升教育教学水平,探寻我校教育教学改革新路径,最终实现"学生—教师—学校"生命共同体高质量发展。

2. 顺德一中校本研修的理念。顺德一中具有丰富的办学理念体系。坚持"为学生一生发展奠基"的办学理念,践行"让学生站在学校中央"的学生观、"让老师站在教育前端"的教师观、"让学校勇立改革潮头"的发展观,提倡"我在,一中更精彩"的价值追求,把"追求卓越,崇尚一流"的精神打造成为一中的文化品格。

就校本研修而言,我们践行的理念是:"同心同频同台,共修共进共享"。我们希望构建"学校—教师—学生"的生命共同体,三者绘就一中发展同心圆;一中是师生成长的共有的广阔平台,全体一中人秉承一中精神与学校同心相应、同气相求、同频共振;教师认同学校文化,并主动参与校本研修,共同成长、共同促进、共同提升,研修成果惠及全体教师,最终成就教师的幸福职业人生。

3. 顺德一中校本研修的原则。我们的原则是：搭建平台，分类培训，分层培养，问题导向，项目驱动。

4. 顺德一中校本研修的路径。我们的研修路径是：专家引领——共同体（级科组、备课组、工作室、项目组）研修——实践探索——专家诊断、同辈研讨——反思提炼——成果分享

四、探索与实践

我们在校本研修方面做了不少的尝试，概括来说，主要是六个方面。

1. 研修课程

课程是校本研修的根基。根据党的教育方针、国家和地方教育政策、学校校情，依据教师现状和研修需求所开发的校本课程，直接以服务教育教学为目的，以提升教师专业素养为诉求，具有针对性、适切性、实效性。

概括而言，学校为教师专业发展开发设置的丰富课程，有以下几类：

（1）学校发展研究类。如筑师魂课程、卓越学校创建课程、集团校建设课程等。

（2）教师发展研究类。如课题研究指导课程、教育教学教研成果提炼课程、新教师入职校本培训课程等。

（3）学生发展研究类。如生涯教育研究和体验德育研究课程、班主任主题沙龙活动课程、拔尖人才培养专项研究课程等。

2. 研修平台

校本研修的阵地是平台。学校为教师专业发展筑台子、搭梯子，整合各种资源、建设各种平台，"让教师站在校本研修广阔舞台的最中央"。学校为教师专业发展搭建研修平台。主要的举措有：

（1）引入国家级、省级研修平台。国家级、省级研修平台为教师校本研修提供了广阔空间。其特点是站位高、容量大、信息全、权威性强、资源更新快，为教师专业发展带来无限可能。近年来，顺德一中融入的国家级、省级研修平台主要有：广东省教师信息教师技术提升工程2.0示范校项目建设、广东省校本研修示范校项目建设、广东省双融双创共同体项目建设、广东省优质教育集团创建、中国教师研修网：基于核心素养的互联网+联盟教研（高中数学+

高中英语）等，值得一提的是，"学习强国"正在成为教师喜闻乐见的研修平台，海量优质资源正不断让教师从中受益。

（2）建设教育集团平台。教育集团是当前促进教育优质均衡发展的重要的教育组织形式，在顺德一中看来，也是一种重要的校本研修形式。来自不同学校的教师，有着共通的集团价值观，同时也保持着不同学校独特的文化气质和教学习惯，集团研修的便利性，往往促使各种教育特质有序流动和影响，相互激荡和碰撞，对教师专业能力形成有利的思想启迪。顺德一中教育集团目前有成员校7所，集团校内部常态化开展学段衔接、课题共研、同课异构、专题讲座、研学互访、学科共建等教师研修活动，集团合作氛围灵动有序，生机勃勃。

（3）用好名师工作室平台。"专业学习共同体理论"认为，基于对教师专业性的承认、共识和分享，教师应组成包括教师、专家、辅导者等在内的"专业学习共同体"，完成共同的学习任务，并以此促进成员的全面成长。它强调在学习过程中以相互作用式的学习观指导，通过人际沟通、交流和分享各种学习资源，从而相互影响、相互促进。对标"专业学习共同体"，顺德一中建有各级各类名师工作室25个。详情可见下表。其中，学校现有省级名师、名校长、名班主任工作室3个。我们的工作室，有活动场地、有经费保障、有工作方案，有丰富活动，主持人带领工作室成员、学员、网络学员开展专题研修，教师广泛参与，研修成果通过报告会、分享会等各种形式在全校范围内交流汇报，全校教师受益。此外，各工作室还积极走出去，与各地教育同行开展交流、送教、讲座、调研、诊断、同课异构等活动，教师的专业技能得到很好的提升，促进了他们的专业发展。

（4）搭建高端研修活动平台。研修活动是校本研修的重要载体。学校往往依据学校和教师的发展需求设计活动，供给与需求的高度匹配，让活动的效能属性得到保障；结合学校资源禀赋所开展的高端活动，则有更多的机会，让教师对话同行、对话名家、与前沿共舞、与高手过招，对教师的专业成长善莫大焉。顺德一中作为一所有区域影响力的大校，多年来积极承担教育责任，主办、承办多场高端研修活动。例如，依托"华南师范大学——中小学协同发展联盟"，顺德一中2018年—2023年，先后举办了4次具有全国、全省影响力的教学开放日活动，传播课改理念，展示课改成效，推介课改经验，也培养了大批青年骨干教师。依托我校与知名教育科技企业"科大讯飞""杭州铭师堂"等深度合作，举办多场全国教学改革研讨会和校长峰会，来自全国近20个省市区的校长和教育同行来校参会观摩学习交流，教育部国家教育发展研究中心体制改革研究室主任王烽亲临指导并发表主题演讲，彰显了学校的影响力，同时带动了校长、教师参与校本研修的热情和成效。

（5）打造"三院"平台。"现代书院制"，是国内知名高中多有尝试的一种教育组织形式和校本研修方式。"书院"兼具传统教育之美和现代教育之长，教师参与其中，置身于古往今来、课内课外、亦师亦友的多重角色，开展策划、组织、课程开发、教学实施、内部管理、对外联络等各个方面的工作，教师乐在其中，也成在其中。顺德一中，从2019年开始，陆续开设了"三大书院"——以提升数学核心素养为主旨的"九章书院"，以提升自然科学核心素养为主旨的"少年科学院"和以提升人文、艺术素养的为主旨的"凤山书院"，聘请校内名师和校外专家担任导师，以此作为学生全面发展、拔尖创新人才培养的重要平台。借助于这"三院"，更多的则是老师们承担起多重角色的工作，在提升学生综合素养、培养拔尖创新人才的同时，丰富和发展自己了专业技能。顺德一中物理教师陈生聪，担任学校教务与教学督导处副主任，兼任两个班的物理教学，还出任学校少年科学院的秘书长和指导教师。繁忙的陈主任，每天在不同的身份中切换，他自己坦言，在少年科学院，角色给予了他更多接触前沿科技和高级科技人才的机会，他每天都在思考如何将这些新鲜热辣的教育元素教授给他的学生，思维激荡的课堂成就了优秀的教师。陈主任所带2021届高三，全班同学全部考入"985"高校，自己也被评为顺德区当年唯一一位"年度教师"。

（6）构筑丰富的教师多元发展平台。一所优秀学校的功能定位，不仅仅是培育优秀学生，还在于培养优秀的教师；而优秀的教师的标准，从来就是多元的和立体的。教师专业发展的终极目标，是让教师成为"他自己"。我们秉承一个信念：教师有哪一方面的能力，我们就鼓励他成为哪一方面的专家。顺德一中为教师创设多元发展平台，让每一个有职业理想，并愿意为理想奋斗飞的教师，都能发光发亮。例如，我们学校图书馆，被评为广东省最美阅读空间，很大程度上得益于优秀的图书管理员团队。馆长郭晓敏是毕业于中山大学的图书馆学的研究生，科班出身的名校研究生担任中学图书馆的馆长，在全省并不多见，关键还在于她本人乐于钻研，在职期间连续发表多篇专业论文，为图书馆的专业建设有不少思考和实践，俨然是一名专家型的图书管理员，成长为本专业的领头羊；再如，我校信息技术教师刘翔武，信息技术原本不是高考科目，但是学校基于学生综合素养，实施五育并举，大力开展综合实践课程，刘老师凭借一己之长，有了用武之地，被评为综合技术学科的正高级教师。类似这样的事例，在顺德一中，不胜枚举。

3. 研修机制

顺德一中为教师开展校本研修制定和形成了一系列的工作机制。

（1）"互联·深度"教学改革。所谓互联，指在互联网、大数据、云计算、人工智能、虚拟现实等先进的技术手段支持下，教育教学各元素互联互通，实现课堂教学的信息化、智能化、泛在化。所谓深度，是指深度学习，强调批判性地学习新的思想和事实，深度加工知识信息，主动构建个人知识体系，并有效迁移应用到新情境中以进行决策和解决复杂问题，最终促进学生学习目标的达成和高阶思维能力的发展。顺德一中从2018年开始实行"互联·深度"教学改革，将之推广为学校教学的主流范式，师生人手一台平板电脑，背后却是学校教学的深度革命。教师在这一过程中，颠覆了传统教学思维，启发了新的教学路径。

（2）六阶职业生涯激励体系。"教师专业发展阶段理论"认为，教师的职业生涯可以划分为不同的发展阶段，每一个阶段都有自己独特的问题和任务，要有针对性地找到解决这些问题、完成这些任务的方法与对策，才能实现自身的发展。该理论的提出既有助于教师根据发展阶段制定自身发展的短期和长期的目标，同时也有利于学校或教师培训机构针对教师专业发展的特点提供促进专业发展的辅助性条件。顺德一中实行教师"入职—新秀—骨干—名师—专家—荣退"六阶职业生涯激励体系建设，让每一个教龄段的老师都能得到激励，全程护航教师成长。如，在入职教师群体中开展新教师入职校本培训课程体系；在新教师群体中实行三导师制师徒结对；在骨干教师中开展青年教师高考教学成长风采展；在名师群体中开展名师精品课程示范周；在专家级教师群体中开展名家专家大讲坛活动；在退休教师中，开展荣休教师风采展活动。通过全过程、一系列的激励，我们的教师能在不同的成长阶段，找到具体的目标定位，克服了职业倦怠，充满了干事创业的激情。

（3）顺德一中"青蓝工程"。"知识势能理论"是指，教师因其生活经历、受教育程度、工作经验以及个人特质不同，所具有的知识势能也极具差异，具有不同知识势能的教师间形成知识势差，推动教师之间的知识势能由高向低流动。而且，高知识势能的教师在传授、帮助其他老师的实践过程中还有可能生成新的势能。作为校本研修一项基础性的制度安排，青蓝工程是多数学校都在做的一项工作，顺德一中的青蓝工程主要有两个方面的特点：一是起步早，全程扶苗。我们的新教师在与学校签订就业协议之日开始，学校的教研部门就积极跟进，开展新聘教师入职前的线上岗前培训和师徒结对，推荐自主研修书籍和观赏教育电影，引导新教师提前进行角色转变，培养教育情怀；新教师报到后，学校为其开展为期两周的入职培训，渗透学校文化和教育理念，培养教师职业技能，指引职业规划，帮助新教师扣好职业的第一粒纽扣。二是三导师制度，全方位培养青年教师。我们会为每位青蓝工程培养对象配备三名导师——大导师、学科导师、班主任导师。其中，大导师由南粤优秀教师、省市区学科带头人、省市区校各级工作室主持人、区名教师、省市区骨干教师、高校兼职导师、级科组长等担任，全面负责青年教师的规划指引、思想引领、青年教师参赛指导、成长成果验收；学科导师由在所在备课组里产生富有经验的优秀学科教师担任，负责学科教学技能的培养和帮扶；班主任导师由获评市区校各级优秀班主任称号的现任班主任、级组长担任，也可以由德育处和年级组推荐优秀班主任担任，负责指导青年教师的班级管理和育人水平的提升。我们力求在教师职业生涯的主要方面，多点、多线、多面地对新教师进行引领。

（4）学术委员会工作制度。学术公平和学术自由是学校作为教育机构必然的价值追求，对于教师而言，更是有如空气和生命一般的存在。教师对学校的认同度和信任度，学术上的生命力和创造力，专业发展上的积极性和主动性，都与此息息相关。顺德一中成立有学术委员会。学术委员会作为学校学术评估评价机构，从机构职能、人员遴选到业务操作，积极做到专业性、中立性、去行政化。学校但凡有关职称申报、评优评先、课题遴选、开题结题论证、教师学术荣誉推荐等项目，均由校学术委员会主导形成推荐意见。学术委员会的工作实行现场答辩、材料公开、程序透明、开放观摩，具有优良的学术公信力。近年来，共开展近50场学术评审活动，涉及每个学科组教师和各类成长需求的教师，起到了很好的学术引领和学术公平评价的作用。

（5）教师荣誉评选制度。马斯诺的需求层次理论，将人最高层次的需求界定为"自我实现"的需求。教师的"自我实现"，在一定意义上，就是收获学生的成长成才，得到学校和同事公允的认可；层次分明的荣誉体系，切中肯綮的表彰评价，激发了教师成长的内驱力，把握了教师专业发展的动力源。顺德一中具有比较完善的教师荣誉评选制度。教师依循其年龄、资历、业绩、贡献、影响力等维度指标，参与"教坛新秀""领军教师""卓越教师"的评选，其中，教师个人自由申报、材料面向全校公示、学术委员会主持公开遴选、行政会议评议、党委会议（校长办公会）确定。对获奖教师，我们安排学生写颁奖词、升旗仪式颁发证书、一次性发放奖金、公众号推介，其事迹宣传于学校教师荣誉墙及宣传栏，让优秀教师感受到应有的尊重和骄傲。此外，顺德一中还有一项光荣传统——每季度评选一次"最美一中人"。教师对此珍视有加，很好地在校内起到了振奋师风、弘扬正气的作用。

4. 研修文化

（1）百花齐放的校本课程建设。我们认为，校本课程，衡量一所学校校本研修活跃度的一个重要标尺。教师对教育的理解、课程建设的能力、对教育资源的掌握和运用、对学校的认同、对教学的态度、对学情的把握、对师生关系的判断等等都能够从教师开发校本课程、实施校本课程教学的行为中得到体现。

顺德一中目前有校本课程40多门，涵盖自然、社会、人文、思维、艺术等多个领域。教师们开发校本课程的积极性很高，很多校本课程构思精妙，内容丰富，形式生动，取得了很好的教学效益。例如，我校关晔姬老师开发执教的校本课程《寻味顺德》，主动聚焦顺德文化特色，链接顺德美食文化和人文资源，将顺德名师大厨请进校园，也把学生带到各大餐饮名店和研学基地，让学生在体验中收获，在体验中成长；再如，我校地理老师任仲魁、李思文夫妇，多年来关注顺德地理研学，主动深入顺德乡村调研，长期在田间地头、祠堂会馆搜寻教育素材，有了新鲜热辣的第一手素材，再加之教师的精细打磨，最终开发成颇受学生欢迎的校本课程《顺德地理研学》。

（2）相约星期三学术沙龙。《论语》说："不愤不启，不悱不发，举一隅不以三隅反，则不复也。"朋辈的引导和启发，是校本研修的有效途径。同样的工作环境、相似的成长路径，过往者的心路历程，同为教师的专业成长之路，往往能为后来者带来入木三分的思想启迪。

"相约星期三学术沙龙"，是顺德一中校本研修的一个品牌活动。主要由学校名师、骨干教师面向本校教师不同群体，分类开展系列学术讲座和学术研讨的活动。这一活动安排在周三下午开展，故有此名。这一活动，有力地营造了学校的学术氛围。一系列优秀的主题讲座，如，《向正高迈进》《你也可以成为语文省状元老师》《名师工作室的那些事》《青年班主任的成长之路》《高级职称评审你该做些啥》，等等，兼具理论性和实践性，深受教师欢迎。

（3）教师假期主题研修活动。将教师打造成学习型组织，是校本研修的应有之义；充分利用好寒暑假，引导教师适当开展主题研修，是促进教师专业发展的好形式。围绕教育教学核心议题，一年一主题，有布置、有管理、有分享、有传承，构建了生机勃勃的研修氛围，促进了教师的专业成长。

顺德一中鼓励教师开展假期主题阅读。临近期末，学校科研与教师发展处就会在全校教工会上，向教师提出假期的阅读倡议，给出阅读推荐书目，组建阅读俱乐部，自主结成主题研修项目组；教师在享受假期的同时，阅读相关书籍，撰写心得体会；返校后，学校再组织相关评奖、展示，组织读书报告会、成果分享会，教师分享读书心得，营造起浓郁的读书氛围。2021年，我们的寒暑假阅读主题是"跨学科融合"；2022年，我们的主题是"聚焦三新"。值得说明的是，假期阅读和研修是自愿性和引导性的，学校不做硬性规定，仅做好氛围营造和平台搭建工作，旨在引导教师热爱学习、终身学习，而不是为教师增添工作负担。

（4）教师荣休仪式和退休教师返校研修。荣休，是教师职业生涯的终点，也是开启教师新生活的起点。在顺德一中，荣休之于校本研修的意义在于"幸福"二字：回望一名教师的来路是幸福，分享一起走过的岁月是幸福，乐见弟子的成长是幸福，接受众人的祝福是幸福，她以现身说法的形式给予青年教师职业幸福的启迪：幸福是奋斗历程、是孕育桃李、是新老接力，是爱校如家。

顺德一中尊重每一位教师，重视每一位荣休教师的职业荣光和心理尊严，以满满的仪式感向他们致敬。荣休仪式在全校教工大会上举行，全体教师见证；荣休教师接受学校致的荣休致敬词和致送的纪念品、其所在科组做的职业生涯回顾分享、其弟子致送的鲜花，其本人也当场发表荣休感言。整个仪式温馨感人。我们还将优秀的退休教师返聘回校继续任教，邀请德高望重的老教师回校做师德宣讲，向新教师讲解一中校史，老一辈一中教师的现身说法，他们身上的勤奋、严谨、淡泊、谦卑等美德，是对在任教师最好的表率和激励。

5. 研修交流

（1）与著名高校共建研修共同体。著名高校是校本研修的重要依托。一方面教师存在寻求高位引领、更新教育思想、瞭望前沿动态、深拓教育资源的专业需求；另一方面高校的理论成果、专家人才、丰富资源往往能弥补中学办学的不足，"品牌高中—著名高校"的合作研修，给教师所带来的广阔视野和思维格局，往往是其他研修所不能取代的。

近年来，顺德一中与各著名高校共建校本研修共同体。与中山大学合作。2017年，在顺德一中设立中大致远班；2023年，我校与中山大学数学学院建立"双高"框架下的协同育人合作关系；与华南师范大学合作。加入"华南师范大学—中小学协同发展联盟"，开展"卓越教育创建研究"项目；与华南师大的项目合作，形成了"高校指导学校、学院帮扶学科、专家引领教师"的三位一体的模式。2018年9月起，先后4年举办全国、全省教育教学开放日活动；邀请华南师大九大高考学科专家走进一中课堂，诊断课堂教学，全面更新理念，优化教学模式。2019年4月起，我校九大学科的骨干教师走进华师课堂，围绕新课改背景下师范生职业素养提升的主题开展相关专题讲座，培育师范生，扩大学校骨干教师的影响力。近年来，我校推荐名教师8人获聘华师兼职硕士生导师，骨干教师25人获聘华师兼职本科生导师，为卓越教师成长搭建起新平台。

此外，我校还与北京师范大学、华东师范大学、华南理工大学、广东外语外贸大学、广州美术学院等名校建立了常态化的合作关系，有多名教师在湖南师大、江西师大、广西师大、广州美术学院、佛山科技学院等院校担任兼职导师。

（2）与知名高中构建发展联盟。办学层次相当的普通高中之间开展的"朋辈研修"，是校本研修的又一有效形式。基于相同或者相近的办学层次、办学基础和教育使命，各校若能依据各自办学实践敞开心扉，破除壁垒，开放交流，互通有无，所带来彼此启迪的能量是惊人的，而不同地域的"老校""名校"之间的对话，则让参与研修的教师获得一种"站在巨人肩膀上"

的高端体验。

近年来，顺德一中与河北衡水中学、湖南长郡中学、浙江杭州四中、江西临川二中、安徽合肥八中、广东华师一附中等国内知名高中建立长效交流机制，培育竞赛教练、学科骨干教师、信息技术种子教师、课改种子教师、中层行政。其中，2019年3月31日，河北衡水中学康新江副校长带领现任高三年级九大学科的教研主任，赴我校开展联合教研活动，分享创造高考奇迹背后的教学智慧。引起业界瞩目。百年名校，金庸、徐志摩、郁达夫、华君武等文化名流和叶培健等十余位两院院士曾执教或求学的杭州四中与顺德一中缔结友好。2019年8月10日，由该校张伟韬校长带领的学校管理团队30余人，到访我校，并与我校达成长期交流机制。我校先后选派多位行政到杭州四中跟岗学习，杭州四中派出骨干教师队伍与我校共同开展全国研讨会。

6. 研修辐射

教育之美，在于"各美其美"，也在于"美美与共"。

开门研修，不仅是交流和撷取，还在于扶持与分享。对于教师而言，走出校门、协济远疆、送教下乡，脚下有泥土，心中有真情，成就他人，也在成就自己，这样的研修过程，是专业技能的提升，更是师者灵魂的升华。

近年来，顺德一中校本研修工作在苦练内功的同时，积极对外辐射，在国家东西部协作、省校本研修示范校、省区域帮扶、佛山市"顺德结对高明紧密协作"等工作框架下，发挥了积极的带动作用。据统计，顺德一中结对联系学校近40所，其中有国家东西部协作结对学校：新疆伽师二中、贵州黔东南州台江县民族中学、西藏广东实验学校、四川凉山州盐源中学、广西河池市罗城高级中学；省校本研修示范校项目结对学校：广东高州中学、高州市二中、高州市四中、高州市大井中学、佛山市三水区实验中学；省区域帮扶学校：广州大学附属东江中学、潮州市高级中学；佛山市"顺德—高明紧密协作"结对学校：佛山市高明一中；顺德一中教育集团成员学校：顺德一中外国语学校、顺德一中西南学校、顺德区本真未来学校、顺德区京师励耘学校、顺德区乐从实验学校、顺德区翁祐实验学校；谢大海省名校长工作室结对学校：云浮市新兴一中、东源县实验中学、清远市博爱学校；李长福省名师工作室结对学校：佛山市第二中学、三水区华侨中学、南海区南海中学分校、化州市实验中学、云浮市云浮中学、罗定第二中学、罗定第一中学、云浮市郁南县西江中学、顺德区北滘中学、顺德区京师励耘实验学校；顺德一中友好合作学校：顺德区容山中学、江西省安远县第一中学东校区等。

学校通过支教、送教、诊断、专题讲座、同课异构、跟岗研修、线上教研等形式，向结对学校提供帮扶和支持，帮助这些学校廓清教育思路，更新教育理念，提升教师素质，提高教学质量，促进了一批学校的高质量发展。

五、研修成果

近年来，顺德一中通过校本研修，取得明显的办学效益。在教师发展层面，学校名师数量和比例不断上升，一大批教师在高层次教学比赛中获得佳绩，教师教研成果丰硕。在学生发展层面，学生生源素质不断提升，入学分数线层次不断提升，学生参加各项比赛成绩优异，学生全面发展多元成才取得实效；在学校发展层面，近年来学校高考成绩不断进步，学校获得众多高端荣誉，学校知名度、美誉度和影响力不断提升。

六、研修反思与展望

1. 反思。在现有成绩的基础上，我们也对过往研修工作进行了复盘和反思，形成了如下几个可以进一步探讨的问题。

（1）如何强化组织的系统性以适应教师专业发展的新要求？未来教师专业发展的内涵必将更加广义和多元化，校本研修注定将不再是学校的某个部门、某个方面的工作，而是基于学校现实与长远发展，通识性与本体性教师素养并重，课程教学与学习研修相融，整体规划与推进行动一致等错综复杂关系的统一，这无疑对校本研修的顶层设计、组织实施、监督评价等方面提出了更高的要求。

（2）如何提升研修的适切性以应对教育教学改革的新趋势？"互联·深度"背景下的教育教学改革使学校面临更多新的任务与挑战，特别是跨领域、跨学科以及综合实践活动等课程改革任务，需要不同部门的教师打破学科界限，借助项目或课题平台而组建团队，开展合作共建，携手联合攻关。因此，校本研修既需要瞄准教师的高阶素养，又必须专业化地诊断不同职业发展阶段、不同学段、不同学科的教师的个性化需求，并最终把二者有机地统合。

2. 展望。在教育信息化2.0时代背景下，借助信息技术为校本研修的发展提供支撑，进而推动其向沉浸式方向变革是必然趋势。因此，想要校本研修实践稳健地引领教师走上专业成长的阳光大道，我们还有必要做出如下努力：

（1）要着力培育校本研修文化，增强教师参与校本教研的内生动力。研修在本质上是一种学习，只有当教师学习成为一种学校文化时，校本研修才有可能成为教师的一种自觉行为。因此，我们需要不断完善校本研修管理机制，营造上下互动、纵横互联、层级助推、同步提升的研修新常态，形成教师共同话语和价值认同，关注教师研修需求变化，让校本研修成为教师成长必需，学校发展的必需。

（2）要强化提炼研修成果意识，形成项目化学习与创建品牌的互动。在大力推广以项目化学习方式开展校本研修的基础上，针对业已形成良好研修文化的学科组，我们应该进一步鼓励其依托自身特色，建构"人无我有，人有我精"的研修主题，从而创建自己的研修品牌。再以品牌推广进一步燃点其研修项目创造活力，在二者的良性互动中催动教师的专业化发展。

（3）要适时对接区域研修机制，协调各级研修服务与支持力量联动。"互联网+"背景下的校本研修，绝不是信息海洋中的孤岛，也不应囿于校园围墙的自成一隅。我们要把校本研修纳入区域教师人才队伍建设的发展体系，让教师在学校发展平台上拥有超越学校的场域。学校不但要为教师利用信息技术与专家、同行建立网络研修共同体创造条件，而且要主动遴选高质量的跨学校、跨区域的教师专业发展活动，把它变成校本研修课程的重要组成部分，善假于物，充分促进网络学习空间与物理学习空间的有机融合互动。

七、结语

顺德一中最近五年的发展目标是：建设"立标省内，领跑湾区的高品质岭南名校"。顺德一中校本研修工作，处于历史上最好的机遇，也面临更高的期待。目前，伴随着佛山"双高"建设方案的实施，普通高中办学评价机制的进一步深化落实，顺德一中校本研修机制的进一步完善，可以预见，在省级校本研修示范校建设平台的推动下，顺德一中学校、教师、学生发展水平将在接下来的五年迎来新的腾飞！

第八章
同心折桂：激情温暖的备考文化

在大众的语境中，高考常常予人一层"灰色"印象，而顺德一中，则以文化之名赋能高考，激情火热又柔和温暖，亮点频出而深入人心，且看几个重要的关键词。

一、激情

一中备考文化，是一种激情的文化。顺德一中的备考节奏，清晰而明快：上一届高三高考刚刚结束，我们就为即将上高三的同学举办"跑步进高三"的活动；国庆期间，高三举行励志拓展活动；随后举行成人礼和百日誓师；高考前的举行出征动员。全过程的活动铺排有序，节奏分明，每一次活动，都充满仪式感，同学们激情澎湃，热情高涨，以昂扬的声威和气势，将备考工作推向前进。

1. 序章——"跑步进高三"

作为顺德一中高三学子高考之战的序幕，自2019届伊始，"跑步进高三"在顺德一中已经开展五届。前脚以笔为锋的高三学子刚在高考战场奋力拼搏完，后脚新高三的学子们就做好了进入高三的准备。阳光下，新高三全年级师生家长高举旗帜，迈着胜利的步伐，以昂扬之姿跨过象征着高三的大门。这不仅仅只是新旧高三更替的仪式，更是让学生们完成身份转变，开始加速冲刺的战前动员。

顺德一中2023届高三启动仪式暨跑步进高三活动

"专注是一种态度，严谨是一种自律，拼搏是一种精神，超越是一个目标！亲爱的同学们，让我们从今天开始，跑进高三，适应高三，熟悉高三，拥抱高三，战胜高三，从心理到行动，完成角色上的转换，脚踏实地，超越自己，尽情地放飞理想，让自己的高三诗意而壮丽！"我在2022届"跑步进高三"仪式上致辞，激发同学们问鼎高考的信心和决心。这样的仪式意义非凡，让高二的同学从此刻真正地醒悟过来，认识到自己是一名高三的学生，自己距离高考原来是如此之近。

2022届顺德一中高考"最牛进步生"党启文，勇攀高考巅峰，逆袭终成黑马。当党启文进入一中时，他年级排名800多名；高考成绩揭晓，他全省排名2000多名。高一时，他英语经常80多分不及格；高考成绩揭晓，他英语130多分。"废柴"逆袭，这样的故事总是让人热血沸腾，而他谈到自己的转变就源于"跑步进高三"这一活动："到了高三，高考不再只活在传闻里，已经是确确实实近在眼前的挑战了。学校举办的跑步进高三活动如同当头棒喝一般将我从迷途中拉回，新班主任在与我的深入谈话中纠正了我的观念，让我明白了读书是为自己而读，是为了自我的发展，为了让自己可以拥有选择的权利，可以更好地追逐自己的梦想。"

2. 蓄势——成人礼

当同学们以少年的热血和冲劲跑步进入高三后，繁重的学习任务和压力让同学们难以喘息。面对即将而来的高考，面对青春的成长烦恼，面对前途未知的忐忑与不安，同学们不禁陷入困顿与迷茫，急需前行的动力和方向。恰逢同学们十八岁成人之际，顺德一中为各位新"大人"筹备了成人礼，也让各位同学对成长为人有了崭新的思考。

顺德一中成人礼系列活动由宣传策划处和高三年级领导小组主办，顺德一中团委协办，一般在每年11—12月的某一天举行。参加的学生一般是高三年级全体师生和家长，人数一般超过3000人。2023年2月24日，2023届高三学子们迎来了期待已久的成人礼仪式，且正恰逢距离2023届高考只有103天，我校为此举办了顺德一中2023届高三成人礼暨高考百日誓师大会。在这特别的日子里，家长们终于能进入校园亲眼见证孩子们人生中的这一重要时刻，也让今天的活动呈现出前所未有的热情与激情。

下午从12:30开始，校园里就随处可见手捧鲜花的家长们，他们脸上洋溢着幸福而紧张的笑容，等待着在宿舍里精心打扮的孩子们，男生们换上了笔挺的西装，仿佛真的褪去了孩子的稚嫩，帅气又潇洒；女生们穿上了各色的漂亮长裙和西装，得体又端庄，给校园中增添了亮丽的风景。他们昂首挺胸，春风满面，迈着自信的步伐，走向他们人生的主场。

下午14:16，在李春燕副主任的主持下，活动正式开始。赖光明副书记登上高台，宣布："2023届高三学生成人礼庆典仪式暨高考百日誓师活动正式启动。迈入成人门，肩负新责任。"话音刚落，由各班班主任和年级级长齐放的

顺德一中2023届高三成人礼暨高考百日誓师大会启动仪式

26枚礼炮飘飘洒洒，喜气盈盈。

接下来，在高台上一对舞狮的表演将期待推上高潮，教师们、家长们齐聚在成人门背后等待着孩子们踏上他们人生的新征程。各班级学生在班主任带领下，依次踏入成人门。他们手挽着父亲或母亲，惊喜而紧张地走过红毯，进入体育馆，与父母坐在场馆里，共同观看大屏幕里展示的他们成长的"痕迹"——提前准备好的《学生成长视频》。

下午3时许，所有班级的孩子都进入了体育场馆坐定。学生代表范珏郗上台发言，代表学生们发出感恩父母、感恩教师、感恩同伴的心声，同时表达了高考必胜的决心，她慷慨激昂地说道："接下来，我们将蓄势待发迎接成年后的第一个挑战——高考，在接下来的100天，把握好每一天每一秒，向6月奔去，定能将高考这场仗打漂亮。"最后她发出新时代青年担当之声，表示作为新时代的弄潮儿，会用奋斗谱写青春华章，以钢铁般的意志，以必胜的勇气，以埋头苦干的硬劲，书写出辉煌壮烈的青春。

家长代表李欣蕾先生在台上发表了感言，代表全体高三家长们表达了对孩子们成年的祝福与希冀，表达了对教师们的感谢与感恩，希望孩子们成人后能够做一个爱国、有理想、有信念、充满爱心、有底线、有智慧、放下未来着眼长远且有担当的人，同时表达了对孩子们高考的祝福与信心。

看完激动人心而又温馨的高三家长代表们录制的祝福与加油视频后，教师代表唐杰老师走上舞台，代表高三全体老师向孩子们送上真挚的祝福。唐杰主任首先提出一个问题："孩子们，什么时候你认为自己长大了？"接下来，他将父母平日里对孩子的真实的想法，将父母与孩子相处爱的细节，将视频里每位父母的表情与动作细节地说给每位同学听，让孩子们切身体会什么才叫长大，就是当自己体会到父母爱的时候才是真的长大了。唐杰老师情真意切的一席话，令在场所有的孩子、家长与老师们十分感动与动容，很多在场的父母和孩子都流下了泪水。唐杰老师在无形中教育孩子们要学会感恩父母，没有太多提及作为教师对学生成为怎样的人的具体要求，却又将教师育人于无形体现得淋漓尽致。

在唐杰主任的主持下，孩子们向养育自己18年的父母致"成人礼"并献上感恩信，家长也向学生送上家书和成人纪念册，在孩子的纪念册上签上自己的名字，并把礼物和祝福送给孩子。

赖光明副书记代表学校领导为孩子们送上了美好祝福并进行了出征高考的

动员。赖书记提到今天活动主题是双重的，也是一致的、相承的，接下来以真实而令人感动的日常打动了孩子们，告诉他们，在成长的道路上，他们并不是孤单的，父母和老师一直默默相陪。他同时表达了对学子们的期待，希望同学们不断克服人生成长道路上的一个又一个障碍与挑战，走过了人生中重要的三年，以后也一定会有美好的未来，一定会再创造一中的辉煌。赖书记以真实的故事、对生活细致的观察讲出人生道理，让在场的师生们、家长们既动容同时又备受鼓舞。从春天出发，一刻都不耽误，向胜利进军，天道酬勤！

在学生代表向依诺和孔子悦同学的带领下，全体同学昂首挺胸，举起右拳庄严宣誓：天地为证，国旗为鉴，十八而志，成人成事！目若闪电，声如洪钟，同学们士气昂扬，气贯长虹。

在体育老师们的组织下，全部孩子和家长移步到操场，在这里高三全体学生以班为单位进行了一次人生特殊之旅，班级绕运动场慢跑1.8圈，从0岁起跑，经过1.8圈，最终到达18岁大门（鱼跃龙门），象征18岁成人。在这诗意盎然的年纪，他们最坚定，最勇毅，最轻狂，最美好。心里有理想，眼里是未来，少年们意气风发，坚定不移，怀着感恩，背着理想，共同奔向光明的未来。

高三年级领导组也全部来到台上，黄波副主任从赖光明书记手中接过了"旗开得胜"的旗子，在舞台中央用全部力气挥舞着。随着黄波副主任"沙场点兵"，各班级应"到"之声响彻云霄，气魄十足，俨然是一群骁勇霸气、蓄势待发的战士，只待6月鏖战，再铸辉煌！

跨过成人门，立下凌云志。唐杰主任抛出给同学们的那个问题："孩子们，什么时候你认为自己已长大了？"相信带给了同学们许多思考，在这个青春最该奋斗的年纪，在这个高考之战的关键转折点，"长大成人"是四个字所带给同学们的，绝不仅仅只是身份的转变，更意味着更加坚定、勇敢、独立、踏实地走好以后的路。顺德一中成人礼，愿每一位一中学子无论日后在哪里，都能成为闪闪发光的大人。

3. 冲锋——百日誓师大会

时光匆匆然，转眼距离高考已只剩100天。此刻，唯有壮志满怀，百日誓师！

顺德一中高考百日誓师大会一般在高考倒数100天举行，旨在为即将奔赴高考战场的高三学子加油壮行，鼓舞士气。活动现场气氛热烈，老师们豪情满怀，学生们士气高昂，使其成为高三生活最难忘的活动之一。

2022年2月27日下午，顺德一中2022届全体高三师生齐聚礼堂，迎来了一场催人奋进、激昂斗志的盛典——百日誓师冲刺大会。顺德一中全体行政、高三年级家委会代表等出席大会，共同见证这激动人心的时刻。

"一百天够长，足够重塑一个自我，足够打造一个未来；一百天也很短，短得不能有半点迟疑、松懈和自我原谅！"此刻的我激情满怀，总是想和同学们多说点儿什么。高考在即，出征的号角已经吹响，同学们要赢得一百天后的胜利，必须要有坚定的自信，必须要有科学的方法，必须形成班级凌厉的战斗气氛。

随着一张张熟悉的面孔出现，一声声诚挚温暖的祝福响起，由高三行政、领导组、高三教师、舍务老师、高一高二师弟师妹、厨师、保安等超过2000人联合拍摄而成的祝福视频瞬间点燃了壮行现场，为即将在6月奔赴战场的同学们注入了澎湃的奋斗动力！

现场还有中国书法最高奖兰亭奖得主——谢扬科老师上台泼墨挥毫。苍劲有力的八个大字，饱含着全校所有师生员工最真挚的祝福——奋战百日，金榜题名！

怀着对奋战高考的决心和对美好未来的期望，各个班级以班主任和班长为代表，将同学们美好的愿望投至宏愿瓶中，期望高考胜利，前程锦绣！

在激情澎湃的乐声中，大会到了最激动人心的环节——宣誓。在二十二位班级领誓人的带领下，全体高三学子激情满满，庄严宣誓，响亮的誓言回荡在礼堂上空；全体高三教师也在年级领导小组的带领下共同宣誓，战斗热情丝毫不输给同学们。铮铮誓言，响彻礼堂，壮志凌云，豪情激荡！

铿锵誓言，犹在耳畔。在众人的期待和见证下，我向高三年级主管行政鲜瑜主任授予"旗开得胜"旗，祝愿2022届高三学子高考旗开得胜，再创辉煌！在"旗开得胜"旗帜的引领下，现场二十二个班的班旗也全都挥舞起来，场面震撼，激扬士气。随着鲜瑜主任"沙场点兵"，各班级按序起立，应"到"之声响彻礼堂，气魄十足，高三的战士们已经战意澎湃、蓄势待发，只待6月鏖战，再铸辉煌！

最后，全体行政、全体家长代表、全体高三师生一起共同喊出高三年级的誓言："师生同心，家校合力。风雨同舟，携手与共……我们，斗志昂扬！我们，奋力向上！我们，成就希望！我们，注定辉煌！"铿锵有力、激情澎湃的誓言回荡在顺峰山下，桂畔海边，让人热血沸腾，激励着全体一中高三人砥砺前行！

一百天，是冲刺的一百天，是造就人生辉煌的一百天。百日誓师大会，让同学们坚定信念、昂首向前，不负青春、不负理想，"一起向未来"，决战6月，金榜题名！

4. 祝福——送考仪式

每年的高考时期，顺德一中都会出现一片特殊的"红色海洋"，不是那树上盛开的凤凰花，而是为高考学子送考的老师和家长们。他们身穿红色战服，衣服上绣印着对高三学子的祝福，只为给出征的高考战士带来美好的祝福。更有美丽的女老师和家长，身穿旗袍，象征着旗开得胜。种种美好的象征和祝福汇聚在一起，学生们心中涌动不止的暖流，鼓励和支持着他们不断前行。每年的6月7日晚，当做好最后冲刺的高三学子们拖着疲惫的身躯和怀抱着坚定与向往的心情结束晚修回宿舍时，他们会猛地精神一振，惊喜地发现风雨长廊两旁，迎接他们的是老师们那灿烂温暖的笑容。仿佛注入了一剂强心剂，此刻，同学们再多的疲倦与不安，都在师生之间的一个个握手和拥抱之中化为乌有。在老师们的祝福下，披星戴月的学子们一定会在接下来的高考之战中展现出最完美的自己，取得理想成绩。

"争雄顶峰勤砺剑，笑傲联考勇夺魁"，步入顺德一中高三港澳班，映入眼帘的是班级门口张贴的对联。2023年5月19日下午，我与黄波副主任、刘西典级长等学校行政、科任老师、学生家长齐聚港澳班教室，为高三学子举行暖心的送考壮行仪式。活动一开始，班主任吴文燕老师满怀激情地阐述了此次出征考试的意义。随后吴老师播放了家长们以及科任老师们用心拍摄的加油视频、贴纸、祈福、口号、嘱托，应援方式，层出不穷，鼓励孩子们全力以赴，争创佳绩。

送行活动中，我还给孩子们提出一些寄语："顺德一中的孩子们都很幸福。今天，视频中这么多家人和朋友送来祝福，相信港澳班的同学们定能够带着鼓励在联考中发挥出自己的水平和潜力，取得优异的成绩。"希望同学们要坚定自己的信心，相信自己能够在联考中取得成功。

在派发金榜题名利是环节中，我和黄主任亲手为同学们派发红包和联考"锦囊"，并与大家一起切下了"联考必胜"蛋糕，祝愿同学们在接下来的考试中取得好成绩。同学们在出发前头顶粽子，寓意"一举高中"，手持葵花，寓意"一举夺魁"！

简单的仪式背后是最美好的祝福与最贴心的陪伴，送考仪式，是每一位出征的高考学子那刻在心底交织的激情与温柔。

二、温情

一中备考文化，是一种温情的文化。"陪伴，是最长情的告白"。在我们的微信公众号、校内宣传橱窗，我们总能看到摄影师记录下来的一幅幅高三老师辅导学生的照片。日光灯下，老师们的神态安定祥和，自然亲切，他们用心陪伴自己的学生走过备考的每一天，令人感动；2022届高三，七位一年内行将退休的老教师，在高三"站好最后一班岗"，他们把站在讲台上的最后时光，献给一线、献给高三、献给自己热爱的事业，他们是"最美一中人"！

1. 七星曜彩

"送你毕业之日，是我退休之时。"2022届高三教师团队，有七位特别的老教师。他们行将退休，却同样默默坚守，无私奉献，满怀责任，牢记使命，完美诠释了"崇尚一流，追求卓越"的一中精神，深受学生喜爱，更受晚辈敬重，就像天上的北斗七星，既处于星空之中心，分外分明，又为后来者指明正确的方向。

张学军老师，又被同学们亲切地称为"军爷"，顺德一中地理名师。一向平易近人的军爷，在课堂上将难懂的地理知识和技能传授给学生们，用他几十年教学生涯积累的丰富经验让同学们化难为易。教学中经常恰到好处地与同学们分享一些他在旅途中发生过的趣事，课堂上总是笑声不断，同学们听得轻松、学得扎实。用军爷的话来说这是他多年来努力的一个方向——着力打造"休闲地理"。

课余时间军爷十分喜欢大伙围着他问问题。晚修有时因问的人太多，常常要签名排队才行，军爷总是不厌其烦地逐一解答，直到全部同学满意为止。早在开学初，军爷就在班上做出庄严承诺："不管年级安排我晚修辅导到哪一节，反正你们不走我会一直奉陪到底。"高三这一年，同学们有目共睹，每次晚修值班军爷定是最后一个离开班级的老师之一，这种无私奉献的教育情怀，让我们肃然起敬！

　　高三备考异常紧张，军爷的关切问候、宽容与耐心常能让同学们感到内心平和，信心倍增！军爷常说同学们是他的"关门弟子"，投入的情感和精力自然更多。在此同学们也想对军爷说，您的深情投入和关怀备至我们都铭刻在心，无论岁月怎样流逝，我们这份浓浓的师生情感永远不会"关门"！

　　刘富平老师，顺德一中物理名师。"可敬"是他的关键词。刘富平老师不仅是"经师"，更是"人师"，他的人格魅力影响了无数的同学和老师。"秋入鸣皋，爽气飘萧。挂衣冠，初脱尘劳。"他的物理课还是人生课，会与同学们分享所见所闻，在课余生活还经常与同学们探讨人生，身体力行教会同学们走行世间需得细水长流，无论何时周身都散发着智者的从容淡泊。这份独特的魅力，或许是站在三尺讲台上久了，来自一道道算式，一届届学生，一个个日夜中悟得的为人处世的哲理。

　　身为曾经的"刘级"，也潜移默化地影响着身边的后辈老师们。有周兆武老师如是说："之前他做级长的时候，对待班主任也是既严格要求，又关爱有加，班主任们都非常喜欢刘级，他总是能给予我们许多班级管理的智慧。他

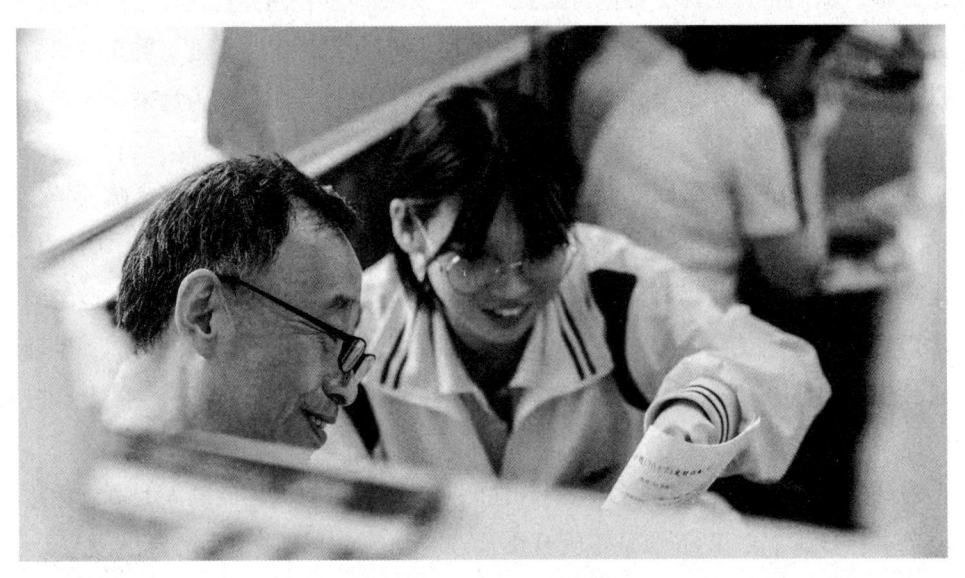

刘富平老师正在辅导学生

富有智慧，平易近人，是顺德一中的宝藏，是年轻教师的楷模，是莘莘学子的福音。"

2. 温情瞬间

（1）食在一中

在距离高考还剩10天的时候，我在行政会议上掷地有声："吃饱！睡好！考好！一定要保证好高三学生的饮食！"我在会议上强调："在高考冲刺的关键时刻，我们目前尤其需要做的，是孩子们的后勤保障工作。要把高三的吃饭问题上升到和冲刺复习同等重要的地位，作为头等大事，保证每一位高三学子能吃饱、吃好，有营养，更安全，尽量减少他们在食堂排队的时间，让他们'充实满足'每一天！"因此，学校为高三特意设置了以下温情服务：

增加营养。学校补贴100000元，给高三每位学子每餐免费加一道精美而有营养的"肉菜"。

节约时间。高三学子既可以像往常一样在三楼自由用餐，也可以在二楼自由用餐。减少高三学子排队的时间。并发出呼吁，呼吁高一高二学生早早去食堂用餐，为高三学生腾出更大的用餐空间。

增加供应。根据高三学生吃饭时间偏晚的特点，食堂进一步延长了供应的时间，保证学生在任何一个吃饭的时间段都能吃到热饭热菜。

保持加餐。继续保持之前专门为高三学生提供的"高考加油老火汤"，"信心百倍课间餐"，周一、周五课间继续提供水果，周二至周四课间继续提供鸡蛋和面包。

许多学生家长感叹："两周不回家我不怕，孩子在校乐开花。咱们的孩子在一中，享受的是真正VIP待遇呀。""考前最后10天的冲刺阶段虽然紧张，但学校备考VIP措施贴心，教师每日寄语鼓舞信心，学校领导每天跟进陪餐暖心，我们家长都很放心！"

（2）学在一中

在一中高三的班级，常常有着一道道熟悉的身影流转，那是亲切的老师。陪伴，是全体高三老师们的关键词。上到行政，下到各科任老师，无不将自己宝贵的时间无私奉献给同学们。我亲自率领高三年级，并将本届高三的精神定位为"专注、严谨、拼搏、超越"。年级几乎所有大型的活动，我都会参加，不愿缺席孩子们的成长。所有重要的讨论，我也会参与并给出指导意见。我还会参与到年级老师的听课，给清北班学生上班会，参与年级奖学，参加家访等等各项工作，希望能够给予高三学子们最温暖的陪伴。早晨早早读、中午数学夯基、下午练字、晚上晚修，常常能够见到何训强副校长在窗边观察的身影。如此繁忙的他在学生的眼中教学又是非常负责的，有学生这样说道："何训强老师是我见过最负责任的老师。他身兼多职，他既是安排工作处理事务有条有理的校长，也是给我们带来很有趣数学课堂的老师。遇见何训强老师，是我们的荣幸！"领导小组其他成员也是早出晚归，周末、假期时间也几乎都在学校。即使回到家，也常常在微信群里为一个决策讨论到晚上10点甚至11点，加班几乎成了生活的常态。

这种陪伴是落到实处的，是无微不至的。从高考前一个半月开始，针对有些同学睡得比较晚的问题，年级领导小组带领全体班主任轮流查寝。等同学们全部都安静睡下才匆匆离开。回到家基本都已经12点了，第2天还要6:40到校，这样一直持续到高考结束。这个方法很笨，但很有效，同学们的入睡时间明显提前了，白天的精神也更好了。在这样一个领导团体的带动下，高三年级教师展现出了前所未有的战斗力。全体老师都非常勤奋拼搏，周末、晚修，总是有很多老师都在学校辅导、陪伴学生。今年6月3日是端午节，在这个举家团圆的日子，高三年级有30多位老师在这里陪伴即将奔赴高考考场的学生，其中，将近一半是没有晚修值班任务的。

在高三学子奋战高考的背后，有一支极为团结的队伍在为他们保驾护航。老师们对高三领导小组一致的评价，就是非常的团结——年级工作非常多，但完全没有看到年级领导们之间互相推诿的情况。那其中的秘密何在呢？按鲜主任的话说，因为大家"抢着干"。

鲜主任主动承担了除统筹之外的很多困难且具体的事务，包括学校各部门协调、家委等事务，很多都是他亲力亲为，他已经是非常满负荷的工作状态。王瑶书记有一段时间参加省赛很忙，有些工作拜托玉芬级长的时候，她的回答总是："没问题，你去忙，我来！"领导让玉芬级长做一些数据统计，李智级长会说："这个我来吧，我那里有基础数据，稍微整合一下就好。"在安排值班的时候，李智级长总是把最苦最累的时间安排给了自己，高一高二周六白天他都是安排自己值班。到了高三，很多不便安排的时间都是安排自己做值班组长，王瑶书记安排值班时也是如此。"当你处于这样一个团队环境当中，就好像

第八章 同心折桂：激情温暖的备考文化

顺德一中2022届高三领导小组合影

一个大家庭一样，大家都会想着为彼此分担一些的时候，又怎么可能会去计较谁做的多，谁做的少呢？在这样一个团队里面工作，有时候工作多一点儿、累一点儿也没关系，因为大家心情是舒畅的。大家好才是真的好。"王瑶书记这样说。

三、阳光

一中备考文化，是一种阳光的文化。顺德一中的高三团队，团结和谐，忙而不乱，苦中有乐。在高三年级悬挂有一条横幅，上书："一群人、一条心、一起干、一起赢"，形象地传达了高三团队朝气蓬勃的精神状态；2022届高三百日誓师大会上，一个由学校录制的暖场视频，引来叫好无数。视频中，四位高三领导组成员，在组长一声"集合啦"的命令下，有的钻进小汽车、有的跨上摩托车、有的蹬着平衡车，越过学校的山水廊桥、楼道门径，昂首挺胸聚集在高三楼前。从容与知性中透着活力、时尚、帅气和喜感，展示了高三教师朝气勃发、活力满满的优秀形象。顺德一中的高三，就是有一群这样积极阳光的老师，他们把工作融入生活，把工作"玩"到极致，最终迸发出令人赞叹的创造力。

1. 踏青悦心

要说到"玩"与阳光，就不得不提令人羡慕的高三踏青活动了。为缓解备战高考的压力，以更好的精神面貌与心态继续投入备考，顺德一中组织2023届

085

高三开展"携手青春　逐梦前行"顺峰山湿地公园踏青活动。下午1:00，在顺德一中升旗台，各个班级有序集合，从学校内出发徒步到顺峰山公园。对于高三学子来说，这是难得放松的好机会，学生们脸上都洋溢着期待的表情。沿途风景秀丽，春意盎然。在前往顺峰山道路上沿途的每个路口，顺德一中的老师们举着小旗为学生们指引方向，保障学生们的出行安全，确保没有一个学生掉队。一路上，同学们互相帮忙、互相关心，形成了一股互帮互助的团队风气。即使走了很远的路，也没有人会感到疲惫，大家一起谈天说地，一路留下了欢声笑语。

抵达顺峰山公园的草坪后，各班开始布置现场野餐用的毯子和帐篷。现场热心的高三家长也纷纷带来了各种水果、蛋糕、奶茶等美食，参与到活动当中。春光正好，许多班级的学生在草坪上开展户外运动：飞盘、排球、足球等。在绿草如茵的草坪上，大家纷纷拿出相机，为这里的美好瞬间留下了记忆，也将这份感动展示给家人和朋友。这对于平日一直在忙于学习和生活的高三学生来说，无异于给他们的人生中增添了一份难忘的记忆。在露营过程中，各班级举行了各种团建活动，有的班级围坐一圈，有同学自告奋勇演唱歌曲，也有的班级"童心大发"，玩起了老鹰捉小鸡。在活动结束后，各班级有序组织清洁工作。师生们"挥一挥衣袖，不带走一片云彩"，带走了全部的垃圾。

外出踏青不仅放松了学生平日绷紧的神经，也让班集体更加凝练。在这样的活动中，同学们更加深入地了解了彼此，携手共进，留下了美好的回忆。

踏青活动体现了学校对学生心理健康教育的关注和支持。期待学生们的健康成长，让同学们美好的青春在春日的阳光下绽放！

2. 研学立志

俗话说："读万卷书，不如行万里路。"高三的学习之旅，并不仅仅只局限在课室这一方天地。在忙碌的冲刺学习中，高三学子也有举办研学之旅。2019年7月11日，顺德一中2020届高三部分学子整装集结，精神昂扬。同学们将去人文底蕴深厚的临川研学，开启"相约清北"夏令营生活。

天公作美，旅途顺畅。优秀的一中学子在奔驰的"复兴号"高铁上，还不忘学习呢。真是名副其实的"复兴逐梦"。对于一些同学来说，许多都是第一次，第一次坐高铁，第一次住酒店，第一次出远门……而考验才刚刚开始。顺德一中学子在老师们的带领下互帮互助、令行禁止，精神面貌和纪律作风令人称赞，吸引了不少路人的眼光。

晚上7:00，我们在临川二中报告厅举行了隆重的开营仪式。符校长致辞热情洋溢，他欢迎远到的青年们，介绍了临川二中取得的突出成绩，讲述了对顺德一中的美好印象，十分期待两地青年才俊在交流中增进了解，在学习中共同进步。顺德一中赖光明副主任感谢基地热情地接纳，回顾了前期的沟通对接以及基地细致的安排，讲述了前三届夏令营中动人的故事和取得的成绩，希望大家珍惜机会，开阔视野，学习临川学子的韧劲、拼劲，锻造坚毅品格，收获真挚情谊，共享这个热烈美好的夏天。营员代表陈皓同学则从青年成长的视角，表达学习的热望，进取奋发、情绪饱满的演讲获得满堂掌声。

开营仪式后，文科小伙伴进班体验严明的纪律作风和浓郁的学习氛围。理科则马上组织一次测试，安排紧凑，答题限时，阅卷严密，成绩分组。这对路途奔波的学子来说无疑是一场考验。但我们的学子迅速进入状态，沉着冷静应对，最终表现颇让人欣慰。在接下来的几天，两地才子会聚一堂，主动融合，小伙伴们之间交流增进了解。同学们还以任务驱动、小组合作、互动反馈、积分激励的方式，参观了抚州名人雕塑园、汤显祖纪念馆和竹桥古村，同学们寓学于途，积极参与，学有所获。

经过此次临川之旅，同学们用心体验，沉淀这段时光的记忆，相信每一位高三学子都能成为更好的自己。

四、必胜

一中备考文化，是一种必胜的文化。一中学子永不言败，敢于胜利。从刚上高三起，同学们就将自己的奋斗目标做成横幅，悬挂在学校的风雨长廊，每天路过这里，每天激励自己；就连学校对面的楼盘，也都在高考之际，悬挂竖幅，为一中学子加油呐喊；2016年，顺德一中高考取得优异成绩，退休老领导、原顺德市政协主席招汝基先生，喜不自胜，奋笔挥毫写下四个大字"扬眉吐气"，道出了顺德人的心声。"用胜利捍卫尊严"，是所有一中人的行为自觉。

在顺德一中，高考前一天还有一个特殊的传统——派红包。派红包是广东这边过年过节的一个传统，红色象征着鸿运，象征着最美好的祝福。6日上午，高考前的最后一天。"啊？校长真的亲自来发红包啊？"在一声声惊喜的呼声中，校长和各位领导带着吉利和美好的祝愿，走进2021届顺德一中高三年级的每一间备考室，以"笑书人生，金榜题名"为主题，将每一个带着学校祝福、关爱和期望的"金榜题名红包"，亲手交到每一位高三考生手中。

"高考加油！一中加油！高考必胜！一中必胜！"校长的到来，让高三学子们的士气高涨、斗志昂扬，他们高喊着必胜的口号，相互鼓励一定要以勇于攀登、敢于亮剑、舍我其谁的勇气，用最佳的状态和最好的发挥证明自己的无悔青春和拼搏精神。

除了校长派红包，各班的班主任和老师们也想方设法将必胜的信念传递给即将上战场的高三学子们。开考前一天，为了缓解考生的紧张情绪，彭千老师给孩子们上了一节特殊的班会课。在最后一节课上，她把6个粽子连成一串挂在课室里，让考生轮流"一顶高粽"，寓意"一定高中"。随后，彭千还给每人发了一个金榜题名定制红包以及亲笔手写的加油信，红包里是一张10元钱人民币，寓意"十全十美"。"加油信是花了一周亲手写的，每个人都不一样，而人民币的编码从2001开始连起，全班50名学生，排到我这里正好就是'2051'，是30年之后我们班相约同学聚会的一个凭证。"彭千说。

学校领导为高三学子送红包

五、结语

高考之于学生，是刀光剑影，是沙场征战；而顺德一中的高考，是气定神闲，是温情脉脉。我们以文化之名赋能高考，不仅是为了学生赢得高考，更是为了赢得人生：那一排整齐壮观的红色横幅，是青春的亮剑，志士的宣言，凭如此浩气，人生何惧风雨？那一夜孤灯下的陪伴，那一席挫折后的长谈，是人性的光辉，师道的闪耀，凭如此温暖，人生岂有悲伤？既然高考是人生向上登攀的站点，那么在顺德一中经历的高考，一定会是给予学生卓越人生最有力承托的一站！

第九章
古韵新传：风雅传道的书院文化

书院文化，源远流长。且不论包括白鹿洞书院在内的中国四大书院享誉海内外，仅顺德凤山书院，亦八百年传道，学脉绵延，影响深远。其独具特色的"循文道、贯中西"的人文传统和"教学相长"的教育传统，是为顺德一中办学思想的重要源头。

事实上，中华书院历千年蕴积的教育思想和文化精华，深刻契合教育规律，对我们今天仍具有巨大的现实意义。习近平总书记指出，中华优秀传统文化已经成为中华民族的基因，根植在中国人内心，潜移默化影响着中国人的思想方式和行为方式。如果我们能弘扬传统书院优秀文化，既可以引领人们的思想、规范人们的行为，又可以促进文化自觉和文化自信。

所以，面对新时代立德树人的高标准高要求，面对新课标、新高考、新教材的新挑战，我开启了自己的思考：如果我们深入探究书院体制机制建设，并与我校育人理念和教育模式相结合，能否形成独具顺德一中特色的书院制育人模式？

在精神文化层面，我们力求通过这一模式，把传统书院的"德育为本，修身为要；心忧天下，忠勇报国"的教育理念与顺德一中"为学生一生发展奠基"的办学理念和"学会做人，学会求知，学会办事，学会健身"的校训相结合，德育为先，立德树人，实现知识追求、价值关怀和人格完善的统一。

在物质文化层面，我们继承书院重视环境熏陶、体验感悟的文化传统，与学校校园文化建设相结合，努力营造高品位的建筑文化氛围：学校四面环水，校园中央造未名湖，打造"没有围墙"的校园；借鉴书院"中轴线"的设计理念，凸显图书馆、教学楼的中心地位；杂植颇具岭南文化特色的杧果木、凤凰树、黄花风铃等，以及有象征意味的木棉树、罗汉松等，实现自然之境、人工之美与人文之趣的统一。

在制度文化方面，汲取书院文化"全人教育"的精华，在核心素养立意的时代教育背景下，促进学生文理渗透，专业互补，建设"三大书院"学习社区，融汇人文科学和自然科学，实现管理机构精练化、管理原则民主化和管理方式"学规化"的统一。

目前，我校已形成以自然学科为主要特色的"少年科学院"、以数学学科为主要特色的"九章书院"，以文学、哲学、社会科学相关学科为主要特色的"凤山书院"，取得了丰硕成果；我们还依托顺德第一中学教育集团，打造覆盖小初高一体化的12年书院教育体系，序幕已张，未来可期。

一、立意创新，成立少年科学院

顺德一中少年科学院，成立于2019年。它以项目为载体，着力培养学生的创新精神、创新思维和动手能力，旨在培养科学家型创新人才。顺德一中少年科学院作为学校科技教育和学生科技创新活动的平台，负责协调和集合校内外有关科技教育的资源，推进学校与高校、企业和科研院所的联系与合作，推进

顺德一中少年科学院正门

学校科技教育活动与国际科技教育的交流与合作，为学校师生搭建创新教育的广阔舞台，为学生全面个性成长提供丰富多元、开放互联的资源。

顺德一中少科院有着相当丰富和精彩的活动，不仅培养了同学们的科研创新能力，同时也丰富着同学们的历史人文素养。

2022年7月8日，在顺德一中和省科技教育刘翔武名师工作室的组织下，由刘翔武、曾国强和梁志浩三位老师领队，带领顺德一中少年科学院科技创新组5位学生（李家文、廖宝琳、林昭成、林家浚、林智霈），前往潭州国际会展中心，观摩学习2021世界机器人大赛总决赛暨第二届中国（佛山）智能机器人博览会，开拓一中学子的创新视野，提高同学们的科技素养。

博览会上，在佛山中德机器人有限责任公司汤总和叶老师的带领和介绍下，同学们参观了在机器人行业前沿企业的展览，展品琳琅满目，先进程度与精巧程度令人赞叹，不仅应用范围紧密结合现实需要，其设计还紧跟时代潮流。

早上9:30，同学们观摩了世界机器人大赛。比赛种类众多，如，BCI脑控机器人大赛、机器人应用大赛等。比赛不仅覆盖了人工智能、智慧农业领域，还有脑科学等新兴的研究领域，这些极具创新的项目都引起了同学们探索科技未来发展的好奇心。在兴趣与好奇心的带动下，队伍聆听了工业科技行业的优秀工作者讲座，对数字化转型升级、云技术等专业领域有了更深刻的了解。高二（15）班林家浚同学在活动后谈到自己的科技梦："习近平总书记说过：'科学技术是世界性的、时代性的，发展科学技术必须具有全球视野。不拒众流，方为江海。'在这次研学活动中，我从机脑结合的比赛到物流巡航的比赛再到数字化转型的讲座，深深感受到要想创新，交流和面向未来是必不可少的。在高一高二时，我参加了许多大大小小的创新活动，在接下来的高三冲刺中，我认为创新发展中立足自己、对外开放、多听多思的方法在接下来冲刺的一年里也同样重要。"

风好正是扬帆时。对于每一个一中少年而言，当他们窥见了绚丽的科技世界，在心底种下了一颗创新梦，就会在接下来的学习与人生中不断地拼搏奋斗、锐意进取，直至实现心中的梦想。顺德一中少科院不仅为每一位科技少年提供望远镜和舞台，更为少年们实现科技梦而不断助力。

令人欣喜的是，从顺德一中走出去的科技少年在成为一名真正的科学家后仍不忘母校，摇身一变成为学弟学妹们科技梦的引路人。2020年12月18日晚，正值我校109周年校庆和少年科学院成立的大喜日子，上海交通大学副教授、博士生导师、顺德一中1999届校友沈泳星先生受邀回校，为高一高二的优秀学子开展顺德一中少年科学院第二场专家报告会，报告主题为《从甲骨兽骨到自由轮——断裂力学初探》。首先，沈教授简要介绍了自己曾经在一中的学习经历以及毕业后的学习工作经历，引得台下的同学们都为校友之优秀而惊叹连连。接着，他由甲骨文引入，从它们的书写材料——甲骨兽骨开始讲起，其中文献古文与断裂力学的理论概念相结合的方式十分新颖有趣，让台下的同学们都听得津津有味。

随后，沈泳星又以历史上的第二次世界大战为背景引出断裂力学的应用——美国货轮自由轮曾经因为断裂出现的故障而提出的改进方法。此外，他还讲述了断裂力学在生活中的实例，例如，墙角裂缝，安全锤的使用等。同时，沈教授也为有兴趣的同学准备了几道经典例题。讲座图文并茂，深入浅出，再配以沈教授幽默风趣的话语，让同学们收获颇丰。

沈泳星最后寄语一中学子们："学有所成，饮水思源。"我们十分感谢教授对一中学子寄予的厚望。在整场讲座中，同学们都全神贯注，认真记录，积极思考。在提问环节同学们更是争先恐后，希望与教授有更深入的交流。不少同学都表示，自己在这场讲座中了解到断裂力学的概念、发展以及在生活中的应用，同时对自己的未来发展方向也有了新的思考。作为一名仍在学习的一中人，有责任努力学习，积极进取，成为一名优秀出色的一中人。当然，在学有所成后，自己也要如沈教授以及千千万万的一中人那样，饮水思源，不忘初心，常回母校看看，为母校发展贡献出自己的一份力。

2022年2月25日下午，顺德一中少年科学院举行历史文化讲座，邀请结海堂美术馆联合创始人兼馆长滕海刚先生，主讲题为《帝王性格对古陶瓷的影响，从隋唐到宣统》的专题讲座。滕海刚馆长介绍了陶器发展至瓷器的三个时期，展示了中国古代陶瓷发展的历程，重点从隋唐五代到宋元明清的瓷器发展、具有代表性的瓷窑、瓷器特色等方面进行介绍，为师生们生动呈现了中国古代辉煌璀璨的千年陶瓷史。滕馆长博古通今，丰富的史料随手拈来，结合馆藏标本的现场展示，让讲座生动鲜活引人入胜。更难得的是，讲座结束后，同学们获得了亲自"上手"的机会，走近藏品看一看、摸一摸，与滕馆长深入交流，近距离感受到了陶瓷文化的博大精深和无穷魅力。活动结束后，许多一中学子意犹未尽，纷纷表示获益匪浅。他们从文物里唤醒历史记忆，从陶瓷历史里读懂中华文化，从文化里获得民族自信。

顺德一中少科院项目成立后，产生了一定的示范效应，区内、区外多有仿效，有的还上升为政府行为。少年科学院不仅是个响当当的头衔，更代表着沉甸甸的责任，需要每一位少年科学家接续奋斗，锐意创新。

2023年4月7—9日，顺德一中少年科学院无人机队获2023第六届顺德教育科创节活动特等奖。由高一（7）班梁博宇和高一（9）班温杰深组成的顺德一中少年科学院无人机队，在曾国强、梁毅两位老师的指导下，参加智能无人机竞技项目并取得了特等奖的好成绩！此外，由高一（14）班刘梓健和高二（13）班黄凯旋组成的顺德一中少年科学院开源小车队，在曾国强、梁毅两位老师的指导下，在开源小车场地赛项目中荣获一等奖。成绩的取得，是学校重视学生全面发展的成果，离不开学校的亲切关怀和大力支持，离不开顺德一中少年科学院提供的广阔平台，离不开参赛同学的刻苦钻研、努力训练，离不开指导老师的精心指导和辛勤付出，更离不开学校对佛山市科技类特色高中创建工作的大力推进。

二、聚焦数学，成立九章书院

九章书院成立于2022年1月，取名于古代数学著作《九章算术》，书院立足于弘扬数学史与数学文化，致力于推动顺德一中校园数学文化建设，创办数学类特色活动，打造一中数学文化品牌。九章书院将通过创办数学刊物《九章学刊》，开展数学特色活动，带领学生走进数学历史，弘扬数学文化，培养数学学习兴趣，提高应用数学的能力，学会用数学的眼光观察世界，用数学的思维思考世界，用数学的语言表达世界。

九章书院活动丰富，以精彩活动尽现数学文化之美。2022年3月1日下午，顺德一中九章书院举行数学文化讲座，邀请九章书院院长张贺佳老师，主讲题为《一个数字，跨越千年》的专题讲座。本次讲座也为顺德一中首届数学文化节暨π-DAY活动拉开了序幕。3月7日，顺德一中首届数学文化节正式开启，我也有幸来到现场，与师生们一起在巨型的"π"上书写公式。本次活动旨在

第九章 古韵新传：风雅传道的书院文化

顺德一中首届数学文化节开幕仪式

让全体学子学会用数学的眼光看待世界，尽情享受数学学习的乐趣。本届数学文化节暨π-Day系列活动，包含圆周率π的记忆挑战赛和微讲座《一个数字跨越千年——π的简史》，以及在3月14日当晚举行的π-Day晚会，通过丰富多彩、趣味十足的节目安排为师生们带来一场数学盛宴。

本次数学文化节最突出的亮点顺德一中πDAY晚会在顺德一中礼堂隆重举行。本次活动邀请到广东省人大代表李华昌，中山大学数学学院教授、博士生导师贾保国，华南师范大学数学科学学院副院长、教授冯伟贞，佛山市数学教研员钱耀周，顺德职业技术学院副教授邱仰聪，顺德区教育发展中心高中教育教研室主任李忠华，顺德区数学教研员王常斌等领导嘉宾莅临现场，与顺德一中教育集团学子一起遨游在π的海洋，共享一场数学盛宴。传统与创新的碰撞给观众带来了一场惊艳的晚会。本次晚会在继承数学美学文化传统上，创新性地采用数学课堂的形式来呈现，以"创设情景—提出问题—解答问题—应用实践—素养提升"一条主线贯穿整台晚会，让观众充分享受数学之美。

晚会开始前，主持人高二（17）班甘蕾同学介绍本次与会嘉宾。顺德一中副校长何训强带来精彩的开场讲话，点出本场晚会的主题"以我之识，展数之趣",为晚会拉开序幕。

罗思源同学的一曲钢琴演奏《π的演奏曲》成就了晚会精彩的开篇。面对学生的灵魂拷问"一个π有什么好tan的",顺德一中数学科组长杨志龙老师作为答疑人出场,在讲解的同时结合5幕讲题串场剧回答学生关于π的疑问。

第一幕串场剧由高一(1)班郑乔熙同学以《凸函数调整法》为主题进行数学原创题答辩环节,从三个方面进行说题展示,分别是命题展示、灵感来源、命题解答。

第二幕串场剧由高二(17)班冯树佳同学以《探导数之秘,观数学之美》为主题进行分享,从五个维度分享利用导数解决相关函数问题,并对自主原创题目进行说题环节。

第三幕串场剧由高三(21)班向依诺以《玩转一题多解》为主题进行分享,针对一道解析几何题目,进行多种思路的分享,包括常规方法、利用第三定义规避非对称式、小题结论法(射影几何)、变形处理非对称式、先猜后证、伸缩圆法、二次曲线系法、平面几何法(竞赛内容)等,思路百花齐放,汇聚一题。

中间一幕串场环节,由数学科长杨志龙老师,宣读了顺德一中2022—2023年IMMC数学建模成绩,充分肯定了我校数学建模工作取得的成果。值得

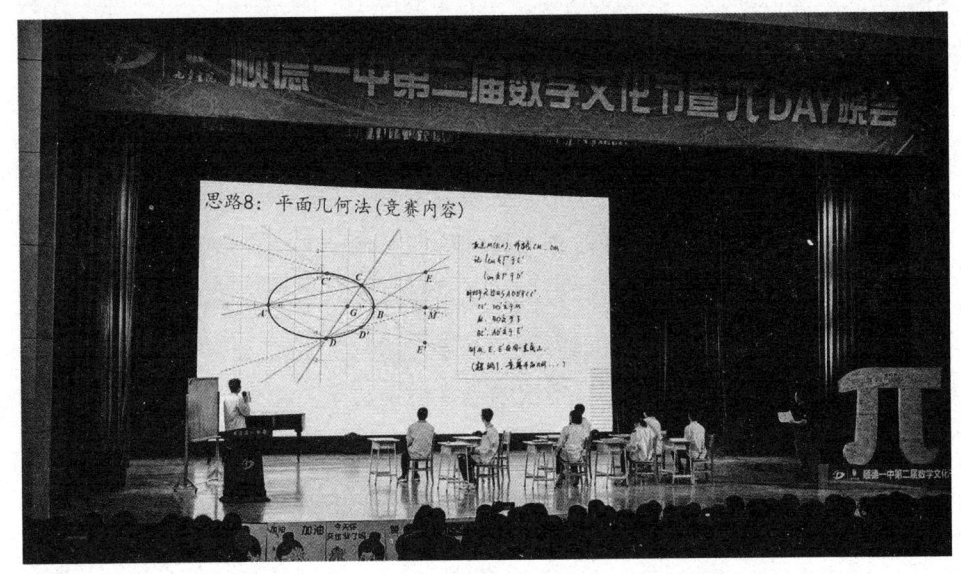

顺德一中第二届数学文化节暨π-Day晚会

一提的是，就在去年，顺德一中数学建模团队作为顺德区乃至佛山市的首个数学建模团队，首次参赛并成功晋级国际赛，实现了从零到一、从无到有的全新飞跃，成为佛山市首个获得数学建模大奖的队伍。

在热烈的掌声中，去年取得国际赛大奖的队伍——冯树佳、钱维邦、何思朗、王艺博4名同学上台进行《数学建模经验分享》展示，从数学建模是什么、数学建模的价值与意义，以及参赛经历与成就进行分享。

数学竞赛班钱维邦同学展示了《都能听懂的竞赛题》，从2009年希腊一道数学竞赛题进行引申，涉及相应的平面解析几何相关的竞赛知识，再分享一道2011年克罗地亚数学竞赛题，以三角法来解决这道复杂而有趣的题目。

随后，顺德一中九章书院首届女子数学竞赛特等奖获奖者为大家展示女性之美，随着音乐的响起，高一、高二获奖者们为大家展示精彩的健美操表演。顺德一中九章书院秘书长常艳老师充分肯定了女子数学竞赛开展的意义，她以历史上优秀的女性数学家诺特为例子，鼓励更多女生投入数学学科的学习与研究。

冯伟贞教授对晚会的精彩举办给予高度评价。冯教授结合自身学习的经历，鼓励在场的学子们要发奋图强，更好地投入数学学习中，克服一切困难，为实现自己的理想不断奋勇拼搏。

宇宙之大，粒子之微，火箭之速，化工之巧，地球之变，生物之谜，日用之繁，无处不用数学。本次晚会落下帷幕，希望一中学子能带着对π的思考，感受数学美学，体悟科学魅力，为国家科技发展贡献自己的力量！

顺德一中首届数学文化节的开展，为一中师生们搭建了数学文化平台，营造了浓厚且富有趣味的学习数学的氛围。期待九章书院继续开展数学特色活动，培养学生学习数学的兴趣，提高应用数学的能力，让学生学会用数学的眼光观察世界，用数学的思维思考世界，用数学的语言表达世界，为学生一生发展奠基。

三、厚实人文，成立凤山书院

凤山书院立意于文学、人文科学、艺术教育，在丰富的系列性的人文艺术活动中，赓续顺德进取精神，提升人文艺术鉴赏能力与审美能力，激发想象力与创造力，增强语言和文字表达能力，从而全面提升人文素养，培养高尚情操，发展健康个性，培养健全人格。

凤山书院承包了顺德一中大大小小的语言文化活动，为落实我校四大基本能力"阅读、书写、运算、表达"中的三大能力提供了强大的推力。2022年4月8日，顺德一中凤山书院主办、高二语文备课组承办、学生领袖联合会、高二年级学生分会协办的以"'悦'读经典，'语'我飞扬"为主题的"朗读者"活动在学校礼堂隆重举行。学生在晚会中充分感受到语言的魅力，体味艺术的美感，弘扬经典，爱上阅读。活动将语言的艺术以不同的形式展现，共分为话剧和朗诵两部分，会场气氛热情高涨，同学们各展才华。

这场活动是顺德一中凤山书院成立以来，与高二语文备课组联合主办的第一场大型活动，活动在师生中赢得了巨大的反响。准备期间，各班全情投入，每天中午下午校园到处都是一片琅琅的读书声，走廊处处都是揣摩表演的对白声，图书馆里更是挤满了前来"充电经典"的学子们。投票期间，共有超过25000人参与了投票，得票最高的7班获得了6562人的支持。演出当晚，几乎全体行政和各科老师特别是语文老师都过来为学子们捧场，老师们连声赞誉："孩子们的表演非凡，充分显示了语言的魅力和经典对学子们的熏陶。"

语言展现了青春的风采。高二（16）班《正青春》融合了舞台剧与朗诵的形式，独具特色，描绘了青年们奔赴梦想与未来的青春模样，一开场就给这次晚会定下了青春飞扬、热血沸腾的基调。"属于一中人的诗，一起向未来的诗"，这是一等奖获得者高二（1）班的《今年十八，未来无限》传递的深情，他们用自己原创的诗歌，吟咏出了个人的成长融入国家发展的强烈愿望，传递了如新芽初生般的希望。青春如盛夏，灿烂明艳，热烈昂扬，高二（2）班的《四时》对人生的四种姿态徐徐铺展，令人深思。

语言传达了爱国情怀。荣获特等奖的高二（18）班以精彩的舞台设计演绎了《可爱的中国》这一饱含爱国热情和革命精神的作品，带给了观众巨大的心灵震撼和审美享受。九天探梦，赤心贯苍穹，高二（20）班带来的《梦溪·摘星人》，见证老一辈航天人的逐梦长征。三代人的爱国之心薪火相传，高二（5）班精彩的《血脉》倾情呈现。保家卫国，振兴中华，高二（6）班的《国之脊梁》通过巴黎和会和五四运动的历史点燃了台下新青年的爱国情怀。高二（13）班的《跨时空对话》以新奇的方式跨越时空的壁垒，凭借热忱的主题表现力展现了以屈原和赵一曼为代表的中华儿女对祖国深沉的爱。荣获特等奖的高二（17）班的《新雪初霁》以新颖的题材和耳目一新的呈现方式，用雪花串起中国文学和中华文化的历史，并引领我们从当下走向未来。

语言折射了一个时代。铿锵有力的呐喊冲杀，温婉凄美的佳人舞剑，一个遗恨在了乌江，一个寂寞在了荒冢，高二（3）班带来的《霸王别姬》用纯正的语音语调表现了项羽的英雄悲情和虞姬的脉脉深情。一个庄稼人走进名门荣国府，看似悲剧和侮辱，实则是一种救赎，荣获特等奖的高二（19）班带来的《刘姥姥进大观园》以小见大，折射家族和时代。旧时代与新时代的碰撞，文言文与白话文的争辩，本次活动最高人气班级高二（7）班带来的《文白之争》以激昂的语言，逼真的人物形象在舞台上呈现了革命时代的思想缩影。对上谄媚，对下欺压，以正义的皮囊行丑恶之事，高二（4）班的《变色龙》绘声绘色的表演带我们走进了沙皇统治下的灰色俄国。高二（11）班的《梦游天姥吟留别》让我们回到了李白所处的那个"辉煌灿烂，气象万千"的盛唐时代。

最具特色的是诗意者联盟别出心裁的演出。他们通过历史上五个失意者同时也是诗意者的人生故事，诠释了痛苦和煎熬同样可以孕育诗意的人生的主题，表达了他们渴望做一个"孤勇者"，即使不能站在聚光灯下，也要活出自己的精彩的决心。晚会在他们齐唱的《孤勇者》的歌声中达到了沸点。

晚会的最高潮是刘析老师的点评。她以诗一般的语言和优美典雅的情态，对每一个节目都进行了精准的点评。最后，她总结说："本次活动体现了顺德一中追求卓越的校园文化特色，所有作品都展示了厚重的语言功底，氤氲着浓郁的艺术气息。巧妙的编排策划，纯正的朗读吟诵，独特的构思选材，逼真的表演呈现，以及艺术的舞台设计和稳重的台风表现，让人深入其中，回味不已。一中学生将自己阅读经典的体会和感悟艺术地表达出来，表现出一中学生关注时代的担当和热爱祖国的深情，我为顺德一中拥有如此爱阅读、懂语言的学生而骄傲！"

更有学生在赛后，用充满诗意的文字写下了自己的感受：语言可化为汩汩清泉，淙淙流水，沁人心脾；语言也犹如星星之火，可以燎原，动人心魄。吟诵诗词曲赋，我们与诗意的月色相拥；观赏喜戏剧小品，我们为艺术的佳酿沉醉。阅读经典，浩如烟海的书卷伴我们成长；品味经典，著作等身的智者与

顺德一中"'悦'读经典，'语'我飞扬""朗读者"活动

我们交心。我喜欢这样的晚会，这是属于我们顺德一中学子独有的语文艺术晚会。

在顺德一中，像这样精彩的晚会并不少见。2022年11月19日，以"跨越时空，致敬经典"为主题的顺德一中语文戏剧晚会在礼堂举行。本次大赛由顺德一中凤山书院主办，顺德一中语文科组、高二年级语文备课组承办，是"为学生一生发展奠基"办学理念的生动诠释。

"这是思想的盛宴，阅读的体验。"谢植宣主任这样高度评价这场晚会。他指出语文学科的课程标准：语文是一门学习祖国语言文字的综合性、实践性课程。"这不只是一场晚会，更是一节语文课。""同学们将对语文的理解，对经典的阅读实践出来、体验出来。"谢植宣主任同样认为，优秀的演员必定是高超的文本阅读者和演绎者。随后高度赞扬了《与妻书》等剧目与其中的演员。

为落实"阅读、书写、表达"语言文字综合运用能力，凤山书院还打破传统文学社桎梏，将语文和英语这两种语言文化巧妙地结合起来。

2022年5月20日，由顺德一中凤山书院主办，高一英语备课组承办，学生领袖联合会高一分会联合体育艺术部、设备管理部等协办的"我是特优声"高一英语配音比赛在学校礼堂举行。活动以班级为单位，在小组配合协作下，呈现出精彩的影视作品配音表演，会场气氛热情高涨，同学们各尽"声优"才华。

本次大赛在充满青春朝气的开场节目中拉开序幕：由谭俊杰（木四水）等鎏声社成员带来的表演《寻春物语》，演绎青春回忆中点点滴滴；街舞社与韩语社的激情热舞，洋溢青春活力，迅速将全场气氛推上高潮；神秘嘉宾章晓峰老师以对学生们的真情告白《我有一个梦想》开场，朴素而动情。

前半场，同学们通过英语语言展现了多样的精彩。开场第一个表演，将英语与宫斗剧《甄嬛传》有机结合，将"滴血认亲"的闹剧呈现得淋漓尽致。荣获一等奖的《后妈茶话会》尽显歌剧艺术的魅力，展现了独特的舞台风格。接下来的精彩节目更是令人应接不暇：有温情生动且富有感染力的《青春变形记》，展现野蛮与文明冲突的《疯狂原始人2》，充满惊喜与刺激的《冰河世纪》，还有轻松诙谐的《怪兽大学》，经典作品《傲慢与偏见》，节奏感强的《女巫也疯狂》，充满音乐魅力的《爱乐之城》，妙趣横生的《无敌破坏王》，令台下观众直呼精彩！

中场的英语绕口令游戏也乐趣横生，台下群众踊跃参与，展现了极高的英语口语能力。后半场，同学们通过英语语言展现了丰富的内涵。荣获特等奖的作品《生活大爆炸》妙趣十足，同学们的演绎惟妙惟肖，发音标准，吐字清晰，幽默十足，让人不禁捧腹。关于教育与理想的《死亡诗社》，学生们站在桌上一起为老师致敬送别的一幕深入人心。在演员倾情配音下，《美女与野兽》中渴望自由的贝儿与看似暴怒、实则温柔内敛的野兽个性淋漓尽致。同时，在反差鲜明的声线下诠释的《灰姑娘》人物形象突出深刻，还有展示多样情绪特征的《头脑特工队》与节奏欢快紧凑的《疯狂动物城》。最后轻松诙谐搞笑的《海绵宝宝》和经典情景喜剧《老友记》使同学们在欢笑声中拍手称赞。

在点评环节，英语科组长谭育红老师表扬了高一年级同学的精彩表演。她说："同学们充分展示的英语口语能力以及唱歌跳舞的才能令我惊叹，你们的创造力与舞台合作能力简直无与伦比，希望同学们在接下来的英语学习中继续感受英语魅力！"来自谭老师的肯定让同学们备受鼓舞，燃起了学习英语更大的热情。

本次活动是顺德一中凤山书院与高一英语备课组联合主办的首场大型活

动,在师生中赢得了巨大的反响。准备期间,各班全情投入,在繁忙的学习之余抽出训练时间,小组内进行一次又一次磨合,最终呈现出精彩绝伦的表演。本次大赛的顺利举办将为一中校园浓厚的英语学习氛围增添了一抹亮色,进一步激发同学们对学习英语的热爱,沉浸式学好英语,成就更全面发展的自我!

2022年11月,由顺德一中凤山书院举办,顺德一中高二年级英语备课组承办的"顺德一中2022'腾龙杯'高二年级英语写作大赛"现场决赛圆满举办。活动吸引了全级近200名同学踊跃参加。在限时一小时的比赛中,所有参赛同学充分展现出扎实的语言功底、敏捷的思维能力和良好的综合素质,创作出精彩纷呈的英语作文。

除了精彩纷呈的语言文字综合活动,凤山书院还邀请了诸多名家来我校开展艺术文化讲座。2022年6月14日下午,顺德一中凤山书院邀请到北京大学文学博士、北京师范大学文学院教授、海内外具有广泛影响力的诗歌评论家——谭五昌教授,于阶梯一室开展题为"我的逐梦之旅——从小学教师到北大博士"专题讲座。谭教授的讲座引人入胜,励人奋进,以个人成长经历为引,通过极富诗意的语言和幽默诙谐的表达,为在座一中学子带来极大的鼓舞与启发。谭教授倾情分享,将苦难童年遭遇以看似浅淡幽默的口吻和盘托出。"苦难的童年对于强者是一笔宝贵的财富,而对于弱者则是一服心灵的毒药。"这让同学们学会了无论遇到何种挫折,都应当保持乐观昂扬的精神风貌。在谭教授深情献唱《映山红》的歌声中,同学们仿若亲临漫山杜鹃的井冈山,看见了那鲜红的芬芳里淬炼着的怒放的生命。

2022年12月15日下午,"顺德文脉与一中精神"主题讲座在一中图书馆举行。顺德著名书法家,同时也是一中校友的李良晖先生主讲。顺德文风鼎盛,曾出过数不清的进士举人,而对于顺德一中与顺德文脉的关系,能够破解此密码的最佳人选非李良晖先生莫属。以八十多岁高龄重返母校顺德一中,李良晖先生表示非常高兴和激动。他一再强调自己的青少年时代深受一中的文化熏陶。他从顺德一中的文化渊源讲起,当谈到一中如今的校训"四个学会"时,老先生大为感慨,他说,虽然自己在一中求学时还没有"四个学会"的校训,但一中早在潺潺的历史长河中"按照此等宗旨培养学子了"。顺德一中向来注重全人教育,注重学生的全面发展特别是道德品质的完善。

聊及顺德文脉,老先生说文脉首先要有一个大中华的概念,顺德的文化基

第九章 古韵新传：风雅传道的书院文化

顺德著名书法家、一中校友李良晖做"顺德文脉与一中精神"讲座

础可以上溯到一千多年前，一阵清风将文化的种子带来，从此深深埋入了顺德的土壤。顺德人民敬祖勤耕，桑基鱼塘，美食之都，这些都是顺德的文化符号，而这些文化也孕育了顺德一中人"追求卓越，务实肯干"的文化精神。

从文字、文学到文化，为深化校园阅读，建设书香一中，凤山书院一直在行动。2023年5月8日上午，"顺德第一中学第六届东泰博雅阅读与写作奖颁奖大会"在鲜艳的五星红旗下顺利举行。升旗仪式上，凤山书院院长张志林老师对第六届东泰博雅阅读与写作大赛和我校的校园阅读做了总结。在过去一年中，学校开展了丰富多彩的阅读活动，如，高二年级的"跨越时空，致敬经典"经典文学剧本演绎大赛，高一年级的英语趣配音比赛，举办了"腾龙杯"语文作文和英语作文大赛，组织参加了第二十三届世界华人中学生作文大赛、第十六届全国创新作文大赛、第二十届圣陶杯全国中学生作文大赛，等等，均取得了优异的成绩。凤山书院院刊——《腾龙》已经出版四期。活动的开展，院刊的出版，都让一中校园无时无刻不浸润在浓浓的书香中。顺德一中一直致力于提高学生的整本书阅读水平，让每位学生都能在追求人生价值的同时，悄然收获一份生命里难得的感动。张志林老师呼吁："希望同学们都能成为爱读书、乐读书、常读书的少年，在读书的道路上实现人生的理想。"此次颁奖典礼充分显示了学校对于学生阅读和综合素养的高度重视与关注。顺德一中将秉承"为学生一生发展奠基"的理念，继续倡导快乐阅读，全面培养学生的综合素质和创新能力，为学生的人生之路打下坚实基础。

四、结语

《岳麓书院续志·书院条规》中有："为学当尊敬先生，若讲说皆须诚心，听受如有未明，从容再问，无妄行辩难。为师亦当尽心教训，勿致怠惰。"亲其师，信其道；尊其师，奉其教。也许，这才是书院文化的灵魂。

愿我一中师生，以条规为诫勉，愿我一中文脉，倚书院而流长！

第十章
互联深度：呼应未来的教学文化

法国犹太裔社会学家杜尔凯姆说："随着职业的功能逐步专业化，每个人的活动领域也会更加局限于其相应职能的界限，所以，我们决不能忽视以职业为代表的大部分生活。"因此，在职业生活中，也就有相应的职业文化渗透其中。

人民教育家于漪在60多年的语文教学上从来不重复自己。她有一句名言激励着广大教师坚持教学反思和职业反思："我上了一辈子课，教了一辈子语文，但还是上了一辈子深感遗憾的课。我做了一辈子教师，一辈子在学做教师！"

著名教育家第斯多惠说："教学的智慧不在于传授本领，而在于鼓励、唤醒、鼓舞。"

教育大师们名言如雷贯耳，都在叩问我们同一个问题：我们需要什么样的教学组织形式？

顺德一中的答案是："互联·深度"。

一、问题的缘起

传统教学模式已经不适应新时代教育要求。传统课堂的不足：基于经验的教学预设、整齐划一的学习进程、形式化的交流互动、缺乏课内外协作互助、粗略滞后的评价反馈。

如何实现百年老校的跨越式发展？这是我们面临的历史责任。基于此，我们聚焦于以下问题：

1. 如何既提升学生学业水平，又能引导学生紧跟时代、面向未来，以满足学生个性化的发展需求，全面发展学生的核心素养？

2. 如何突破传统教学模式，创建培养学生创新精神与实践能力发展的教育理念与模式？

3. 如何结合学校、企业、家庭以及社会各界力量，努力将互联网的技术优势转变成教育优势，共同推动教育创新发展？

由是，我们期待构建一种倡导素养为本、根植深度学习、推行智慧教育、搭建互联平台应用互联手段、服务终生发展的教学组织形式。

二、"互联·深度"的概念解析

1. 互联。从教育学视角来看，我们所理解的互联有两层含义。一是狭义上，指在互联网、大数据、云计算、人工智能、虚拟现实等先进的技术手段支持下，创设超越时空限制的智慧教学环境，实现教育教学各元素互联互通，实现课堂教学的信息化、智能化、泛在化。二是广义上，指在以学习者为中心，人与人、人与物、物与物的互联，旨在于为学习者提供无限丰富的学习资源。

2. 深度。深度学习是与浅层学习相对而言的概念。浅层学习是机械的、接受式的，以记忆和复制为特征，是不求甚解的学习。深度学习则是主动的、有意义的学习，它注重理解，以反思、批判性思维能力为培养目标，倡导主动性、批判性、反思性的有意义学习，具有三个基本标准，即学习的充分广度、充分深度和充分关联度。

3. 我们理解的"互联"框架下的"深度"有其具体内涵。这里的"深度"，特指在信息技术条件下，学习者在理解学习的基础上，批判性地学习新的思想和事实，深度加工知识信息，主动构建个人知识体系，并有效迁移应用到新情境中以进行决策和解决复杂问题，最终促进学生学习目标的达成和高阶思维能力的发展。

三、"互联·深度"的理论依据

1. 党的教育方针。教育必须为社会主义现代化建设服务、为人民服务，必须与生产劳动和社会实践相结合，培养德智体美劳全面发展的社会主义建设者和接班人。

2. 二十大相关精神。党的二十大报告中指出："坚持为党育人、为国育才，全面提高人才自主培养质量，着力造就拔尖创新人才，聚天下英才而用之。"

3. 学校的办学思想。顺德一中一以贯之坚持"为学生一生发展奠基"的办学理念、"以学为本、学以致远"的教学理念以及"聚焦课堂，高效提质"的教学指导思想。

四、"互联·深度"的深层理解

我们认为，要深刻理解"互联·深度"的教学改革理念，需要从这一改革的生态系统中去理解，从其本身与周围其他主体的关系中去理解。简言之，我们要处理好四组关系。

（一）"互联·深度"的教学改革理念与"为学生一生发展奠基"的办学理念

"为学生一生发展奠基"是我们顺德一中的办学理念。顺德一中办学，放眼学生一生长远，拒绝短期功力，为学生创设一切条件和机会，为学生夯实终身发展的根基，让学生凭借扎实的基础教育功底，在高等教育阶段乃至终其一生，厚积薄发，行稳致远。

我们认为，"互联·深度"的教学改革理念，与"为学生一生发展奠基"的办学理念，是一脉相承的。具体来说，二者是"体"与"面"的关系。

1. "为学生一生发展奠基"是"体"。是学校的整体性办学理念和核心思想，是学校一切办学行为的思想中枢，是学校管理理念、教学理念、育人理念、后勤服务理念等一体化、集中化的表达。

2. "互联·深度"是"面"。是学校教学改革理念，是学校整体办学思想的一个方面及重要组成部分，是学校办学理念在教学领域的具体表达。

3. 二者是贯通一致的。"为学生一生发展奠基"的办学理念客观上要求实施以学生为本的教学形式，为学生终身发展提供良好的知识基础、能力基础、价值观基础以及核心素养基础；"互联深度"的教学改革方向，则强调教学主体、资源、对象等要素的互联互通，促进学生深度学习、高质量学习，促进知识、能力、情感、价值观以及核心素养的原生生成，为一生发展打下厚实的科学素养和人文素养根基，契合"为学生一生发展奠基"的目标要求。

（二）"互联·深度"的教学改革与教育数字化转型的关系

"教育数字化（互联网+教育）是推进互联网及其衍生的相关技术与教育深度融合，实现对教育的变革，创造教育新业态。"2022年全国教育工作会议中指出，新时代教育工作要做到"五个深刻认识和把握"，明确提出要"实施教育数字化战略行动"。

我们认为，"互联·深度"的教学改革与教育数字化转型是相向而行的，二者是"体"和"用"的关系。

1. "互联·深度"的教学改革是"体"。这个"体"，包括两个方面：一是指学校主体。"互联·深度"的教学改革是顺德一中的实践项目，根植于顺德一中的课堂，扎根于顺德一中的师生。二是指内容主体。"互联·深度"是顺德一中的教学改革的主体方向、本体灵魂，是一种学习方式的本质变革，从性质上说，它属于思想范畴，具有思维理性。

2. 教育数字化是"用"。是当代教育发展的潮流趋势，是互联网相关技术的加持，是"互联·深度"的教学改革必不可少的技术条件支撑，从性质上说，它属于技术范畴，具有工具理性。

3. "互联·深度"的教学改革以教育数字化为基础和前提；"互联·深度"的教学改革则是对教育数字化的校本化的应用，对其的丰富、发展和提升，赋予教育数字化以生命和灵魂。

（三）"互联"与"深度"的关系

如前所述，"互联"重在强调教育要素的互联、互通、联动，具有表层现象的含义；"深度"重在强调深度学习，是一种学习方式的变革，具有深层本质的含义。简言之，二者是"形"和"神"的关系，也就是形式与内容的关系。

1. "互联"是"形"。在教育数字化背景下，万物皆可互联。发现、挖掘、建立、整理、优化教育教学要素的各种有机联系，是学习者首先要做的事。

2. "深度"是"神"。深度学习是教学改革的目标取向和本质要求，是教学高质量发展的应有之义。

3. 二者在形式上是立体交织的关系。"互联"是横向的，"深度"是纵向的；在功能上是同向协同的关系，着眼于学习的广度深度共同服务于提高教学质量；在本质上是相辅相成、和谐统一的关系，二者密切配合，互成体系，统一于教育教学全过程。

（四）"互联·深度"教学改革理念与互联深度的教育教学实践的关系

任何教育教学理念，归根到底要服务于实践，指导实践是其生命所在。"互联·深度"的教学改革理念与教育教学实践，是"知"和"行"的关系。

1. "互联·深度"教学改革理念是一种教育教学主张，是关于教育教学组织形式、学生的学习方式的理性思考和深层认识，是学校教学的顶层设计。

2. "互联·深度"的教育教学实践是在"互联·深度"理念指导下开展的一种独特性和个性化的教学范式。

3. 从学校的办学实际出发，"互联·深度"教学改革理念重塑了顺德一中关于教育教学的顶层设计；在这一理念指导下，学校教育教学行为被赋予了特殊的内涵；反之，这一理念在实务操作层面的落实推进，不断遇到新情况、解决新问题，也必然丰富和发展"互联深度"的教学改革理念。

4. 这一理念，来自实践，回归于实践。实践性和科学性是其最显著的属性。

五、"互联·深度"理念下的实践探索

（一）聚焦教改，提倡"RDE双主线"模型的智慧与精彩

一般认为，教育数字化转型首先是要充分应用数字化技术，改变传统的工作思路和流程，树立师生的数字化意识。因此，这一转型必然要求实施课堂教学模式的重塑。基于时代发展和高考改革要求，我校创建"RDE双主线"混合式教学模型，包括阅、思、表、评、悟五个环节。主张"让教于学，学为中

心，教师主导，学生主体"，要求课堂立足全面发展学生核心素养，大幅提升教育教学质量。

具体来说，就是要做到学科培养目标要"基于价值引领"，教学活动设计要"基于学情诊断"，教学流程组织要"基于问题驱动"，师生交流互动要"灵活、多维、深度"，学科问题设计要"与生活实际相结合"，课堂教学评价要"即时、科学、个性"，突出培养学生的阅读、思考和表达三个核心能力，聚焦学科核心素养，打造深度高效课堂。

值得一提的是，我校虽然提出了双主线教学模型，但这一模型只是一个流程框架。我们既没有规定每个环节的具体实施时间，也没有依靠行政检查强力推行。我们一直秉承"我在，一中更精彩"的教师价值理念，鼓励老师们在教学实践中依据学科特点和自身特色，探索和打造自己个性化的"双主线"。在宽松、积极的教改氛围影响下，各学科组依托智慧课堂环境，积极探索"RDE双主线"模型在各自学科中的应用实践，形成了大量的优秀课例。比如，廖伟梁老师的《氧化剂和还原剂》一课，就将双主线模型的五步流程细化为了七步，再对照化学学科的核心素养培养要求，逐一进行了问题设计，最终在中央电教馆组织的第十二届全国中小学创新课堂教学实践观摩课评比中荣获一等奖。

此外，我们还注重引导教师"寓教于研"，把教改过程变成实践课题，向区、市、省进行申报，以此强化他们的教改积极性，推动教改向深层次发展。其中，何训强副校长以探索智慧课堂建设的深层次应用问题为中心，成功申报了中央电教馆课题并顺利结题；语文、生物两个科组则以学科智慧教学模式的形成为主题，成功申报了广东省教师信息技术提升2.0工程课题并顺利结题。

（二）聚焦课堂，构建科学灵动、积极高效的创新型生态

我们发现，传统的课堂生态常常表现出一些弊端，比如，教学预设仅基于经验、学习进程整齐划一、交流互动形式化、课内外缺乏协作互助、评价反馈粗略滞后等特征和不足，往往制约着教学的实际效果。

对此，我们构建了全新的课堂生态，即：基于数据的课堂、个性化学习的课堂、动态开放的课堂、精准迅捷的课堂。

其中，基于数据的课堂，是通过引进"成绩云"和"智学网"过程学习成绩管理系统，及时调用日常作业及考试测验数据，实现移动批改和讲评，实现

大数据精准教学。让教师基于大数据进行教学决策和教学评价，使教学内容来自学生的精准反馈，真正实现教与学的相连相融。

个性化学习的课堂是通过单元测评和月考周测等数据为依托，分析每个不同学生对不同知识点的掌握情况，并针对不同学生的个性化薄弱项，推送个性化的学习资料、个性化的微课、个性化的练习，通过个性化教学服务提升群体水平。

动态开放的课堂是利用互联网、移动终端、一体机等的技术和设备加持，使课堂系统超越时空限制。教师可以随时向学生推送微课、课件、习题等学习资源；同时，师生间的知识传递不再是单向度的，而是双向度，甚至是多向度的。教师鼓励课堂的创新与开放，鼓励生成，为学生激发创新、发展智慧提供有利条件。

精准迅捷的课堂通过系统内置的评价系统，实现了教师对学生互动表现的即时评价、AI对学生语音作答的自动评价、学生组内学习情况的相互评价等，其及时性、准确性、互动性和便捷性，是传统课堂评价手段所无法媲美的。

（三）我们聚焦渠道，拓宽了学科资源、立德树人的泛在化空间

比如，通过师生互动作业平台，实现作业布置、互动答疑、资源分享、温馨提示等功能；通过教辅校本教材电子化，建立了国家教材、校本课程、校本阅读、校本教辅、电子书库。通过校本题库电子化，建设了符合本校学生认知水平的经典题库、卷库，既提高老师出卷效率，也有助于生成班级和个体的错题数据库和个性化学习手册。同时，还通过教学软件的应用，拓宽了系统的原生资源，有效满足了各学科、各情境下的具体教学需求。在各种泛在化互联空间的使用过程中，师生共同生成了大量的资源和微课：截至目前，我校资源库图片、文档、课件资源分享达到72726个；微课分享已达到5095个。

除积极拓展学科资源外，我们还构建了学生德育的沉浸式学习空间，通过主走廊公告屏、班级直播系统、电子班牌、畅言系统应用工具等打造了一个爱国时政课程资源库，拓展了立德树人教育新渠道，让学生在课余生活中，随时能通过丰富的视听阅读材料，拓展国际视野，树立家国情怀、明晰责任意识。

（四）聚焦机制，提升高等院校、企业、学校的三维联动性

我们借力华南师范大学的专家资源优势，联合科大讯飞、铭师堂等科技教育企业，融入"华南师范大学中小学协同发展联盟"，形成高等院校—科技企

"互联·深度"教学改革全省教研活动

业—普通中学三维联动机制，全面构建我校教学改革的孵化平台。

  2018年9月，我校与华南师范大学签署"卓越教育创建研究"项目合作协议，达成资源共享、优势互补，建立了双方互利共赢、互促提升的合作关系。2021年4月，我校与华东师范大学签署《数学拔尖创新人才培养合作协议》

  在开放日中，九大高考学科，全部开展与全国各地教学名师的同课异构活动，全方位展示"互联·深度"智慧课堂教学模式，受到评课专家的一致好评。

河北衡水中学赴我校开展学科联合教研活动

杭州四中到访我校

借力华南师大专家资源优势，我们还开展"顺德一中卓越教育研究"项目建设，全面更新教育教学理念，邀请9大学科专家走进课堂，诊断课堂教学，优化教学模式。

通过以上举措，高校专家们既指导了具体的教育技术运用，更引领了教育教学理念和方式的转变。学校在与高校的互联中实现了蝶变。

2019年3月31日，河北衡水中学康新江副校长，带领现任高三年级九大学科教研主任，赴我校开展学科联合教研活动，分享创造高考奇迹背后的教学智慧。

2019年8月10日，百年名校，金庸、徐志摩、郁达夫、华君武等文化名流和叶培健等十余位两院院士曾执教或求学的杭州四中，由张伟韬校长带领管理团队30余人，到访我校，并与我校达成长期交流机制。我校先后选派多位行政到杭州四中跟岗学习，杭州四中派出骨干教师队伍与我校共同开展全国研讨会。学校通过与国内著名高中的互联，又提高了格局。

六、案例分享

我们可以分享一个具体的实施案例。

这是一节地理的常规课。新课学习时，小美老师通过平板发布画图预习任务，提升学生的区域认知能力和地理实践力；课堂上基于智慧课堂系统实现多元化的师生互动及多角度的学生成果展示，学生被关注度更高，注意力集中，学习兴趣激发，学习积极主动，课堂高效；拍照投影等功能可以快速实现主观题评价与诊断，解决传统课堂中主观题训练费时费力的弊端，从而更好地锻炼学生的综合思维。

当个别学生产生的问题因时间关系无法在课堂解决或者因假期等原因无法与老师面谈时，小美老师则会通过智慧课堂答疑系统或聊天软件等与学生实现跨时空对话，进而实现个性化辅导。

课后练习或测试时，小美老师让学生通过平板提交客观题，智慧系统自动批改、并统计各题正确率，生成数据，小美老师可以有针对性的挑选班级错误率较高的题目重点评讲；还可以掌握每个错题的同学名单，精准地向这些同学所在的学习小组分配讲题任务。

习题课前由小组成员合作探究，在生生互助中帮助做错的同学实现深度思考，课堂上由做错的同学代表本组逐一讲解错题。每次人员均不重复，实现以讲题为契机，促进每一位同学学会深度思考和合作学习的目的。

每逢假期，学生还会在小美老师指导下进行地理大阅读或地理研学活动。同学们依托移动终端，即使地处天南海北，也可以通过网络实时分享所获得的资讯；小组代表通过教室的一体机汇总每个组员的信息，生成小组汇报，面向师生进行现场展示。部分小组甚至邀请老师加入自己的网络群组，以便随时可以通过语音、视频连线等方式邀请老师现场指导。

技术加持，联通四方，让整个地理研学从开始选题到分工协作，从资料收集到实地考察，从总结汇报到视频制作，最后到成果孵化，都充满了师生的互动，信息的流动，思维的跃动，智慧的萌动。从地理小课堂到社会大课堂，网络联通了学生移动端和海量资源库，同时也撬动了知识的整合优化和迁移应用。

七、成果效益

近年来，我们通过"互联深度"的教学改革实践，取得了一定的效益首先是学校办学质量跃升了一个新台阶。除了高考不断进步之外，我们还有不少成果获得国家级、省级高层次奖励，这从一个侧面印证了我们目前所走的路，是一条光明之路，效益之路，未来之路。

近年来，我们通过"互联深度"的教学改革实践，取得了一定的效益首先是学校办学质量跃升了一个新台阶。除了高考不断进步之外，我们还有不少成果获得国家级、省级高层次奖励，这从一个侧面印证了我们目前所走的路，是一条光明之路，效益之路，未来之路。

黄泽裔同学是我校2020届毕业生，是我校全面铺开"互联·深度"教学改革的第一届毕业生。其所在的中国政法大学代表队参加国际刑事法院模拟法庭竞赛，在全世界76所大学代表队中获得亚军，创造了中国大陆高校参加这一世界顶级赛事的最佳成绩。这一竞赛全程都以英语进行，既考验专业知识、英语功底，也是对个人的口头表达能力、现场反应能力、控场能力的综合考验。

黄同学坦陈，高中时期学校倡导的海量阅读、高效的平板教学形式、丰富的社团活动、多样的校本课程和社会实践，特别是课堂辩论会、英语晚会等，广泛的互联，为他的思辨能力、思维逻辑和口头表达能力提供了很好的锻炼机会。

除黄泽裔同学外，我校实践"互联·深度"理念指导下课堂教学改革的历届学生在各级各类比赛中都取得了较以往更为显著、全面的成果。

"互联·深度"理念同样使得教师队伍的观念发生很大转变。央广网就曾报道我校数学老师关嘉欣，为了让学生在居家期间"停课不停学"，发挥自己喜欢漫画的特长，在2020年2月2日制作了一节"向量的数学史"的趣味微课，发布在自己的公众号上，获得了不少网友的点赞。学生返校后，关老师的公众号一直保持更新至今，这表明，互联思维已经在她的数学教学中深深扎根。事实上，我校除关老师外，几乎所有的名师工作室主持人，课堂教学改革的种子教师、各年级的青年骨干教师等都有在网上开设自己的公众号、微博、抖音号或视频号。互联·深度理念已在教师队伍中全面开花，成效喜人。

近年来，我校多位青年教师能力大赛摘金夺银，"互联·深度"教学改革可谓硕果累累。

八、总结反思

就顺德一中"互联·深度"未来课堂范式实践，简单来说，我们做了以下五件事。

1. 提出了一个理念。提出了"互联·深度"教学理念，并内化为我校办学理念的重要内核。

2. 构建了一个模型。构建了"RDE双主线"混合式教学模型，成为我校阶段性课堂改革的模式参考。

3. 重建了一种生态。改变了传统课堂教学生态和育人方式，形成了师生共生成长的新路径。

4. 搭建了一个平台。建立了"三维联动机制"推广示范平台，建立了校本学习资源库，发挥了我校辐射引领、结对帮扶和资源共享的示范作用。

5. 优化了一批机制。拓展了应急状态下的线上教学新渠道、改进了应对校园电子产品负面影响的管理措施等。

综上所述，"互联·深度"未来课堂范式，是因应教育数字化转型趋势，基于顺德一中办学实践，致力于课堂教学高质量发展而探索形成的面向未来的一种课堂范式，具有以下显著特征：

1. 主体建构。尊重学生的主体地位，发挥教师的主导作用，主张学生借助包括互联网在内的各种工具和手段，实现知识、能力、价值观、核心素养的自我建构、自我生成和自我塑造。

2. 智慧互联。在教育数字化背景下，基于互联网、大数据等先进的技术手段，学校着眼"万物互联"，创设超越时空限制的智慧教学环境，实现教育教学各元素互联互通。

3. 深度学习。以学生反思、批判性思维能力为培养目标，关注学生学习的充分广度、充分深度和充分关联度；促进学生在理解学习、深度加工、主动构建、有效迁移、高阶思维等方面的能力提升。

4. 素养立意。坚持核心素养立意，为学生终身发展奠定坚实基础。

5. 泛在学习。树立大课堂观，将"互联深度"的课堂范式应用于常规课堂、活动课堂、校本课堂、社会实践课堂、德育课堂等多种教育教学场景，实现管理、教育、教学的全覆盖。

6. 开放创新。把握未来课堂的"未来"本质，深刻把握基础教育、教育数字化转型等领域的未来发展趋势，在坚持"互联深度"基本框架和"为学生一发展奠基"基本价值观的前提下，不断优化调整、创新致远，促进教育教学高质量发展。

我们也在思考，我们的这一范式，未来向何处去的问题。我提出以下问题，也供读者共同指导。

1. 如何在社会变革中，把握教育本质？教育数字化转型背景下，无论教学环境、教学手段、教学技术如何改变，教育的本质还是在人的发展，人的因素是教育第一性的因素，是教育不变的灵魂；

2. 如何在需求驱动下，促进终身发展？契合国家人才战略和个性化成长需要，运用人工智能平台，提供更精准、更丰富的教育资源、职业规划和激励评价，培养学生内驱终生学习和生涯幸福的品质；

3. 如何在素养导向下，丰富教育资源？构建多维立体的精品校本课程资源体系，进一步满足教育公平、优资教育共享和学生差异化、泛在化学习的需要；

4. 如何在数据赋能下，如何创新致远？深入开展智慧课堂新生态研究，探索基于拔尖创新人才培养的深度学习和高效教学的新策略和新模式。

九、结语

未来已来，我国教育数字化转型正在大踏步迈入新时代，虚实融合、数据赋能、泛在智慧将成为未来教育的关键词，引领教育走向精准、走向科学、走向个性、走向高效。

面对为党育人、为国育才的时代使命，每一位教育工作者都应以这次转型为契机，通过践行信息技术与教育的深度融合，助推区域转换教育发展动力结构。每一所学校都应着眼自身，发力教育的理念重塑、结构重组、流程再造、内容重构、范式重建，让我们一同打造更加公平、更有质量、更加美好的未来教育！

第十一章
知行合一：自主自为的实践文化

在顺德一中"学会做人、学会求知、学会办事、学会健身"四大校训的统领下，顺德一中要培养的不仅是具有扎实知识能力素养的高分学子，更是德智体美劳全面发展的全能型人才。在德育工作方面，顺德一中倡导"知行合一，体验内生"的工作理念，在操作层面上，则可以用"自主自为"来概括。以自主培育精英，正是顺德一中的"自主自为"教育。

一、"放手"，是"自主自为"的第一要义

从2018年开始，我们就尝试将体育艺术节等这样大型的、系统性的活动放手交给我们的同学们独立去完成——学生自己策划，自己组织，自己找资源，自己调配；教师则只需要做少许必要的指导和保障性的工作。近些年来，学校大型集体活动，一体如是操作，同学们做得漂亮完美，有声有色。这就是"自主自为"最生动的诠释——把学生置于舞台的正中央，放手让学生去体验、去参与，在切身实践中提升素质、增长才干。

在顺德一中，有一条文化长廊，名为行知，意在强调让学生学会"知行合一"。"知行合一"是明代思想家王阳明提出的重要思想。"知行合一"思想，既有王阳明基于事上磨炼的体悟，也是他思考社会现状、应对时代困境的成果。"知行合一"是王阳明思想体系的重要一环，更是对中国思想史上知行观的继承和发展。习近平总书记历来重视"知行合一"，反复强调知是基础、

是前提，行是重点、是关键，必须以知促行、以行促知，做到知行合一。

正德四年（1509），王阳明因直言触怒权宦刘瑾，被廷杖下狱，之后贬谪贵州龙场。在困境中，他意识到以往从见闻经历中寻求万事万物的道理，存在方向性偏差，不如承认"吾性自足"，从自身价值中寻求道理更为直接。于是，他针对以往知行观的疏漏，从关注个人的主体性入手，重视人的个体经验，承认差别，关心实践，开始了新的探索之路。第二年，王阳明接受贵州提学副使席书的邀请，到府城的书院讲学，开始了他对"知行合一"的系统阐释。

"知"与"行"既然要"合一"，可见它们本身是两个不同的事物。但是，王阳明反对朱子学者"知行相须"的主张，认为知行之间的关系不是简单地由此及彼。他坚持"知行不可分作两事"（《王阳明全集·语录一》），这并不是让"知"和"行"两个元素机械合并，而是主张两者应该互相依存，彼此共同构成周而复始并有所提升的完整认知结构。在这个结构中，一方面"知者行之始，行者知之成"，知和行之间既存在因果关系，也相辅而成；另一方面"学、问、思、辨、行"的过程，并不是王阳明所说"知行合一"的全部。他主张，"知是心之本体"，由心发动，开启了意识活动与实践活动。因此，在王阳明看来，知也是行的一种；在知之后，当然还要有行动上的结果，同时开启一个新的问学与实践周期。也就是说，在本然状态下，知和行是紧密联系在一起的。

市政协副主席麦洁华一行参观行知长廊

在《传习录》中，王阳明通过这样一个例子，对知和行的关系进行说明：一个人看见父亲，自然知道要孝顺，这就是知；孝顺父亲的行动和表现，便即是行。两者之间是一体两面的关系，并非此消彼长。

关于"知行合一"，还有一个教育界的故事。现代著名教育家陶行知曾两次更名，他原来叫陶文俊，青年时期因崇拜理学家王阳明的"知是行之始"，改名为"陶知行"；实践使他认识到应该是"行而后知"，于是，第二次改名"陶行知"。顺德一中的"行知长廊"，也有着致敬陶行知的教育智慧的文化内涵。"行知长廊"的正门刻着是"行是知之始，知是行之成。"背面刻着是"捧着一颗心来，不带半根草去。"整条长廊两侧还陈列着优秀校友的宣传栏，简短凝练的几行字背后是一中学长们精彩的知行一生。而长廊的末端是高三学子的青春奋斗誓言，这些布置都让来往的师生们感受到陶行知的教育智慧，鼓舞着同学们去实践、去奋斗、去拼搏，创造精彩的一生。

二、社团，是"自主自为"的主要载体

顺德一中创设了多达47个优质的学生社团，学生以兴趣为纽带，以社团为基础，以学校为舞台，开展丰富活动，促进学生全面发展。社团的组织、章程、管理、运营等等一应事宜，均由学生自主裁度。得益于学生的才华和用心，不少社团，比如，腾龙文学社、模拟联合国社等，都在高层次评比中获得佳绩，发展成为学校的品牌社团。

1. 顺德一中学生社团简介

顺德一中学生社团是提升学生综合素质的实践平台和学校创新人才培养的重要阵地。学生社团秉承"我在，学校更精彩"的价值追求，遵循"文化引领、百花齐放、自主规范"的发展理念，坚持"以团委为主导，以学生为主体"的管理模式，充分发挥教师的指导作用，由社团活动中心负责社团的规划、引导、管理、协调、服务和监督，由"社团联合会"自主管理具体事务，形成我校特有的"一核两翼"发展格局。

学校积极开展文体活动，大力推动学生社团发展。现已成立包含文化、科技、艺术、体育、技能和特色等六大类学生社团47个，其中，街舞、书法、创客、商社、戏语、吉他、外国语、ACG等社团深受学生欢迎，腾龙文学社、模

拟联合国社、创客社被评为广东省优秀社团。

2. 顺德一中学生社团举例

（1）腾龙文学社

1994年十里桂花香时节，腾龙文学社横空出世，以"崇尚一流、鼓励创造、提倡个性"为办社宗旨。"腾"是跳跃，是飞腾，是勇敢的搏击，是激情的爆发，是永恒的追求；"龙"是神话，是想象，是崇高的象征，是力量的化身，是智慧的神明。

二十八年风雨路，至今笑傲文坛处，荣获"全国优秀中学生文学社百家""全国中学生文学社团活动示范单位"等称号。

二十八年来，"腾龙"引领着小龙以笔为矛，以书为盾，以诗传情，以文会友，吸取文学的精华，感受艺术的底蕴，放飞青春的心灵，书写满腔的激情。

二十八年来，腾龙文学社多年来一直得到领导、专家、学者的呵护与厚爱：人民教育出版社、中国教育学会、北师大……领导亲切的关怀，专家、学者殷切的希望，极大地促进了"腾龙"的发展和壮大。

二十八年来，社报、社刊是发展的孕育，奖励、奖项是发展的肯定。

今天腾龙文学社依旧矗立，依旧前行。远方霞光万里，腾龙迎风长吟。

（2）模拟联合国社

成立于2013年，一直以来秉承着"追求卓越，崇尚一流，学术至上"的原则。2017年被评为"广东省优秀社团"；2018年11月18日，在行思模联的倡议与带领之下，顺德区模拟联合国联盟正式成立。我们相信，行思模联必将带领更多一中人了解世界，带领更多一中人感悟世界，带领更多一中人走向世界！社团培育了一批批优秀社员：前任社长林汶锋同学以优异成绩考入中山大学，并在中山大学学生会担任副主席；核心成员鞠瑶曾担任顺德一中学生会主席，毕业后考入北京外国语大学，立志奔赴外交战线；优秀成员白荷菲同学更是在对外经贸大学毕业后直接入联合国开发署任职至今……

（3）创客社

创客社成立于2016年9月14日。分为机械、通信、程序三大部门。智能信箱、人脸识别、物联网交互……更多炫酷的技术在思想碰撞中蓬勃着；C语言、Python、java、各种语言不在话下；硬件开源、app开发从不缺席。创新是我们的信念，技术是我们的方式。

顺德一中的社团不仅只为兴趣爱好者提供聚集的场地，更是为一中学子们筹备和举办了许多精彩纷呈的社团品牌活动。顺德一中社团品牌活动由6大类共计49个学生社团自行组织实施，按照"一学期一活动、一社团一品牌"的原则开展，活动时间、地点和参与人员根据社团和学校的实际情况进行。社团品牌活动包含人文类社团活动，如，腾龙文学社的成语大会和征文比赛、翌璐书法社的硬笔书法比赛、心理社的飞鸽传书、古风华服活动等；科技类社团活动，如，创客社的创客节活动、碳迹社的"地球日"宣传活动、捭阖地理社的日食观察活动、STEM社的科学电影制作活动、格物致知社的现场实验演示等；体育类社团活动，如，软式棒垒球社的棒垒球联赛、羽毛球社的羽毛球比赛、篮球社的巅峰三人篮球赛、足球社的"校长杯"校园足球赛等；艺术类社团活动，如，吉他社的吉他solo大赛、街舞社的舞林大会、戏语社的戏剧大赛、广播站的歌手周、摄影社的摄影大赛等。

4. 顺德一中学生领袖联合会

要想在学校里"当家做主"，顺德一中学生领袖联合会一定能够满足你。顺德一中学生领袖联合会，成立于2018年，成立的目的在于打破原有学生管理体制的壁垒，将团委会和学生会进行资源整合，集中各部门的力量，充分调动和发挥学生的主动性、积极性和创造性，提高学生自我管理、自我服务的水平，高效率高质量完成各项工作，帮助学生实现"完善自我，兼济他人"的发展目标，促进学校形成"文化引领、品德内生、成长自主"的德育管理特色。

2018年4月19日16:30，共青团顺德区第一中学第二十一次团员代表大会暨顺德区第一中学第五十八届学生代表大会（以下简称"双代会"）在礼堂隆重举行。会议共有来自三个年级共计320名团员代表和学生代表参加，主要任务是审议《顺德一中学生领袖联合会章程》，并选举首届学生领袖联合会核心成员。

开幕式上，关眸姬副书记代表学校领导致辞。她高度肯定了顺德一中第二十届团委会和第五十七届学生会在过去一年所取得的成绩，并对由第二十一届团委会和第五十八届学生会联合组成的首届学生领袖联合会提出殷切期望——继续坚持"发挥引领示范作用，助力创新人才培养"的工作目标，秉承"我在，一中更精彩"的价值追求，继续为广大一中学子的成长成才搭建平台，为营造优良的校风学风贡献力量。

选举正式开始后，来自学生领袖联合会学生议事会、新闻宣传部、团学活动部、设备管理部、外联公关部、学风建设部、体育艺术部、学习生活部、权益保障部和社团联合会等10个部门近120名候选人依次登台，以饱满的热情、缜密的思维、开拓的视野从不同角度展示自己的优势和才能，以求获得代表们的"青睐"。

竞选演讲结束后，代表们在庄严的进行曲中将选票放入投票箱，薄薄的一张选票不仅仅是学生权益的具体实现，还是学校贯彻落实一中学生自主管理理念的突出体现。最终，来自高一（9）班蒋俊豪、高一（16）班徐睿哲、高一（17）班潘乐仪、高一（10）班梁煊彤、高一（1）班陈皓林等近30名同学获得较高票数。首届学生领袖联合会核心成员的名单将结合票数，从"理想信念、思想品德、学业成绩、业务水平、综合能力"等五个方面综合考察，确定最终人选。

顺德一中全面贯彻党的教育方针，秉承"四个学会"校训精神，注重培养学生"德智体美劳全面发展"。顺德一中学生领袖联合会就是一个学生锻炼很好的平台，培养出诸多独立能干的优秀学生干部。2022年下半学期，学校共评出128位优秀学生干部，他们在学生领袖联合会中"有一分光，发一分热"，勇于担当，甘于奉献，以切实的行动践行了"我在，一中更精彩"的价值追求。

顺德一中第五十八届学生代表大会暨首届学生领袖联合会选举现场

"学优则仕,生生不息,议事洞明,会当凌顶。"学生议事会是一个集规划、统筹、行动于一体的学生部门,负责组织筹备各类大型学生活动及学生干部培训。在学议,同学们可以培养议事洞明的大局观,锻炼与人交往的能力,拥有指点江山的豪情和会当凌绝顶的信念。学生议事会学生骨干赖雅婷谈到自己的成长收获:"我的工作是统筹组织学生领袖联合会各项常规工作,例如,常规会议的组织、每周工作总结和行事历填写跟进、因公申请的审核,等等。在这一年的学生工作中,我逐渐掌握促进良好沟通的技巧,增强语言表达能力,提高时间管理水平,磨砺面对困难的心态,锻炼组织管理能力,等等。同时,也结交了一群优秀的伙伴。总的来说,这一年的我有笑有泪却也收获匪浅,也感谢团委能给我这个机会,让我在高中三年中留下浓墨重彩的一笔。"以赖雅婷同学为代表的学生议事会优秀干部们,他们用自信,让岩石变成浮雕;他们用勇气,让寒梅傲立严冬;他们用执着,让沧海变为桑田。因为志在登顶,所以披荆斩棘;因为渴望远方,所以风雨兼程。他们用目标和信心挑战自我,他们用毅力与拼搏追寻梦想。统筹规划是他们亮丽的底色;议事洞明,是他们最耀眼的色彩。

团学活动部负责团务以及义工方面的工作。团务方面具体负责班级团支部建设包括青年大学习、团费缴纳等常规工作以及五四表彰、团籍整理、发展团员等相关工作,还有青年党校、青年团校和青年马克思主义培养工程等各项工作,义工方面负责管理顺德一中义工联盟、运行i志愿系统,承办志愿服务系列、爱心系列、五四青年节、百场电影报告会,以及最美少年评选等活动。这些工作给了部员一个挥洒青春汗水与热血的平台,让有形的世界在服务中无形,让无形的能力在团学得到升华。被评为优秀学生干部的团学活动部学生骨干杜嘉雯谈到在团学活动部锻炼自我的感想:"来部门之前可谓新手小白,什么都不会也不怎么敢尝试新事物,但是经过一年在部门的培养后对部门工作比较熟悉了,能力也提升了不少,比如,工作时间的安排,与老师、部员们的沟通,也逐渐把胆子壮了起来。在部门也负责过7次的义工活动,也参与五四表彰以及团员发展等等。可以说这一年获益匪浅。"以杜嘉雯同学为代表的团学活动部优秀干部们,他们把成长的自己变成一面共青团的旗帜,把奋斗的生活变成一支共青团的赞歌。他们吹响传承的号角,将那抹鲜血染成的红铸成胸前的信仰与勋章;他们实事求是,戒骄戒躁,始终保持着先锋模范作用。他们奉献了他们的青春,在团学生活中熠熠生辉。

学风建设部是一个负责校风校纪检查监督工作的部门,由监察组和宿舍组组成,分别负责教学区和宿舍区的检查,严明学校的学习生活纪律。在学建,我们在监督别人的同时也锻炼自己的能力,端正品行。以刘子恒同学为代表学风建设部干部们,他们用真诚架起同学间的信任,用爱心温暖每一个年轻的心灵;他们用挺立的肩膀扛起一个团队奋进的旗帜;他们用双手擎起同学们的希望。他们用警戒传递规则,用规则建起大厦。他们不惧岁月长,只愿在有限的青春为学校搭建井然有序的高楼,营造积极向上的氛围。勇也,智也,何不令人敬佩也!

权益保障部是一个保障学生权益的部门,它服务于同学们的学习和生活,深入了解同学们的心声,充当着学生们与学校之间的桥梁,承担模拟法庭、校长接待日、安全知识竞赛、日常箱包管理等工作,为同学们的各方面权益保驾护航。

权益保障部学生骨干黄力恒认为权益保障部既是锻炼他办事能力的"微社会",也是他服务部门及校园的"大平台"。以黄力恒同学为代表的权益保障部优秀干部们是学生的保护盾,保障权益,服务生活。俗话说,言为心声,此时,权益保障部读心听言。他们将自己的淳朴、真挚融于生活,以公平待人,以诚信服人。他们一直以服务他人作为自己最大的乐趣。友爱、团结、合作、严于律己是他们无上的追求。

外联公关部是一个对外对内沟通联系的部门。主要是负责外来人员的接待、沟通,向外拉取赞助,对内做好物资管理工作。在这个部门,可以提高同学们的语言交流能力,改善思维方式与扩宽人际,为学生的社会生活和人际交往建立一个良好的底子,让其不再胆怯,变得更加自信。外联公关部学生骨干周子暄认为在外联公关部的生活就是在忙忙碌碌的细碎小事中,追求着每一个细节的最佳处理,最喜欢的是投入工作中的热情与如家人般的同伴的努力。以周子暄同学为代表的外联公关部优秀干部,他们手中有力量,心中有希望。他们是对外发声的发声筒,他们也是沟通社会的桥梁。他们,实事求是、先锋模范;他们,脚踏实地、默默奉献;他们,积极进取,勇于担当。是他们使团队彰显出合作的力量,是他们让外联工作永续辉煌。一步一印踏实行,一路汗水一路歌。

三、活动，是"自主自为"的生长舞台

顺德一中打造了六大品牌文体活动：诗词大会、舞林大会、英语晚会等等，不一而足。围绕活动，同学们自主策划，自主举办；围绕节目，同学们自编自导，自演自评。同学们在学校创设的，又属于自己的舞台上，张扬个性，各展其长，个性潜能得到释放，综合素质得以发展。

1. 顺德一中体育艺术节

顺德一中体育艺术节是在学校德育部门的统一安排指导下，在每年11月左右开展，学生部分由团委体育艺术部负责具体实施，教师部分由学校工会负责具体实施。顺德一中体育艺术节坚持"自主性、参与性、展示性"三个特点，主要包括田径运动会、校园十佳歌手比赛、校园才艺大赛、舞台设计大赛、励志歌曲合唱比赛、主持人风采大赛、家校联谊体育活动、教工趣味运动会，以及班级集体运动项目等子活动。

2022年11月11日下午，顺德一中历时两天半的2022年"雅典杯"体育艺术节迎来闭幕式，顺德一中2022体育艺术节取得圆满落幕。赖光明副书记对本次的体育艺术节进行总结，表达了对每位一中人的赞扬与激励，对运动健儿们至诚的体育精神表示致敬。同时，廖伟梁主任就如何更好地开展体育艺术节提出建议方案，希望全体同学齐心协力将体艺节越办越好。体育艺术节的学生总裁判长罗伊淳同学发言，表达了对各裁判员及工作人员的感谢与肯定，并宣布了团体及个人奖项。整个颁奖仪式庄严又让人期待，表彰了奋勇争先的班集体、勇于突破的个人，体现了全体一中学子朝气蓬勃的精神风貌。

本届体育艺术节筹备时间紧、任务重，全程多由学生组织完成、老师辅助指导，充分体现了学生们的自主积极性和扎实能干的办事能力，最终呈现了一场精彩的体育和艺术的盛宴。

"第一步就是让学生裁判自我培训。"负责裁判工作的张安来老师充分肯定了同学们的前期准备工作，"准备充分了，工作开展得顺利了，才能最终呈现良好的效果。所以，我们前期最重要的就是做好态度方面的落实，态度决定一切，我们的工作要有责任心，要认真对待。同学们的表现都不错，师生共同努力为体艺节画上了圆满的句号。"

作为体育艺术节的一大亮点，周五早上举办的十佳歌手大赛也是精彩纷呈，负责人高二（15）班的阮梓澄同学提道："在这次活动中我不仅锻炼了组织能力，还学会了做事要有前瞻意识，以及临场应变的能力。"可见此次体育艺术节的成功举办是对一中学子"学会办事"的一次重要磨炼。

"本次雅典杯体育艺术节圆满闭幕！"当五彩班旗在操场上环绕，在风中执旗接力的少年们以满满的青春激情奋力奔跑，宣告着本次体育艺术节的结束。体育艺术节虽然画上了句号，但是一中人的活力不减，热情不散，在接下来的工作与学习中，一中人也必将绽放更美的光彩！

2. 顺德一中社团文化节

顺德一中社团文化节一般在每年4月左右举行，包含社团校本课程、社团风采展和社团文艺汇演等形式。活动的主办部门顺德一中学生领袖联合会，承办部门是社团联合会，由体育艺术部、新闻宣传部、外联公关部、设备管理部、年级分会等协助承办。

2023年5月13日，在同学们的热切期待之下，顺德一中2023年第七届社团文化节终于来到。和以往有所不同，今年的社团文化节和首届校园民艺节同期举办，我校诚挚地邀请来自民间的手艺人和外校的同学们走进一中，在这场欢乐与活力四射的活动中，沉浸体验一中文化，感受一中的魅力。

第七届社团文化节贯彻顺德一中的"知行合一，体验内生"德育理念，共设31个社团摊位，涵盖文化类、艺术类、科技类、技能类以及特色类五大类社团，彰显一中"多元""共生""融合"的校园文化特色。多样的歌舞文艺汇演更是精彩纷呈，吸引数千家长和学生驻足欣赏，欢声笑语溢满整个校园，勾勒出一个洋溢着青春活力的一中，魅力四射的一中。

此外，顺德一中首届校园民艺节也如火如荼地开展，给社团文化节又添上绚烂的一笔。顺德一中联合榕树头基金会邀请多位顺德民间手工艺人进校园，设有灰塑、针织、广绣、香云纱制作、木刻小龙舟等12个摊位。同学们不仅能够细致观赏这些艺术作品，购买收藏心仪的作品，还能获得和手工艺人互动的机会，亲自动手制作。

与顺德传统民间手工艺术零距离接触让同学们走进顺德民间手工艺术的魅力世界，感受顺德文化的熏陶，在学习和交流中传承与发扬顺德传统文化，也令工匠精神扎根于校园并得以传承。

顺德一中党委赖光明副书记高度评价此次活动："民艺进一中，进一步充实了我校社团文化的内涵，对于培育学生乡土情怀、审美素养，文化传承意识等方面都有积极意义。以后，我们将继续利用和挖掘本土的优秀教育资源，期待在课程开发、校园文创、研学实践、社会调查、研究性学习等方面，进行更多有益的探索。"

在欢声笑语中，顺德一中第七届社团文化节暨首届校园民艺节圆满结束。"社团文化与顺德精神齐飞，开放进取共青春活力一色"。顺德一中的学子们在本次活动中充分感受到了根植于一中土壤中的人文情怀，培养创新意识，浸润宝贵品质。同时，社团文化节给一中学子们提供了一个崭新的平台，让同学们尽情展示自我，释放自我，超越自我。

3. 顺德一中阅读文化节

顺德一中阅读文化节包含诗词大会、朗读者大赛、语言艺术晚会、读书分享会、写给青春的三行情书大赛等。诗词大会由高一年级全体学生参加，一般在每年12月至下年1月举行；朗读者大赛、语言艺术晚会由高二年级全体学生参加，一般在每年世界读书日（4月23日）前后举行；读书分享会每学期举办2到3次，三行情书大赛在每年2月初举行，全校有兴趣的同学都积极参加。

千百年前风拂今，今吟诗词仍存蕴。一中力为诗词会，以诗会友词传情。诗风流韵——第二届顺德一中诗词大会，2019年1月4日晚，在礼堂里盛大开幕。诗词大会，让我们看到了一中学子深厚的文化功底，也让我们感受到了诗词的韵意之美。

台上，六支队伍，数十位少男少女，身着古装，宛若从漫漫历史长河走出，一眼望去，尽是少年英气，风华正茂。以诗会友，同样不乏刀光剑影。激烈的角逐拉开了帷幕。古诗词判断，文学常识理解，九宫格……有人赢，有人输，比分不断向上，你追我赶，台下的观众都不由自主地屏住了呼吸，移不开目光。越过紧张激烈的答题环节，接下来的沙画猜诗也让人移不开眼。画还没有画完，众人纷纷猜测着答案，已有队伍抢答，视频中散落的纱仿佛落在观众的心上。大会的高潮，一首飞花定高下。每支队伍各选出一个人作为代表，你一句我一句，话音刚落另一个声音便接上来，你追我赶，紧咬不放。到了最后，两个人都尽可能地将诗句说长点，希望能利用那短暂的时间回忆诗句。

胜者出现了——获得"诗词状元"的队伍是（18）班诗歌和鸣队！全场掌

声此起彼伏。此刻，他们是万众瞩目的新星！没有人想到，一支在复赛排第六名的队伍竟然在最后一刻力压群敌，勇夺冠军。在比赛里，他们不是答题最快的，但是他们是命中率最高的，稳中求进，宛如一只猎豹，在关键时刻才出现。此外，高一（1）班青衿队和高一（3）班风起扶摇队，也凭借他们的优秀表现和深厚积累，并列获得本次诗词大会的"诗词榜眼"称号。

飞花令冠军高一（3）班何建贤同学说："大家的实力都很强，尤其飞花令的时候，简直快把我压绝望了。但是，我觉得他们可能心态不够好，比如在第一题答错后就慌了，心态很重要。"与冠军失之交臂的也并不气馁，同伴之间相互鼓励，他们不是冠军，但也是冠军。

诗词大会结束后，作为此次活动的总负责人，彭千老师总结："顺德一中诗词大会虽然落下帷幕，但经典的传诵永远不会就此结束。就让我们从现在从此地出发，传诵经典，展露风华，伴随诗词大会，梦想就此启航！"在幕后辛苦付出的吴海老师也感慨道："谢谢用心点评的每一位嘉宾，他们用渊博的学识触动了我们的心灵，也感谢精心准备这次大会的所有的幕后工作人员，成就了我们今天这场精彩的诗词盛宴！"

这次比赛也并不只是为了输赢，看着台上少男少女的微笑，同伴之间的安慰，以及回忆比赛过程中的点点滴滴，仿佛此处不是现代，而是过去，我们仿佛身处兰亭，听着耳边的流水声，闻着花草的芳香。这是一个离我们远去的时

顺德一中第二届诗词大会

代，但是在这一刻，它变为了我们脑海中的诗句，流淌在我们的血液里，永远地传承下去，永远地不会被我们遗忘。

4. 顺德一中英语晚会

顺德一中英语晚会由顺德一中高二年级英语备课组主办，参加的一般是高二年级师生和家长，晚会门票往往一票难求。在2019年的英语晚会上，来自德国因戈尔施塔特市的卡塔琳娜文理中学的国际交流生参与演出，为这场晚会增添了一丝国际元素。

2023年5月12日，由顺德一中凤山书院主办，高二英语备课组承办，学生领袖联合会高二分会、体育艺术部、设备管理部等协办的"一堂好戏"高二英语课本剧比赛在礼堂盛大举行。本次大赛以班级为单位，各班分别挑选课本篇目，通过创造性改编，调动想象力以丰富故事情节，深挖主旨内核，在舞台上各自呈现出独特而精彩的戏剧表演，共同畅享一场英语盛宴。

前半场，各种精彩节目依次呈现。有场景典雅华丽的"The Necklace"（项链）（3）班，有情节饱满、歌舞结合的"Beauty and the Beast"（美女与野兽）（15）班，有激烈悲壮而引人共情的"King Lear"（李尔王）（6）班，有场景布置精细、呈现方式新颖的"The Last Leaf"（最后一片叶子）（16）班。精彩纷呈，令观众于一幕幕场景的跳跃中收获语言美和人文美。

中场猜英语谚语的游戏妙趣横生，台下观众踊跃作答，全场气氛活跃。

后半场，新一轮表演轮番而上。首先是课本经典篇目"The Underdog"（失败者）（14）班，以其热血激情、真实感强的篮球故事引发观众拍手称赞。继而又有巧妙融合动画情景而富有表现力的"The Digital Addict"（数字迷）（18）班，以及奇幻浪漫的魔法世界"Beauty and the Beast"（美女与野兽）（19）班、（8）班和"Alice in Wonderland"（爱丽丝梦游仙境）（4）班，更有人物刻画鲜明生动的"A Christmas Carol"（圣诞颂歌）（2）班、（11）班和凭借毅力创造南极奇迹的激励人心故事"Race to the Pole"（冲向极点）（9）班。一堂堂独特精妙的好戏全面呈现。

本次比赛的特等奖节目——来自（17）班的节目具有盛大精妙的舞台效果与深入人心的主旨。演员们致敬研发青蒿素的屠呦呦团队，带观众重回新中国科研起步阶段的艰辛岁月：有人质疑青蒿素在人体实验不可取，有人悲愤所有实验结果因意外火灾毁于一旦，但更有人在尝试，在坚持，坚持前行，不惧困难……屠呦呦团队代表了一代人的奋斗精神，激励当代青年砥砺前行。

一等奖佳作——来自（1）班的"Getting to the Top"表演出神入化，每一个角色都被塑造得栩栩如生。当舞台上亮满红灯，展现女主挫败的内心世界时，所有人的情绪瞬间随主人公坠入深潭，一首"let it go"像一双手慢慢将主角托举露出水面，最后的合唱一下子让世界明亮，一起一伏间让观众感受到Duffy强大的内心力量，体悟到"纵有疾风起，人生不言弃"的人生道理。

尾声的社团表演也精彩不绝。鎏声社联合口语社表演的歌曲"Season Of Love"伴随着琴声悠扬，在饱含深情的轻唱里，展开了对浪漫与爱的叙述，在平和与宁静中，生发了对生命的感知与领悟。韩语社带来的"Shooting Star"又由柔润转向激昂。她们节拍轻踏，步步生花，动作整齐划一，迅捷有力，抬眸之间，七盏明星缀亮夜空，正如歌词唱的那样"I'm looking so lavish"（我看起来很奢华）。

汪雅君老师对本次晚会进行了具体中肯的点评。她赞叹同学们能够将教材中的课文篇目深度解读，挖掘主题内涵，赋予人物个性，在剧本编写、角色表演、舞台设计上都表现出了极强的专业性。最后汪老师也从戏剧的剧情高潮设置、背景音乐的选择、角色的表现等角度给予了一些建议，并希望同学们能够传承一中英语文化，在活动中学习英语，在活动中享受英语，真正感受语言深层文化魅力。

最后，迎来了最激动人心的颁奖时刻。（17）班以精湛的演技与深刻的主旨斩得全场最高分并荣获特等奖。此外，大赛还评选出一等奖五名、二等奖八名。

本次活动是继"我是特优生"英语配音比赛后，我校高二级部举办的第二场英语晚会。各班师生以及各部门高度重视，全情投入筹备与表演，以高效能、高组织协调能力，经过多次反复排练磨合，成就了一场高质高水平的晚会，获得师生评委的一致称赞。本次大赛的顺利举办为一中营造了浓厚的英语学习氛围，激发同学们主动学习思考并运用英语于实际的积极性与创造性，也响应了学校校训"学会求知，学会办事"的要求，充分贯彻了"为学生一生发展奠基"的理念。

5. 舞林大会

2023年4月27日晚，顺德一中第四届舞林大会在学校礼堂隆重举行。本次活动由街舞社和体育艺术部主办，学生议事会、社团联合会、设备管理部、外联公关部、新闻宣传部、权益保障部、舞艺社、戏语社等联合协办。

秉承着"为学生一生发展奠基"的理念，本次活动几乎全程由学生自主策划组织。本届舞林大会各选手和社团表演的舞种丰富，有爵士、嘻哈、韩舞、宅舞、中国舞、拉丁、芭蕾等，表演精彩纷呈、夺人眼球。

吉他社"Yellow"和《山海》作为暖场节目开场，恣意张扬的歌声尽显少年气，"这里是八秒快门！"的自信宣言充满山海可平的勇气和跃马星河的动力，扣住了每个人的心弦。街舞社或激情或慵懒或欢快的曲目，展示着街舞少男少女们的朝气蓬勃与魅力四射，现场的气氛一度火热。

首先出场的是本次大赛最佳创意奖的得主来自高一（9）班的陈保宜。她的一姿一态仿佛都在为我们叙述着一个关于浪漫与追梦的故事。作为一名拉丁舞者，她腿部富有力量，表演富有灵气，向观众完美演绎了《梦》。

接下来出场的是获得本届最佳人气奖的是——来自高一（12）班张韵诗。执一把伞，着一身蓝色的衣裙，远方的村庄炊烟已经袅袅升起，便和着笛声就地舞一曲，傣族风情扑面而来。又或者山黛岫远，于烟雨行舟中和着渔歌而舞，山水风情直面而来。学习民族舞的她以独特的情怀感染着台下每一个观众。

同获最佳创意奖的高一（20）班卢文晞给大家带来的是芭蕾与街舞的融合作品。当古典遇上潮流，显然碰撞出了不一样的火花。天生的贵族气质完美贴切芭蕾，与生俱来的优雅和自在使得她在舞台上游刃有余。外衣一褪，更宛如脱去桎梏，羽化成蝶。街舞元素的加入使舞蹈更具活力，深深地吸引着每一个人。

最佳创意奖的另一得主高二（4）班曾美怡带来的《光》，深刻地表现了她对光的理解，如火焰般热烈绽放是她，如星子点缀空中散发光芒也是她，独出心裁的编排尽显拉丁魅力。

最后出场的参赛选手是获得最佳风采奖的高二（15）班陈茵琦。是什么让你如此美丽？是微风，是心动，是活力，是柔情？她用不同风格的表演诠释：是不被定义！她以两场风格迥然不同却同样自如自信的表演使得台下每个观众目不转睛。

除选手们的演出以外，由各社团精心准备的表演同样让人惊喜。韩语社节目黑与红的交织和极具力量感的表达，如让人和《007》一起潜身于黑夜之

顺德一中第四届舞林大会

间；鎏声演唱社带来的《花开忘忧》和《陪你度过漫长岁月》用空灵悠远的声音抚平心中的怅惘；舞艺社《捻花归》舞者时而似飞鸿踏雪，时而又如盛世长歌；古典乐器社"East Meets West"（东方遇见西方）融合东西方乐曲，绵长隽永着流过每个人心中；ACG社的《空奏列车》更以别具一格的姿态展现了ACG社员们热爱的生生不息；联合社团带来的节目"We Are Top"（我们是顶尖的）同样显示了各社团的生机活力。

上一届明星选手高二（8）班金晓晴和高二（16）班王扬带来了返场节目。"锦瑟无端五十弦，一弦一柱思华年。"金晓晴以绝美的舞姿展现了具有中国韵味的愁与思；王扬富有质感的舞服温润，是雁过无痕，是风过无声，民俗的融入更生动地阐释了《无名的人》。

顺德一中舞林大会充分展现了一中学子扎实的能力素养和强烈的创新精神，学生们自主自为的青春就在这一个个生动曼妙的舞姿中得以绽放。

6. 综合实践活动

顺德一中综合实践系列活动一般在每年4月下旬至5月上旬举行，参与的学生一般为高一年级全体学生，共1000人左右。活动要求学生在3天左右的时间内完成包含4大类别（农业实践类、生命教育类、生存技能类和创新创作类）

近20门课程的学习。

  为了强健学生体魄，培养学生的坚强意志和勤俭习惯，我校积极落实教育部《中小学综合实践活动课程指导纲要》文件精神，于2022年8月30日早上组织了高二全体学生参加为期3天的学农活动。

  正值夏日，晨曦毫不吝啬地把阳光泼洒在同学们的身上，一颗颗火热的心与骄阳一起出发，共赴新程。

  通往本次学农的目的地——位于四会"越秀区中小学生综合实践活动教育基地"的路上，不少同学就本次学农展开了激烈的讨论。"在来的路上，我听到有的同学说，这次学农像是一场'变形计'。的确，我们就是希望同学们在学农中变成更好的自己。"陕娟副校长在开营仪式上风趣地说。她振奋人心的讲话让同学们对本次活动更添期待。

  高二（7）班学生代表李思霖的发言，则更深刻地解读了这一场"变形计"的意义。他说："我们要在学农中培养品格，拒当'温室里的花朵'，在劳动中磨砺品质，学会独立和坚韧，体会'谁知盘中餐，粒粒皆辛苦'的含

顺德一中2022年高二年级"知行合一，体验内生"综合实践活动

义，摆脱'四体不勤，五谷不分'的城市病。"

在基地校长的鼓励与学校领导的陪伴下，各班同学陆续展开活动，以行动响应号召。在校方为同学们精心制定的课程中，同学们从除草到挑粪，从砍柴到野炊，从包扎到心肺复苏，从跳大绳到搭人梯，全面体验了劳动实践、安全保护及体育锻炼等多方面活动。"古人说，一日三秋，现在我们是一日三生了！"高二（15）班赵芮打趣说。的确，每个同学都全身心投入在各类课程中，在农民、消防员、急救员等身份中不断切换。

高二（4）班何子骞在炊烟中带着泪眼表示："学农最大的收获也许就是，学会尝试自己不熟悉的领域，更明白了吃的好与不好，都是一餐！这是火与泪留下的人生感悟！"

盛取、挑运、浇淋，一条流水线作业在同学们相递的双手间变得不断流畅。高二（17）班、（18）班的挑粪小分队在完成番薯苗浇灌后还贴心地为旁边的玉米地湿了肥，不少同学撸起袖管自荐"上阵"。

班级跳大绳比赛里，所有班级在半个多小时中紧张练习，以求最好的成绩。有人失败，现场鼓励的掌声不断；有人接连成功，所有人不分你我一起为他们报数、为他们喝彩。高二（2）班的班主任胡老师在跳大绳后感动地将班级总分第一——接力跳绳69个的好成绩晒到朋友圈里，晒出了同学们默契度的飞速增长。

考验团结、技巧的搭人梯同样是让同学们难忘。高二（3）班、（4）班的人梯也在众多同学高高举起的"保护伞"里直入青云，在手手相牵、全力以托中打破了基地记录。

8月31日的文艺晚会上，节目的火热、同学们的呐喊、老师们带来的"明天会更好"，以及丝丝缕缕的感动里，带着点点微光，编织成了这个夏天里美好的画卷，点绣出夜里最闪亮的星子。三首"爱你"里有着同学们对三天的感慨与对同伴们的感谢，还有对教官、老师们的感恩；一曲曲热歌、一支支舞蹈则点燃了夏夜里最真挚的喜悦。夜晚的一切情愫，最终都在不知谁还在小声哼唱的"明天会更好"里落下尾声……

这三天，的的确确如纪伯伦《劳作》一诗中所言，你们劳作，故能与大地和大地的精神同步。劳动时你们便是一管笛，时间的低语通过你的心化作音乐。劳动就是有形可见的爱。同学们从热土里得到丰收的希望，从呐喊中得到集体的团结，从声音里得到坚强的箴言。本次学农实践，让同学们学会用爱和力量去学习、去工作、去体验内生、去让知与行真正合一，去品赏"农事在蝉声里，绘新图于草色中"的无尽韵味。

四、结语

"知行合一，体验内生"是顺德一中的德育理念。"知行合一"是中国人关于认识与实践关系的理论表达，"体验内生"是基于"知行合一"的认知路径的表达。我们强调学生应在体验中认识世界并形成良好的行为习惯，不断进行情感和道德的自我完善与解放，以此达到内化、体认、内省的效果。"自主自为"是这一理念之下的行为方式。相信学生、引导学生、激励学生、服务学生、成就学生是其灵魂之所在。在顺德一中，学生真正地站在学校正中央。

第十二章
眺望灯塔：卓尔不群的励志文化

一中人，共同创造着一中的文化；卓越的一中人，则直接推动了学校更快的发展。我们要探求顺德一中发展的动力源，在一定意义上说，是这样的一批"卓越一中人"在发挥作用，他们在前面领跑，他们是学校的旗帜。

一、一中人的励志文化，是一种献身革命，爱国爱乡的文化

在顺德一中行知长廊，也即师生过往最频密的位置，我们设置了卓越一中人的事迹展览，他们有的为国捐躯，有的回馈桑梓，影响了一代又一代的一中人。如，革命烈士胡自为，顺德县农民协会文书。1928年在县农会内被捕，后解至广州南石头惩戒场被杀害。同年，共青团顺德县立中学校支部书记邓公惠、顺中中共党员曾杰芝遭逮捕，被押解到广州伪军法处严刑审讯，他们宁死不屈，壮烈牺牲。如今，西山岗上巍峨的烈士碑，镌刻着这些一中校友光辉的名字。他们，是顺德一中最鲜亮的底色。

又如，实业家罗定邦，顺德大良人，（中国）香港服装连锁店堡狮龙创办人，香港罗氏国际有限公司主席、罗氏信托基金创办人，香港顺德联谊总会永远名誉会长。罗定邦先生热心社会公益，支持家乡教育事业的发展。在1993年返乡期间，他目睹家乡建设成就，激发爱国爱乡热忱，为了发展家乡教育事业，他慷慨捐资兴建可容纳1500名学生就读的罗定邦中学，为家乡培育人才，创造良好的环境条件。罗定邦先生为家乡教育事业做出了重大贡献，深受邑人赞颂。

还有优秀青年校友周伟健、苏耀江、欧阳庆球等，为母校捐款捐物，助力良多。他们对乡土的眷恋和热爱，令人敬仰。

二、一中人的励志文化，是一种为国担当，潜心科研的文化

顺德一中2006届毕业生叶延英，2013年3月毕业于浙江大学海洋学院，获得硕士研究生学位，毕业后曾任职于深圳华为，曾获"十大优秀新员工"称号；后任职于中国科学院深海科学与工程研究所，现任深潜技术研究室主任，载人深潜队队长。担任中国载人深潜队的队长，深潜到马里亚纳海沟10918米，为中国科考事业做出了巨大贡献，受到了习总书记的亲切接见。

2017年9月16日，叶延英作为试航员迎来载人潜水器"深海勇士号"首次突破4500米的下潜。2018年3—6月，参与"深海勇士"号开展的TS07-01、TS07-02、TS07-03、TS07-04应用性科考所有航次，56天内共完成下潜59次，实现每天连续并多次下潜，创下国内深潜史上连续下潜的纪录；同时，完成首次开展一名潜航员带两名科学家下潜作业，使我国成为继美国之外第二个具备该能力的国家。2018年12月11日，完成"深海勇士号"出征西南印度洋，实现第100次下潜，克服恶劣海况，最大下潜深度为2774米，在海底作业近8小时成功返回母船。2020年11月10日早上8:12，我国"奋斗者号"全海深载人潜水器顺利下潜至地球海洋最深处，在太平洋马里亚纳海沟成功坐底，坐底深度10909米，创造了中国载人深潜新纪录的马里亚纳海沟已形成6000万年，其最深处"挑战者深渊"是全球海洋最深处，比陆地的最高峰珠穆朗玛峰还高，到过这里的人比去过月球的人还少，被称为地球"第四极"。"奋斗者号"下潜至万米海底，将助力我国未来在解决生命起源、地球演化等重大科学问题的前沿领域，在大深度海底深渊科研方面做出原创性、奠基性贡献。而叶延英，就是创造这一纪录的大功臣之一。

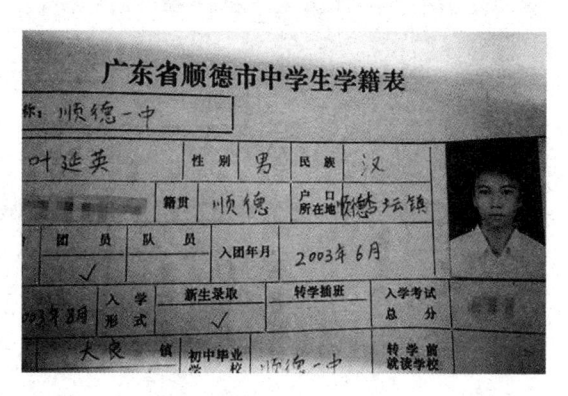

顺德一中2006届校友叶延英入读顺德一中资料

叶延英，顺德一中2006届毕业生，毕业于星光璀璨的高三（1）班。2006年，是广东省高考实施标准分的最后一年，我校800分以上的学生达到17人，比许多地级市全市800分以上的学生都要多，而高三（1）班，占据了高分学生的多数。

他的班主任岑丽华老师虽远在异国他乡，但还是为弟子取得的成绩深感骄傲："没想到，当年那个低调的少年，现在成了国家的英雄。这孩子，那时在班上是一个沉静少言的学生。话不多，但他特别上进，善于倾听，愿意接受他人的意见。他很喜欢读书，读书有心得，作文也写得很有灵气。"

他当年的数学老师，也是2006届的级长彭任清还记得这个学生："当年的高三（1）班，是个学霸云集的重点班，叶延英并不是其中最突出的。但他很喜欢思考，学习很踏实，做事有主见，这给老师留下了深刻的印象。对了，他还有一点点害羞。"

叶延英同学高一时的班主任叶嘉莹老师对他评价："那时的我刚大学毕业，担任高一（10）班的班主任。我印象最深的就是无论什么事交给他去做，你都会很放心。因为，他总能帮你完成得妥妥帖帖。"

"低调，踏实，努力，上进"，这是当年在顺德一中时教过他的老师给他的共同的标签。他的物理老师张笑虹、地理老师张学军等无不为这个成长为国家栋梁之材的爱徒感到自豪，地理老师廖芝青更是借叶延英同学的成长事迹激励他在顺德一中的学弟学妹们："今天和学生介绍叶延英事迹（高一地理期中考刚好有一道题考了马里亚纳海沟），他们都很激动很兴奋！纷纷鼓掌！我的PPT的最后一页写上了我对一中学子的期望：希望学弟学妹向优秀学长学习！为母校为祖国争光！为世界创造更多的奇迹！"

叶延英高一时的物理老师覃艺还清晰地记得："叶延英那时的头发就不多，我前几天在电视上看到他，发际线后移，头发更少了。看来这些年他钻研得太深，工作太努力。希望叶延英同学能多注意休息。"

是的，从一中毕业的孩子，你的老师、你的母校永远在关心着你，关注着你，为你高兴，为你自豪！

2000届毕业生梁俊睿，潜心科研，连克难关，被美国斯坦福大学评为2022年度科学影响力全球前2%科学家。2022年美国斯坦福大学联合爱思唯尔出版集团发布"2022年度科学影响力全球前2%顶尖科学家榜单"，上海科技大学信息学院智慧电气科学中心梁俊睿教授跻身该榜单，他还同时入选"终身科学影响力全球前2%科学家"排行榜。

梁俊睿，顺德一中2000届高中校友。上海科技大学长聘副教授、研究员、博导，IEEE高级会员、ASME会员、SPIE会员。梁俊睿研究工作涉及机械力学、电子电路、通信计算等跨学科范畴，主持国家自然科学基金面上项目、青年基金项目、上海市自然科学基金面上项目、参与国家自然科学基金企业联合基金项目等合作课题。共发表技术论文90余篇，申请中国发明专利4项，4次在国际学术会议获最佳论文奖，获得香港中文大学研究生学术成果奖、上海科技大学优秀科研奖、中国科学院教育教学成果一等奖等。

全球前2%顶尖科学家榜单，由斯坦福大学发布。该团队基于引用次数、h因子、hm因子等六种引用指标的打分，从700万名科学家中遴选出世界排名前2%的科学家。排名分22个领域和176个子学科领域，数据库包括各领域16万名著名科学家。榜单分为"终身科学影响力排行榜"和"年度科学影响力排行榜"两个榜单。该榜单从科学家视角多维展示科研状态的一种探索，提供一个面向科学家长期科研表现的衡量指标，更客观、更真实反映科学家的影响力。入选全球前2%顶尖科学家榜单，意味着该学者在其研究领域具有较高的世界影响力，为该领域的发展做出了杰出贡献。

顺德一中学子获悉以上喜讯，感到欢欣鼓舞，他们希望能深入了解这位具有"较高世界影响力"的学长。梁俊睿接受学弟学妹时采访说："一则关于我进入全球2%科学家榜单的新闻，引起校友对科学探索和科学家的兴趣，我非常高兴。科学研究是一项非常需要创造力和韧劲的工作，我很乐意分享我的学习和工作经历，希望能对同学们现阶段的学业和未来的专业选择提供有意义的参考。"

当学弟学妹们采访时问到梁俊睿学长到底是什么力量推动着他不断前行，在科学的探究上取得了如此高的成就？梁俊睿

顺德一中2000届校友梁俊睿在国际会议上发表演讲

学长谈道："我觉得自己是一个比较幸运的人。这并不是指我的求学和职业生涯方面一直一帆风顺，实质上我在这些方面也是经历过不少波折的。我所说的幸运是指在较小时候就能够对自己擅长和爱好的事情有较清楚的认知，并且大部分的擅长和爱好刚好是跟物理、数学等文化课有关，所以在追求科学研究的道路上其实我受到自身和外界的阻力是比较小的。不过即便如此，也需要强大的内心支撑，也就是科研界经常说的从事科研工作要'耐得住寂寞'，尤其当自己的见解未能被大多数人即刻认可的时候。有几句著名科学家的名言一直激励着我一路走来。在高中时候，我就摘录了居里夫人的名言：'我们必须有恒心，尤其要有自信！我们必须相信我们的天赋是要用来做某种事情的，无论代价多么大，这种事情必须做到。'所以，尽管很多时候未必能马上达到预期的结果，我都未曾失去信心，继续在科研道路上稳健前行。"

梁俊睿学长还谈到自己在顺德一中的求学经历对自己成长的影响："我在顺德一中读书已经是20多年前的事了，当时还在县东路旧校址，高中的班主任有语文马列滨老师、化学陈鹏老师、英语何敏仪老师。当时不少教过我的老师都已经退休了，有些教过我的比较年轻的老师目前都在一中和各个分校从事领导工作，例如，顺德一中西南学校的彭任清校长等。我最喜欢的科目应该是物理和数学吧，跟我后面从事的电子信息等方面的专业工作是有很大关系的。当时我最欣赏的物理老师梁文超老师在教完我们那一届后就离开了教育界，可能大家没机会认识他。我在物理方面的兴趣和热爱很大程度也归功于梁老师生动有趣的课堂授课。所以，好的老师对学生成长的帮助真的很大。一中四个'学会'的校训用词很朴素，但是意义是很深刻的。学会做人，树立远大理想；学会求知，主动学习终身学习；学会办事，做事务实可靠，有始有终；学会健身，为祖国健康工作五十年，这些都一直激励着我不断努力前进。"

类似的一中才俊还有很多，这些卓越一中人，是一中精英献身科研的杰出代表。

三、一中人的励志文化，是一种不畏艰难，勇于挑战的文化

顺德一中2013届毕业生陈钰丽和梁敏甜，毕业后共同就读于同一所大学，她们有一个令人敬佩的壮举：历时34天，驾驶快艇横跨大西洋3000海里。她们

不惧艰险，勇于挑战的精神，彰显了一中人的精气神，受到了人们的赞许，也受到了李嘉诚先生的表彰。

安提瓜时间1月17日下午20：30，即北京时间2018年1月18日上午8：30，"Kung Fu Cha-Cha"横渡大西洋划艇队在大家的热烈欢迎下登岸。4位中国女生举着中国国旗，喜极而泣。

34天，她们从西班牙拉戈梅拉岛的圣塞巴斯蒂安出发，划行3000海里（约5000公里），到达北美安提瓜，横跨了大西洋。

她们这一壮举，打破四项世界纪录：

她们成为第一支划渡大西洋的中国队伍！

她们成为第一支划渡大西洋的亚洲队伍！

她们是划渡大西洋史上最年轻的参赛队伍！

她们是划渡大西洋史上最快的女子队伍！

她们中间有两位，都是顺德一中2013届高三（10）班的毕业生——陈钰丽和梁敏甜。两位学姐创造的"英雄"传奇，引来了母校师生的热烈打CALL。

她们的班主任汤莉老师在接受采访时，自豪地说："这两个孩子，我就知道她们能行！当年，陈钰丽担任英语课代表，梁敏甜担任卫生委员兼任生物课代表，她们勇于承担，敢于执行，虽常会遭遇各种困难，但毫无怨言，做事讲方法，有效率，是老师的得力干将，也是同学们心目中的优秀典范。她们横渡大西洋这一壮举，作为班主任，我既意料之外又感觉合乎情理，因为这种勇于拼搏、敢于挑战自我的品质早已内化于心，行动于行。我为她们的成功感到自豪！衷心地祝贺她们在人生路上劈波斩浪，再创辉煌！"

她们当年的生物老师江蕊在微信上骄傲地宣告："敏甜曾经还是我的科代表。记得以前经常打趣她：你名字这么甜，性格却这么刚毅。没想到霸气的她真的成就了一件这么霸气的事儿，为一中学子点赞。"

泰斯卡威士忌跨大西洋划艇挑战赛是世界上难度最大的海上挑战体能极限的赛事。两位一中学子和她们的队友曾遇上强风袭击及六米高巨浪，但她们凭借坚毅和勇气，突破困局，安全度过恶劣海况。正如赖良才副校长评价："一中的精神是崇尚一流，追求卓越！正是有了这种精神，才有了千千万万一中学子在学习、工作、竞争时不怕困难，勇夺第一。"

四、一中人的励志文化，是一种热爱祖国，热心公益的文化

2000届校友罗松辉，连续14年无偿献血6400毫升，远超一个正常成年人的总血量，并成为一名造血干细胞捐献者。

2020年8月10日上午，在经过5天造血干细胞动员剂注射后，来自广东顺昌印刷厂的罗松辉先生在广州珠江医院顺利捐献了185毫升造血干细胞混悬液，成为中华骨髓库第10007例、广东第919例、顺德区第15例造血干细胞成功捐献者。8月6日，中华骨髓库成功捐献者突破10000例，虽然罗松辉先生没能及时赶上，成为其中的万分之一，但8月10日能实现成功捐献，成为下一个万分之一也是非常的荣幸，比起这个来之不易的万分之一，造血干细胞非血缘关系匹配成功的概率远远比这个小，从四百分之一到万分之一，甚至是百万分之一。

今年6月，罗松辉先生在接到初筛匹配成功的消息时，就表达了强烈的捐献意愿，但同时也透露出妻子对自己捐献造血干细胞的不理解。血站工作人员建议罗松辉先生要先和妻子做好充分的沟通工作，毕竟献髓救人的爱心义举能够得到家人的支持会比一个人孤军奋战的效果更为合理。罗松辉先生在2014年登记加入中华骨髓库的时候就已经了解到非血缘关系匹配成功的概率是非常低的，堪比购买彩票中大奖，这次有幸匹配上，罗松辉先生非常珍惜这次机会。

虽然一开始妻子有所顾忌和反对，但在罗松辉先生强烈的捐献意愿和耐心的沟通下，同时在资深志愿者高家琪的帮助下，通过深入了解成功捐献者的案例后，妻子心中的疑虑一个个被解开，对罗松辉先生献髓救人的行为也从一开始的顾虑和反对转变为支持和配合，转型做一个造血干细胞成功捐献者背后默默支持的女人。

据了解，罗松辉先生除了捐献造血干细胞混悬液挽救白血病患者生命外，还热衷于无偿献血公益事业，从2006年就开始参加无偿献血，至今已经累计献血16次，献血总量达6400毫升。生活有花，心中有爱，善良的人最可爱。

2007年，顺德一中42岁的英语老师李仲炎在生命即将谢幕之际，捐献了自己的眼角膜，临终遗言，"请用我角膜的人，常代我看看学生"。

李仲炎，1965年生，毕业于湖南师范大学英语系，先后在湖南涟邵矿务局机关子弟学校和湖南娄底师范专科学校工作。1999年调到顺德一中工作，2005

年获得教育硕士学位。李老师自参加教育工作以来，勤勤恳恳，任劳任怨，坚持教书育人教学成果显著，深受师生爱戴。多次被评为"优秀教师"和"优秀班主任"等。12月17日，他因患重病去世，有关方面按照他的遗愿，将眼角膜取出，捐献给有需要的人。

李仲炎老师自从1999年调入顺德一中工作以来，在学校带了三届高三毕业班的学生，取得了非常好的成绩。我对他的印象非常深刻：一是工作主动，勇挑重担。无论上哪个年级的课，无论工作多重，他都勇敢接受。二是为人老实，低调随和。他见人总是笑微微的，从不向人发脾气，对学生严中有爱对学生充满爱心。辅导学生，耐心细致。三是燃烧自己，照亮别人。在患病期间，反复同家属讲，不要给学校领导与同事们添麻烦。在广州治疗期间希望早日康复，重返校园，回到学生身边。这说明他热爱课堂，热爱学生。在逝世前夕，他要求去世后把眼角膜捐献出来，让别人看到光明。这正是蜡烛的风格在他身上得到了充分的体现。

2022年北京冬奥会，两张"一中面孔"惊艳亮相。2019届毕业生欧阳子慧，2021届毕业生侯朗彦，他们作为北京冬奥会的志愿者，参与了冬奥会的相关服务工作。他们在一线参与"国之大事"，一中师生则在校园分享他们的光荣，感受国家的力量。他们是一中人永远的骄傲。

2022年1月25日，正值农历小年。当许多人为了迎接春节正忙于办年货、大扫除时，身在北京的一群"志愿蓝"正全身心投入到北京冬奥会和冬残奥会的志愿服务中。在其中，出现了一位一中人的身影，她就是——顺德一中2019届毕业生、现就读北京林业大学国际经济与贸易专业的欧阳子慧。

欧阳子慧现服务于北京冬奥会和冬残奥会主媒体中心（MMC），这里是赛事转播及新闻产出的"中枢大脑"，是世界了解冬奥、了解北京、了解中国的"第一窗口"。2021年6月，欧阳子慧通过学校报名参与冬奥志愿者的选拔，为此她提前做了很多功课，深入了解冬奥相关知识、练习英语口语等。

志愿者选拔过程并不轻松，其涵盖了一轮笔试和三轮面试。笔试主要考核冬奥基础知识，面试则分为三轮：其中，第一轮为学院内部，主要考察中英文表达、志愿服务以及学生工作经历；第二轮面试由学校组织，主要考察英语语言能力以及如何用英语对中华文化进行国际传播；第三轮面试考察的主要是报名者与岗位的匹配度。能从如此激烈的竞争中脱颖而出，欧阳子慧认为很大一部分归功于其扎实的专业知识。

等待选拔的过程是煎熬的。由于整个志愿时间跨度很长，对于正值大三面临人生未来选择的欧阳子慧来说，用于准备未来发展的假期时间非常宝贵，她身边不少同学也因此放弃了考核机会。而欧阳子慧坚持了下来，并最终被录取，后来的收获也是巨大的。

为了快速在服务中建立信任，欧阳子慧学会了善用自己的眼睛、肢体语言以及语音语调，为讲好冬奥故事、中国故事开个好头。也正是得益于此，志愿者们井井有条的志愿工作被国内外媒体朋友们频频点赞，惊叹于中国志愿者的中国效率、中国速度，甚至夸赞道"是他目前经历过最快的一次服务过程"。

在欧阳子慧看来，能够成为冬奥志愿者，服务"双奥之城"北京，是一生难忘的事情，"生逢其时，我们见证祖国走向繁荣富强！"

参加志愿者服务，对欧阳子慧来说可谓"驾轻就熟"。在一中读书时，欧阳子慧作为学生会成员，经常参加相关的志愿活动，从此走上志愿服务之路；在大学期间，她积极参与志愿服务，经常参与学校与当地社会结对开展的志愿服务活动，目前累计已有100小时的志愿服务时长。

"我们所服务的社区，有较多外卖小哥居住，'北漂'众多。"欧阳子慧说，"平时我跟外卖小哥接触不多，只有在点外卖时，才会看到他们身穿统一工服的忙碌身影。"在社区开展志愿服务过程中，除了定期派发生活用品、开展活动外，欧阳子慧还学到了一项新技能——理发，并为当地有需要的居民免费提供理发服务。

"以前我以为社区工作者就是搞搞活动，活跃一下社区氛围，又或是处理一下文件之类的行政工作。"她坦言，通过志愿服务，她对社区服务有了更深的认识，"当我走进社区，发现社区工作者的日常并不轻松，涉及很多细节，须深入走访了解居民的需求，他们为社区的和谐发展默默奉献着。"

丰富的志愿经历、扎实的专业知识，让欧阳子慧在冬奥选拔中"过五关斩六将"，并最终脱颖而出。得知被录取的消息时，欧阳子慧非常激动，第一时间跟家人、朋友汇报，也得到了家里人的大力支持。

临近春节，欧阳子慧对家乡顺德的思念越来越浓。如无意外，今年的春节她将在场馆的岗位上和志愿者伙伴们一起度过，甚至除夕当晚要上完晚班才能回到驻地。"第一次不在父母身边过年，尽管有不舍，但他们很支持我，提前寄来了年货和我的同事们分享。"欧阳子慧乐观地认为，这将是一个与众不同的难忘的春节。同时，她也希望在春节期间的服务过程中，把中国人对春节的理解和祝福传递给世界各国媒体，表达大家的友好和善意。

除了对家乡顺德的思念，欧阳子慧也时常会想起母校顺德一中，尤其在志愿服务过程中，她能感受到高中经历对她成长的影响之深远。

顺德一中2019届毕业生欧阳子慧在2022年北京冬奥会担任志愿者

欧阳子慧表示，高中学生会（现领袖联合会）经历极大地锻炼了她的工作能力和沟通能力。在担任第57届学生会监察部的部长（现学风建设部）时，她与部门的各位小伙伴们团结合作、相依相伴，不断学习他们身上的闪光点，提升自我，共同成长，收获许多延续至今的深厚友谊；与其他部门合力举办各项活动、晚会，明晰活动流程、明确分工安排，拥有许多难忘的青春回忆。众多学生工作经历也使她的大学生活拥有了更多实践的机会。

另外，顺德一中有着良好的英语学习氛围，连续三年的英语口语练习，也让欧阳子慧敢于在外国友人面前十分自信、流利地表达想法。"说来惭愧，即使过了四六级与雅思，其实至今我的英语还是在吃初高中积累起来的'老本'。"欧阳子慧认为，高中的英语学习对英语能力的培养是至关重要的。

在高中班主任罗士裤老师的眼中，欧阳子慧非常阳光、热情、开朗、乐观，乐于助人，热爱学习。对于她能参加志愿者工作，罗老师表示一点儿都不觉得惊讶，并且坚信她一定会做得非常好。

"生活就像海洋，只有意志坚强的人才能到达彼岸。"面对一中学弟学妹们，欧阳子慧真诚地鼓励大家："希望你要允许自己去'浪费'一些时间，问问内心的声音'未来到底要成为什么样的人'，不要盲从。在任何一个你尚未察觉的时刻，改变的机会一直存在，你要思考'是等着海水变蓝，还是去找到蓝色的海'。希望学弟学妹们珍惜时光，把握当下！"

五、一中人的励志文化，是一种崇尚一流，追求卓越的文化

1989届校友丁劭恒，深耕建筑设计数十年，佳作无数，2021年获得被誉为建筑界的"奥斯卡奖"的美国ID建筑及室内设计奖；

丁劭恒博士为中国香港著名执业建筑师，于美国得州及法国巴黎先后获得建筑学硕士、土地经济学硕士及管理学博士；曾任职英美多家著名设计事务所，并以合伙人身份任职于超过150历史、世界享负盛名的巴马丹拿香港总部，2005年创立独立工作室，深耕公共文化建筑。丁博士个人及其作品获得众多国际设计殊荣，包括香港建筑师学会最高荣誉HKIA年奖、DFA亚洲最具影响力设计大奖、香港青年建筑师奖、AIA美国建筑师协会文化建筑奖、中国鲁班奖、苏格兰Chivas文化建筑师奖、AMP美国建筑大师奖、德国iF设计奖等。丁博士的建筑遵从以人、文化及特定场所建构特殊价值观和理念，以东方人文要素为语境，致力让作品投射出恰如其分的光辉和气质。

丁劭恒享誉国内外，仍时刻不忘回馈故乡。丁博士的祖籍是顺德，高中毕业于顺德一中。其母亲是杏坛逢简人。丁劭恒对顺德这片土地特别是对逢简有着不一样的情怀，曾作为主持设计师担任顺德历史博物馆、演艺中心、图书馆及科学馆的规划与建筑设计，当年图书馆还获得过AIA建筑奖图书馆类别全年大奖的认可。他一直渴望继续为家乡做出更多的贡献。

2022年6月，由两位一中校友苏耀江与丁劭恒共同建成的，位处杏坛镇逢简水乡的逢简·蓝舍入选了2021香港建筑师学会年度大奖，这是继2021美国ID建筑及室内设计奖、2022德国iF设计大奖后，逢简·蓝舍斩获的第三个极具国际影响力的建筑奖。

逢简·蓝舍之所以能够屡获殊荣，离不开一个一中人加上另一个一中人，离不开一份共同的家乡情校友情。顺德一中1994届校友苏耀江表示，为顺德乡村振兴贡献力量所产生的内心愉悦并不是金钱可以衡量的。他希望逢简·蓝舍能够成为一个宣传阵地，让更多人感受顺德水乡变化，宣传顺德水乡文化，推动顺德水乡建设发展，而这正是身为卓越一中人的使命和担当。

1999级校友梁嘉鸿，勇夺广州亚运会短跑冠军。梁嘉鸿，1988年出生于广东顺德龙江镇，中国著名田径短跑运动员。梁嘉鸿在2006年参加世界青年田径

锦标赛男子百米短跑的决赛，成为第一位在各级别世锦赛或奥运会上进入百米决赛的中国男运动员；2012年伦敦奥运会4×100米预赛中成绩是38秒38，打破全国纪录；2021年广东省人民政府给予记功奖励。如今，梁嘉鸿成了一名短跑教练，根据自己的经验和所学的理论知识，科学指导队员训练，继续为中国田径贡献力量。

顺德一中2016届高三（19）班梁颖怡，勇夺全省文科第一名；清爽的马尾、娇小的身板、明亮的眼神背后，"躲"着一个笑容甜美的小女生——梁颖怡。颖怡看似柔弱，却是一个极为坚强能干的"女强人"。在老师眼中，她有着极强的工作能力与良好的心理承受能力。她的班主任兼政治老师邓海礁评价她："气质美如兰，才华馥比仙"；在语文老师刘析眼中，她是一个"极其重情重义的女孩子，而这种情义在当下的环境中简直贵若珍宝"；数学老师李华贵对她的评价也很"数学"："逻辑清晰，严谨认真"；英语老师章晓峰认为她是一个"思路清晰、敢于挑战的孩子"；历史老师马吉祥评价她"聪慧灵动，勤奋好学，谦虚务实，领悟力强，善于总结反思"；地理老师张学军对她的评价既有趣又有文采："靓丽颖怡，聪明好学。勤奋刻苦，同学榜样。继续努力，前途无量。"梁颖怡还担任了顺德一中校学生会宣传部部长。姜漫书记像评价自己的小妹妹一样说她"聪明活泼，情商很高，很有自己的思想"。德育处唐杰副主任很欣赏她办事的细致和认真，"特别是效率很高，交给她的事很快就办得妥妥帖帖。"

而梁颖怡也认为，即使在千钧一发的考场上，也应保持一种积极乐观的好心态。谈到这次的高考成绩，她认为坚持与不放弃就是她最大的法宝，即使在成绩不理想时，她依然微笑着找出自己的学习问题，并坚持各个击破。她希望顺

顺德一中2016届高考广东省文科状元梁颖怡

德一中取得的不俗成绩能一直延续下去，祝愿一中学子都能实现自己心中的理想。

顺德一中2020届毕业生黄泽裔，担任队长带领中国政法大学代表队，荣获

2022年国际刑事法院模拟法庭竞赛（英文赛）国际赛亚军，取得中国高校参加顶级国际法模拟法庭赛事最佳成绩；

2022年5月28日，国际刑事法院模拟法庭竞赛（英文赛）国际赛在荷兰海牙落下帷幕。在这场激烈的国际竞赛中，有一位一中人在赛场上展现了卓越的风采，他就是——2020届顺德一中毕业生、中国政法大学民商经济法学院在读的黄泽裔，其所在的中国政法大学代表队在全世界76所大学代表队中脱颖而出，获得亚军，创造了中国高校参加这一世界顶级国际法模拟法庭赛事的最佳成绩，这也是中国高校在各大顶级国际法模拟法庭赛事中的最佳成绩。

在队伍中，黄泽裔与一位大四师兄一起担任队长，除了要对自己负责的法律问题做研究和书状写作之外，还肩负着统筹全队书状写作的整体进度、集中讨论和训练安排、与多方沟通等重任。"队伍成功最重要在于各位队员出色的个人能力和整支队伍紧密无间的团队协作。"在黄泽裔看来，每一位队员在整个参赛过程中都体现了很强的责任感和集体感，并且队内一直注重培养一种高效、务实、平等的协作氛围，这种工作氛围对整体效率的提升十分有帮助，最终让整个团队凝成一个有战斗力的队伍。

据了解，国际刑事法院模拟法庭竞赛全程都以英语进行，既考验专业英语的功底，也对个人的口头表达能力、现场反应能力、控场能力等的综合要求非常高。而对于专业知识扎实，成绩优异的黄泽裔来说，这些挑战都"没在怕的"。大学入学以来，他的专业成绩在年级436年法学本科生中名列第二，获2020—2021学年国家奖学金，校级学业一等奖学金，校级创业奖学金，法大"双一流"国际化人才培养奖学金（首个本科大一得主）。同时，获得新加坡国立大学本科生交换项目交换资格，他也是法大历史上获得交换资格最年轻的学生之一。在联合国训练研究所"未来外交官"联合国实习预备项目中，他三门全英文课程获得Distinction，并获得Overall Distinction。在课外活动中，他与人联合创办了一家小型公司。他还在中信建投证券和广东广和律师事务所实习。

黄泽裔认为，除了大学阶段的专业学习，高中阶段的经历也为此次竞赛助力良多。他说，高中语文老师符柏岳老师在班级里举办的课堂辩论会也让黄泽裔印象深刻，为他提高思辨能力和口头表达能力提供了很好的锻炼机会。

高中时期的黄泽裔常被英语老师夸"多才多艺"，不仅打下了坚实的英语基础，还积极参与了英文话剧表演《雷雨》，在学校的大舞台上绽放光彩。在英语老师吴近昕的眼中，黄泽裔在高中学习时就是一颗闪亮的星星，各方面表现都非常突出。具有同龄人中难得的高格局和广视野，他学习习惯好、基本功扎实，中英文阅读广泛，学习归类和反思能力强，具有非常强的领悟能力。无论是学习还是做事都能目标明确，思路清晰。一方面，他好学上进，课堂内外很能抓住重点；平日里喜爱钻研，会经常跟老师和同学分享和探讨自己的思考，善于表达。另一方面，他非常能吃苦，愿意投入时间攻难克艰，不断挑战和突破自我。难能可贵的是他为人正直善良、谦逊礼貌、懂得感恩，在高中阶段就会提醒自己不要过多崭露锋芒，而是如何在集体中争取给予其他同学更多的机会，愿意与同学一起共享进步，对于同学的需求愿意倾囊相助。

从高中到大学，从优秀到更优秀。黄泽裔不仅"文科"在行，"理科"也同样拔尖。在高中时，黄泽裔的综合能力就很强，特别是化学学科，在第33届中国化学奥林匹克初赛中以佛山市第一名的成绩获得省一等奖。他的班主任兼化学老师黄波评价他：才思敏捷，文采飞扬，文理兼容，能言善道，关键还写得一手好字；团队意识强，朴实刚毅，深得老师、同学的喜爱。

化学拔尖的黄泽裔在高考志愿填报中选择了偏文科的法学专业，多少有一些令人意外。黄泽裔却认为："化学是一门经验与规律并重的学科，要学好这门学科对相关知识的扎实掌握和本质规律的深刻理解是缺一不可的。化学竞赛给我带来了很大的思维锻炼，也让我发现了这个学科的巨大魅力；

决赛评委团为中国政法大学代表队颁奖并合影留念，屏幕中为队长顺德一中2020届毕业生黄泽裔

法学是我在高考结束后经过和家人的综合分析，认为最能与我的兴趣与特长相一致的专业方向。"他表示，法学的确具有深厚的人文底蕴，但逻辑思维在其中同样具有重要的地位，理科生同样可以学法，也推荐师弟师妹们踊跃报考法学专业，加入法治中国建设中来。

毕业以后，黄泽裔仍一直关注着母校顺德一中的发展。怀着对母校的思念和对学弟学妹们的鼓励，他真诚地寄语在校的一中学子："学习方面，高中三年应把高考作为最重要的阶段性目标，利用这个时间段积累学科知识，培养学习思维、习惯和方法，为人生长跑打牢基础；生活方面，在这段宝贵的青春日子里，对于亲情、同学情、师生情，也希望大家不吝珍惜；健康方面，希望师弟师妹们能够继续发扬我们一中重视健康，重视锻炼的好传统，加强运动，劳逸结合。"

此外，近年来，我们有数十位学生考入清华、北大等顶尖学府；在数学、物理、化学、生物学、信息学等学科竞赛中涌现出一大批拔尖创新人才。他们留给母校的是骄傲，是榜样，也是追求卓越精神的传承。

榜样的力量是无穷的。顺德一中建校112年，优秀校友层出不穷；顺德地处改革开放前沿，各界精英不胜枚举；更多的优秀家长、知名学者、社会贤达，都是学校可资开发利用的重要资源。让卓越的思想启迪青春的性灵；让卓越的灵魂影响青年的志趣。将优秀校友的事迹悬挂于校园的必经之路，将业绩卓著的精英请回学校开讲，让一朵云推动另一朵云，让一棵树摇动另一棵树。让一中故事激励奋进，让一中精神历久弥新，这是我们正在开展的工作，也是今后我们需要深耕的工作。道不远人，就在身边。

第十三章
向阳而生：张力无限的体育文化

时光流转，时移势迁，国家体育育人的理念一直在坚持和发展，而顺德一中的体育文化也在不断茁壮成长，向阳而生。

一、"学会健身"——奠基学生的幸福人生

体育修德、启智、育美、健心，对人的全面发展具有重要作用。当前学生中出现近视、驼背、体重增加、体质下降、学习焦虑等状况，与学生的生活方式、生命意识、运动素养均有紧密关系。学校对学生身体的关注程度反映出对生命、对生活的态度。

"学会健身"的基本要义是：从家国视野审视"学会健身"——健康的体魄，是精彩和幸福的人生最重要的基础，是对家庭、社会、国家尽责的基本要求和具体体现。从体育精神审视"学会健身"——除了强调学生要有健康的体魄外，更强调他们要有体育精神所赋予的坚强意志、顽强斗志、健康心理、终身锻炼的习惯等精神品质。从奠基人生审视"学会健身"——鼓励学生在高中阶段至少培养一项相伴终身的体育运动爱好，通过运动，为幸福人生奠定基础。从现实需要审视"学会健身"——健康的体魄，也是学习的必须。高中阶段高强度、快节奏的学习生活，必须要有优良的身体素质作为支撑。

二、无处不在的运动氛围

假如你成了一中学子，你将会这样打开你的运动一日。当你围绕着一中环校绿道慢跑了一圈后，你总算热身完成了，可以正式开始今日的运动之旅。此时，阳光正好，你环顾四周，思考今日的运动KPI需要完成些什么？你望向教学楼宇之间，楼上是窗明几净的教室，楼下是室外羽毛球场。因为有着楼宇的遮挡，这里打羽毛球既没有太大的多情的风，也没有太晒的无情的阳光。你可以选择在大课间，或是放学后，在这里尽情挥洒汗水。这里有横竖分明的球网白线，这里有铮铮嗡鸣的球拍交锋。楼上楼下，上有扶杆翘首、加油呐喊的少男少女，下是挥拍击球、闪转腾挪的飒爽英姿。光影之中，俯仰之间，大抵正是青春正好，恣意昂扬。当然，类似的场景还发生在我们的乒乓球场上，滴滴答答，球飞拍舞，好不热闹！

如果你打倦了小球，想来一场更加激情对抗、多人竞争的大球运动。一中同样能够满足你。排球、篮球、足球、垒球等，应有尽有。你来到了专门的更大的运动场所，这里有室内外标准篮球场、排球场，有激情绿茵足球、垒球场，更有妙趣横生的篮球公园！你一定会被这里精美的涂鸦，热烈的气氛所深深吸引。宿舍楼下新建的"拔萃篮球公园"，是由拔萃集团捐赠100万元建设的，坐落于学校宿舍生活区内，设有10座三人篮球场。场地设计大气时尚，洋溢着青春与活泼的气息，漫画、人物墙绘的设计富有艺术感，是一个集品质、创意、实用于一体的现代化篮球场，已然成为一中校园内一道亮丽的风景线，也是一中学子运动打卡的校园新地标。就在2023年5月1日，顺德一中举行夏日校园开放日校友专场暨"计客杯"三人篮球赛。校友们重披青春战袍，用一场场激情四溢的比赛，释放自己对母校深深的依恋。比赛现场，既有依旧青春的校友龙腾虎跃，更有白发频生、身形渐显富态的校友青春重现。伴随着场边历届校友观众的喝彩声，让人不由感叹，这已不仅仅是一场比赛，更是一段时光倒流的青春岁月。运动，似乎早早地烙印在了所有一中人的DNA里。

美好的阳光洒在美丽的一中校园里，照亮了美妙的一中生活。生命在于运动！阳光挥洒之处，就是我们运动的地方。当然，没有阳光直射的角落，也随处可见生命着力成长的痕迹。除了以上种种，你还可以选择课间在走廊踢毽球,也可以在午休前的宿舍里跳跳绳,又或者选择饭后在宿舍楼下来一场手脑结合的桌球。只要我们心中有光,何处不可运动,哪里不是成长。就算阴霾或夜晚阳光退去,我们也不必难过,只因在经过一夜漫长的等待和休息后,阳光又会如约而至,新一天的运动与奋斗又将开始。

让人留有印象的是,夕阳下那巍然挺立的顺德一中体育馆,有些沧桑破烂的外皮下庇护着的是茁壮成长着的新生命,门口正上方则是有着由广东省前省长叶选平同志题的"体育馆"三个镏金大字。在夕阳的照耀下,端正大气的楷体与苍劲有力的草书交相辉映,闪烁着金色的光芒,那是顺德一中奔涌的体育精神。怀有一颗追寻太阳,努力奔跑和生长的心,这就是一中向阳而生的体育文化!

三、三年千里跑步健身计划

"追寻太阳的除了向日葵,还有努力奔跑的人。"

在顺德一中,"奔跑"似乎和"太阳"一般随处可见。师生们常说:"在一中,阳光所照到的地方,都是我们运动生长的场所。"俯瞰一中,首先映入

顺德一中环校绿道

眼帘的就是一条依水而建的环校绿道。该绿道建成于2021年，全长1.3公里，环绕着校园的美丽风光，承载了青春的美好岁月。在这条绿道上，师生们或散步悠思、或慢跑锻炼，闲时来上一圈，不难得身心之放松，更能得身心之洗练。有此良道，运动更待何时？"三年千里跑步健身计划"应运而生。2022年2月23日上午，顺德一中全体师生齐聚升旗台前，举行"三年千里"跑步健身计划启动仪式。凛凛寒冬之下，赖光明副书记的一声高呼："顺德一中'三年千里'跑步健身计划正式启动！"点燃了全体师生的心。我作为校长带头领跑，率领教工们以昂扬的斗志和饱满的活力跑在前方；全体同学紧随在后，以班级为单位，沿着上学期新落成的环校跑道跑步前进。他们脸上洋溢着轻松的笑容，热情奔跑，在猎猎寒风中燃烧属于少年人的青春活力。自此，"奔跑"便成了一中生活永恒的主题。从三年跑操磨砺身心，到百日誓师扬旗出征，从追逐太阳，到追寻梦想，一中学子，一直在奔跑！

四、大哉，一中女排

顺德一中女排，成立于2018年。2018年的顺德一中校园里出现了一道"独特"的风景线，引起了同学们"望其项背"的注意。那是12个身高腿长的高个子姑娘，她们是顺德籍的一中女排运动员，由区里组队统一来到顺德一中学习、训练。她们每一个运动员都符合省运会参赛要求，8名主力队员更是平均身高超过1.8米。她们除了个子高，打球水平更是高超，是顺德区备战省运会的有生力量。为了排球队能接受专业系统的训练，全力备战省运会，学校在对体育馆训练场地进行改造，铺设专业地胶垫，加装灯光照明配置等，修建出完全按照甲A联赛的标准排球训练场地。除了场地设施的配备，学校还为一中女排准备了专业的教练团队。一中女排主教练为王小亮，负责一中女排训练和比赛工作。王小亮是佛山女排主教练，曾获顺德区突出贡献个人、广东省优秀教练员等荣誉，曾经是广东省队男排主力队员、代表广东队获得全国优胜赛第三名，代表中山大学参加全国大学生锦标赛获得冠军，是国家一级运动员。学校还特别聘请了排球国家级教练员张仁江教练为女排顾问。张仁江教练是排球国家级教练员，国际级运动健将，亚运会排球冠军运动员，湖北省原排球管理中心主任，湖北省劳动模范。张教练表示，在如此"豪华"的队伍配置下，他对

一中女排姑娘开展日常训练

这支队伍有信心，愿意付出最大努力，带领一中女排冲击省运会奖牌，甚至更高规格的国家级赛事。就在2023年5月30日，中国女排世界杯冠军张晓雅还被聘为我校女排技术顾问。一中女排如虎添翼，定能在接下来举办的第一届全国学生青年运动会赛出风采、赛出成绩，为学校乃至广东取得辉煌成绩。

区领导对我校女排队伍的建设与发展也给予高度的重视。2018年4月27日下午3:30，佛山市体育局关小敏副局长、佛山市体育局竞赛科陈丹法科长、顺德区文体局陈影然局长、顺德区文体局体育科曾烨科长到我校视察一中女排备战第十五届省运会的训练情况。关小敏副局长一行首先来到学校体育馆视察一中女排的训练情况。崭新的排球场上，女排队员相互配合，利落传球，凌厉扣杀。看到一中女排训练有素、合作无间，关局长一行都称赞不已，对一中女排迎战省运会创造新辉煌寄予厚望。在参观完女排训练和校园之后，一中女排主教练王小亮老师向在座领导汇报了女排队伍备战省运会的训练安排等情况。佛山市体育局关小敏副局长在了解完一中的体育工作后，对于一中敢于发展排球特色项目的气魄和胸怀表示肯定，同时也期望在其他运动项目也能打造出特色。面对王教练提到的一些实际困难，关局长也给予了回应。她从一中女排的实际困难放眼到全佛山，认为青少年体育工作任重道远，一些工作还有待做得更好更完善。针对这一问题，关局长明确表态：市体育局愿意和区文体局、顺德一中三方共同努力，将一中打造成备战省运会的训练基地。

在政府和学校的大力支持的基础上,一中女排队还得到了顺德区著名企业的助力。在顺德区相关政府部门和领导牵线搭桥下,这支排球队获得了广东长鹿集团的独家冠名赞助,以"长鹿顺德一中女子排球队"之名焕发新姿。2018年7月12日下午3点,广东长鹿集团捐赠冠名顺德一中女子排球队合作协议签订仪式在顺德一中礼堂举行,这不仅是这支年轻的排球队的又一次新生礼,更是势要以新姿态、新活力全力出击,迎战即将到来的广东省第十五届运动会的出征仪式!

果然,一中女排不负众望,第一次出征便首战告捷,大获全胜!7月14—22日,广东省第十五届运动会女子排球队竞技组的比赛在广东省肇庆市拉开帷幕,长鹿顺德一中女子排球队意气风发,信心满怀地代表佛山市出征省运会。经过8天激烈的比拼,长鹿顺德一中女子排球队以顽强拼搏的精神以及稳扎稳打的表现一场未输,全胜问鼎,一举夺得省运会女子排球队竞技组的冠军!骄人的成绩来之不易,作为长鹿顺德一中女子排球队在省运会赛场的首秀,每一场比赛都充满了荆棘和挑战。7月21日下午,让人翘首以待的冠亚军决赛在肇庆中心体育馆举行。长鹿顺德一中女子排球队又遇宿敌——深圳队!比赛一开始,局势就与小组赛时惊人地相似——深圳队在第一局凭着强劲的攻势很快以25∶20领先一局。然而我方队员并没有因此就自乱阵脚,而是迅速调整了情绪,根据教练组部署的更为灵活的战术变化做出应对。主教练王小亮老师也一直在场边不断给女排队员们鼓励和提醒。最终,长鹿顺德一中女子排球队以

广东长鹿集团捐赠冠名顺德一中女子排球队签约仪式

25∶15、25∶20拿下了第二局和第三局！在关键的第四局，我方队员在17∶21落后的情况下，凭着顽强不服输的意志、稳定扎实的接发球、犀利迅猛的重扣和精准及时的拦网，最终以25∶22的成绩实现逆转，一举夺得了省运会的冠军！同时，主教练王小亮老师也被评为体育道德风尚奖优秀教练员称号。赛后，王小亮教练在采访中说道："这一块省运会金牌得来不易，而它的背后还有着重要而深远的意义——培养学生的集体荣誉感和团结拼搏精神。冠军是大家一起努力得来的，这就是团队的力量。"

事实证明，一中女排的卓越成绩并不是昙花一现，几位巾帼姑娘越战越勇，为一中带来了更多的光荣成就。2022年8月，顺德一中女排勇夺广东省第十三届中学生运动会排球比赛女子组冠军，成为广东省中学生队伍第一个大满贯冠军队，其后在2022年广东省中学生排球锦标赛中再度夺冠，实现省赛"九连冠"的新壮举。一切好像正如当初许下的诺言和期待一样，一中女排不仅广东省独领风骚，更是向更高规格的国家级赛事发起了冲击。一中女排曾多次代表广东省出征全国中学生运动会，期待她们在未来能够在更大的舞台留下更多飒爽英姿。2023年，一中女排的故事仍在书写……

一中女排所带给一中的，不仅仅是年年的喜报频传，更是作为顺德一中体育文化的一大品牌，引领着顺德一中体育文化的丰富发展。女排姑娘阳光俊朗的形象、敢于胜利、永不放弃的女排精神是一中体育文化的重要内涵之一。2019年6月，电影《夺冠》的石凯和张岩两名副导演在广东省体育局的推荐下来到顺德一中，想在女排队里挑选排球技能突出、性格活泼、开朗，且颜值姣好的队员参与演出。王小亮也收到两位副导演的邀请参加面试。"由于当时正在备战广东省青少年排球锦标赛，我们没有去面试。但导演组一行的到来，已是对顺德一中女子排球队实力最直接的肯定。"王小亮介绍，当时剧组在选演员的时候，邀请的全是国内专业的排球队员和教练。尽管一中女排最终没有在电影《夺冠》中亮相，但一中女排也在更多的赛场上成功"夺冠"。而这段缘分也让戏中饰演"女排奠基人"袁伟民教练的吴刚老师成了长鹿顺德一中女排的支持者，在喜闻长鹿顺德一中女排实现省赛四连冠之时，亲自发来祝福视频，为一中女排加油打call！仿佛从电影走向现实，数年来，长鹿顺德一中女排用饱含着"血与泪"的努力和钢铁般的意志，在省级赛场上杀出一条荣誉之路来。每一次的团结协作，每一次的顽强拼搏，每一次的永不言败，每一次的英勇夺冠，都是女排精神的生动写照。

一中女排不仅成就了学校，也成就了他们自己。在2018年一中女排第一次取得省运会金牌后，长鹿顺德一中女子排球队作为冠军队伍，可以按照规定为女排队员们办理4个国家一级运动员等级证书和6个国家二级运动员等级证书，并借此获得参加全国名牌大学的高水平运动队自主招生特招考试的资格。自此，一条崭新的通往未来的道路就在一中女排姑娘们的脚下展开。多年来，有多名一中姑娘通过女排走向了自己梦想的大学，有北京师范大学、华中师范大学、华南师范大学等名校。其中，最令人骄傲的莫过于那位被郎平选中的一中女孩，那位带领队伍打拼下累累荣誉的女排队长——毕姝宁。

毕姝宁是一中女子排球队队长，多次被省级赛事评为体育道德风尚奖优秀运动员，是国家一级运动员。早在首届"郎平杯"排球联赛时，毕姝宁就凭借着优异的表现赢得了郎平的青睐。作为北京师范大学郎平体育文化与政策研究中心主任的郎平，终于在毕姝宁毕业这一年，向她抛出了橄榄枝。最后，毕姝宁经过重重考验，成功进入北京师范大学。得知自己被录取的消息时，毕姝宁第一时间向老师们表达了感谢："我特别想感谢我的启蒙教练宋老师和谭老师，是他们发现了我，培养了我，让我对排球这项运动的第一印象是很好的。其次，很感谢顺德一中的王小亮教练，是他发现了我，让我有了更好的发展。最后想感谢辛勤教育我的老师们，有了他们的辛苦付出，我才能攻克文化课这个难题，实现最终的目标。"

如此成绩，并非一蹴而就，而是靠着毕姝宁一步一脚印的顽强拼搏得来的。刚进队时，毕姝宁打的是副攻，后来打的是主攻，也是队内的主要进攻人之一。从副攻到主攻，关键的转折点就在2021年广东省中学生排球锦标赛。对毕姝宁而言，这是她从副攻位置改到主攻位置打的第一个省内比赛，当时她打主攻的经验并不是很丰富，还要面对省内不少实力强劲的队伍，心里颇有压力。这时，毕姝宁的好朋友宋华一直在身边鼓励她，并从自己作为队里二传的角度帮助分析技术上的问题，再加上队友们的鼓励和信任、教练们的指导和支持，毕姝宁坚定信心，稳定发挥，带领球队在赛场上一举拿下冠军，实现省赛七连冠壮举。毕姝宁的快速成长离不开日积月累的练习。女排的日常训练都是在下午第一节课后开始，由教练控制训练量，每堂训练课都要求"达标"，如果不能达标的话就需要另外进行"补课"。回顾那段有苦有累有收获的训练岁月，毕姝宁说："累是肯定会累的，但是可以接受，并且每天的训练都很有用。"

除了扎实的基本功训练，女排教练们的专业指导功不可没。毕姝宁回忆道："主教练王小亮老师很辛苦，平时除了带我们训练还要去关注大赛信息，参与赛事相关会议等。张仁江教练是学校特别邀请的国家级教练员，是一个经验丰富的老教练，眼光独到，对待训练也十分严苛。他还说过打防不应该是准备活动，而是一种训练手段，代表你已经进入了比赛状态。有一段时间，队伍的防守和比赛时的小球串联（打多回合球的能力）变得很好，正是得益于张导给予的指导。赵迪明和区源杰教练可以说是我们的技术兼体能教练，赵教练带我们的时间相对更长一些，对我们每个人都更了解。我的一传动作之前不是很好，是赵教练帮助我改掉之前的错误动作，再巩固新动作，所以，对我的一传帮助很大。区教练带我们时间短一点，他最注重的点就是训练时候的作风，他说你们可以能力不够，能力不够可以练，但是作风不能有问题。虽然带我们时间不长，但是我的吊球基本上全都是跟区教练学的，因为我之前是全靠打强攻的，不怎么吊球，后来在区教练的指导下，我才渐渐变得会抹、会吊球。"如果要用三个词来形容一中女排，毕姝宁会说"团结协作、顽强拼搏、永不言弃"。在她看来，一中女排是一个分工明确、众志成城的团队。在比赛之前队员们会排成一排相互击掌，鼓舞士气。在比赛的时候，教练们也总是站在线边指挥比赛，这样在局势不利的时候，她们也不会觉得是自己一个人在战斗，会觉得很安心、很踏实。

一中女排的成长，深受"崇尚一流，追求卓越"的一中精神的影响。毕姝宁认为："一中精神对我们生活在一中校园的每个人都有潜移默化的影响。比如在我们的球队中，大家训练都不甘落后，发挥'比''赶''超'的精神，我们的技术才会有明显的进步。"在一中精神的影响下，毕姝宁养成了两个优点：其一是不甘落后；其二是对自己的要求比较高。"因为不甘落后，所以我就要付出更多的努力来达成我给自己定的目标。我觉得这也是促使我能被北师大录取的重要因素。"毕姝宁说道。一中成就了毕姝宁，而毕姝宁也成就了一中。年来年往，一中女排代有新人，屡获佳绩，正应了那女排精神，永不止步、勇往直前！属于一中女排和姑娘们的传奇，一定会不断赓续。

每一朵绽放的玫瑰背后都离不开雨露的滋润，勇往直前的一中女排背后是学校和老师无微不至的关心与呵护。关于一中女排大家庭的温暖，总有许许多多的故事值得分享。

中秋佳节，在这个人人团聚、家家团圆的美好假日里，我们的女排姑娘们仍坚持在学校里刻苦训练。尽管因为有训练和路途的阻隔，女排姑娘们无法回到各自的家中与家人相聚，但顺德一中何尝又不是她们的一个"家"，学校愿意为她们送上节日最真诚的关爱与温暖。学校早早为她们做出暖心安排，在中秋节当天准备了满满一桌丰盛的饭菜，为留校过节的同学们送上悉心的关怀和温暖。香气四溢的鸡腿、虾、蒸鸡蛋、叉烧包……满满一大桌的饭菜呈现在大家眼前！我也与其他学校领导们看望了假期依然坚持训练的一中女子排球队，给她们送来了月饼。女排队员们非常激动，备受鼓舞，她们还在王小亮教练的安排下组织聚餐和看电影，度过了一个充实而圆满的假期。在团聚的佳节里，学校领导和老师们的贴心陪伴让学生和家长倍感温暖。女排教练和姑娘们说："学校想得很周到，这里也是她们的家，大家聚在一起很开心！"一位家长更是在朋友圈里感慨道："感谢顺德一中这个温暖的大家庭！感谢学校领导对远道而来求学孩子的悉心照顾。短短的一个月里，孩子们各方面都在不断进步，感恩孩子遇到顺德一中！爱自己的孩子是人，爱着别人的孩子是神，感谢一中神一样的领导和班主任。因为包容，因为热情，因为相信，顺德一中的天空别样的蔚蓝！"

中秋之夜，一中的月亮最温情。在这团聚的时刻，学校领导和老师们的真情关怀时刻温暖着每一位留校的学生，爱满一中，情暖中秋。一中女排，好一个温暖的大家庭！

五、一中女垒芳华浓

女子垒球是顺德一中新近引进的一个体育项目。当初，我决心引进这一项目，是基于以下考虑：一是垒球作为一种国际化程度比较高的体育运动，在世界范围内有较好的群众基础，作为一项群众体育项目，具有较大发展空间；二是从学校体育的角度，垒球作为目前区域内学校体育的一个空白点，顺德一中引入该项运动，具有首发效应；三是女垒在着装形象、协作配合、策略战术上均有比较明显的个性文化特征，具有鲜明的文化个性。女垒的组建，体现的是顺德一中的崇美尚雅、开放包容、与时俱进的文化精神品质。

顺德一中女子垒球队的诞生，主要是由我推动促成的。棒垒球项目是一项文化内涵很深的运动，它能培养人很多优秀的品质，我希望把棒垒球运动作为我校一项特色项目来普及，让我校每一位学生都能够学习，领会到棒垒球的团结合作、自主自律、坚毅吃苦、礼貌尊重等优秀品质，让我们的校园充满棒垒球的文化，进而丰富我校的校园文化。

宛如一中女排，一中女垒一出道即走向巅峰。2019年8月24—29日，顺德一中女子垒球队首次组队并代表佛山市出战由广东省体育局主办的广东省青少年棒垒球锦标赛，她们奋勇拼搏，锐不可当，一举拿下全省甲组第五名的好成绩，并获得"体育道德风尚奖"的荣誉称号。这样的成绩离不开学校的大力支持和队员们的拼搏奋斗。赛前，一中女子垒球队在主教练曹野、助理教练何嘉政以及广州体院大四学生李健、黄宽旺两位同学的组织下，耐着酷暑，无惧艰辛，积极训练备战省锦标赛，做好"敢打仗，打硬仗"的赛前准备，为实现省运完美首秀而战酷暑斗高温。

8月15日，我与容桂实验学校许勇辉校长一行来到一中垒球场，慰问刻苦训练的女垒队员们。我满怀激情地做出征动员，鼓励队员们发扬一中精神，敢打敢拼，赛出水平、赛出风格，为学校争光。在校长们的加油鼓劲下，队员们都备受鼓舞，士气高涨。本次比赛为期8天，共有18支队伍参加。尽管赛程紧、比赛任务重，但队员们还是了克服首次参赛的紧张感，勇敢应战：赛前，在教练组的组织下，做好分析对手、了解自己、安排战术等一切准备工作；赛中，队员们秉着敢打敢拼的优良作风，打好每一球、每一局、每一场。最后，一中女垒以全省甲组第五名的成绩完成了省赛首亮相，得到了同行和省裁判员的一致肯定。赛后，主教练曹野老师总结道："首次出战省赛就取得如此成绩，大家的表现都很棒！但我们还需再接再厉，做好今年省锦标的总结工作，找出亮点与不足，为明年的比赛提前做好准备。2020我们继续，你们会更强，一中女垒会更强，姑娘们加油！"

果不其然，在2020年8月25日，持续4天的2020年广东省"中国体育彩票"青少年垒球锦标赛，顺德一中女子垒球队继去年首次亮相省级赛事并收获喜人成绩后，今年再次组队并代表佛山市出战，展现了勇敢拼搏、坚强不屈的赛场英姿，一举拿下全省甲组第五名的好成绩。优异成绩的背后，是一中女垒从无到有的突破，是颇为曲折的参赛之路，是紧张而艰苦的训练，也是学校的大力支持和教练的悉心教导。

回顾赛事，第一场对阵深圳的比赛让每一个教练员和队员都刻骨铭心。曹野教练说："因为这一场是我们最不应该输的一场比赛。"由于赛场经验不足，一中女垒初战失利，她们憋屈、不甘，却并没有消磨士气。这场比赛彻底激发了所有队员和教练员的战斗意志，在后面的比赛中用行动践行了"狭路相逢勇者胜"的队伍口号，用一场场精彩的对决来发泄心中的遗憾和不屈，用一场场拼尽全力的比赛来证明一中女垒是好样的！一中女垒在曹野教练的组建和带领下，活跃在省级赛事的舞台上，收获不俗成绩。"狭路相逢勇者胜"是一中女垒的口号，更是队伍的精神脊梁，鞭策着队伍不断前行。曹野教练对队员们的表现十分满意，赞扬道："队员们的表现都非常优秀，她们积极进取，她们训练刻苦，她们敢打敢拼，她们团结友爱，展示了垒球这项运动的团队精神，她们都是最优秀的。平时训练她们晒得头晕了喝一瓶藿香正气液，休息一会儿接着上；她们受伤了，手伤了练腿练腰，脚伤了练手练眼，没有一个因为身体不适和伤病而退出比赛，所以她们没有哪个更优秀，她们全部都是最优秀的。"

有如此优秀的教练和队员，一中女垒正在朝更加卓越的未来大步向前。在2021年广东省中小学生棒垒球锦标赛中，由我校曹野老师带领的顺德一中女子垒球队与来自全省的6支劲旅展开激烈的比拼，队员们以顽强拼搏的体育精神和奋勇进取的出色表现勇夺高中组亚军！同时，教练员曹野老师、符强雄老师和何嘉政老师被评为"广东省优秀教练员"，林婷婷同学被评为"优秀投手"。顺德一中女子垒球队以"每年一小步，三年一大步"稳打稳扎的进取姿态，不断超越自我，践行"崇尚一流，追求卓越"的一中精神，尽展一中学子的昂扬风采。很快，一中女垒再传捷报！在2021年广东省"中国体育彩票"青少年垒球锦标赛中，曹野老师带领的创辉煌一中垒球队不畏强手、顽强拼搏，与来自各市体校的专业球员、省队球员同场竞技，经过五天八场赛事的激烈角逐，一举拿下第三名的好成绩！荣誉的获得，是一中女垒刻苦训练、拼搏进取的有力见证，是在学校全面育人的理念下、在教练员辛勤指导下，师生共同奋斗收获的宝贵成果！

正如"每年一小步，三年一大步"的信念，那颗初春播下的种子终于绽放出美丽的花朵。2022年，一中女垒创佛山垒球项目在广东省运会的最好成绩！

创辉煌顺德一中女子垒球队代表佛山市出征广东省第十六届运动会，为佛山市代表团再添一金！2022年8月30日，经过10天八场比赛激烈角逐，我校女子垒球代表队，不畏强敌，力克多个市级专业队伍，最后惜败由部分省队队员组成的广州队和全部由省队队员组成的珠海队，获得省运会竞技组第三名好成绩（赛会规则，团体赛第三名同样算一块金牌），创造了佛山垒球项目省运会最好成绩！这是一块来之不易的金牌！10天来，队员们在场上不畏强敌，敢打敢拼，充分展示着顽强拼搏的精神，克服种种不可控的因素，拼尽最后一滴汗水。跌倒了，拍拍身上的泥土，爬起来继续；中暑了，到场下用冰敷一敷，降降温坚持；流血了，用手一抹，忍着痛，还是一条女汉子；被对方撞伤了，咬着牙，头发一甩，简单处理，马上回到场地比赛！狭路相逢勇者胜！队员们用自己的热血和汗水，诠释着"绝不倒下"的一中女垒精神！这是一块沉甸甸的金牌！所有的队员，没有一名是专业队员。她们中有学田径的，有学过篮球的，有踢过足球的，就是没有学过垒球的。她们都是在进入顺德一中后才开始学习垒球项目，是真正零基础的"小白"。然而，她们却把"崇尚一流，追求卓越"的一中精神刻入自己的DNA，从零开始，却给自己定下了最高的目标。所以，她们在训练中从不喊一声苦，不叫一声累，无数次挥棒，无数次酸痛，纵然手上布满老茧；无数次跑垒，无数次跌倒，纵然膝盖鲜血淋漓！只为把每一个投球动作练到最标准！只为把每一个击球动作练到最完美！只为掌握每一

顺德一中女垒队正在加油打气

个投杀、接杀、触杀、封杀等技巧！所以，在拿到这块沉甸甸的金牌的那一刻，她们的主教练曹野老师也不禁仰天长啸："我的队员们太了不起了！我们的教练组太了不起了！我真的为她们感到自豪！她们是顺德一中最铿锵的黄花铃！"

是的，她们是顺德一中最铿锵的黄花铃队！她们是一支永不言败、从不服输、不怕吃苦不怕累的球队！从2018年成立起，这支队伍没有休过一个寒暑假，几乎没有停止过训练一天。平时每天下午4—6点是她们固定的训练时间，而寒暑假，她们则每天早上6点就开始了训练。她们，还要正常完成繁重的学习任务。而她们，把学习和训练的平衡做到了极致。目前，这支队伍中的队长林婷婷，球队的组织者，投手，球队核心，一级运动员，特招进入西安体育学院；蔡依纯，二垒手，球队奔跑最快的人，考入江西师范大学；冯旖璇，左外场手，球队最后一道坚不可摧的防线，考入广东医科大学。"特别令人感动的是球队一垒手，高三吴祖儿，出发前已经生病，本来建议她放弃这届省运会，可她本人和父母坚持支持她参加比赛，不放弃，带病坚持比赛，很好地完成一垒手防守任务。"还有高三（20）班付家慧，捕手，穿着厚重的护具，是场上除了投手最辛苦的人，酷暑高温，穿着护具，赛后基本虚脱，没有一句怨言和放弃，坚持到最后，扑球膝盖都磨出血了，没有一句痛。曹野教练为她们给出了最高的评价："其实每一个孩子都很拼命，训练都很刻苦，缺一不可。"

当然，一中女垒的成功离不开每一位教练的付出和心血。主教练曹野，从队伍的成立到每天的训练到每一场比赛的细节，全部事必躬亲，可以说，他把全部的心血都花在这支队伍上，像带自己的孩子一样带她们；助理教练何嘉政，1月份做的大手术，3月份开学后顶着身体的不适坚持每天过来带队训练。助理教练符强雄，赛前一周摔断手臂，休息两天，打着石膏坚持来队训练，每天忍着疼痛。赛期坚持要跟队去比赛，最后随队前往英德参与比赛。比赛期间痛风发作，打着止痛针，坐着轮椅到场参与比赛指挥辅导。正是有这样的教练团队，才有这样顽强拼搏的一中女垒！

女排精神是中国精神的一座丰碑。顺德一中组建一中女排，传承了精神，丰富了文化。女排姑娘刻苦训练，攻坚克难；不畏强手，勇争第一。赛讯不断，捷报频传，激励了一中学子崇尚一流，追求卓越；而女垒是新生事物，项目的引进代表了一种开放包容，求新求变的精神气质。学校两大品牌体育项目，在实施师生体育教育、倡导健康生活理念、培育团结拼搏精神、促进学生全面发展、塑造学校品牌形象、构建学校精神文化等方面，光彩夺目，助力非凡。

六、青春挥洒在体艺节

顺德一中体育艺术节是在学校德育部门的统一安排指导下，在每年11月左右开展，学生部分由团委体育艺术部负责具体实施，教师部分由学校工会负责具体实施。顺德一中体育艺术节坚持"自主性、参与性、展示性"三个特点，主要包括田径运动会、校园十佳歌手比赛、校园才艺大赛、舞台设计大赛、励志歌曲合唱比赛、主持人风采大赛、家校联谊体育活动、教工趣味运动会以及班级集体运动项目等子活动。

区别于一般的体育艺术节，顺德一中体育艺术节是由一中学子自主组织、主力承担组委会工作和裁判工作的。2022年11月9日，2022年体育艺术节，经过师生们一个多月的精心策划和筹备，在一片如火的热情中拉开序幕。在紧张地筹备中，通过老师的帮助与支持，学生组委会积极调动了十大部门的力量，与六大类社团骨干和年级分会干部一起完成了这次体育节的筹备。顶着这样的工作压力，活动能如期顺利举办，离不开所有工作人员的付出与合作，离不开

顺德一中2022年体育艺术节开幕仪式

学生组委会的科学统筹。本届体育艺术节，从组织、策划、实施都体现着一中学子的自主自为和主人翁意识，彰显着顺德一中"知行合一，体验内生"的德育理念。

开幕式上，最引人注目的当是与学校领导、嘉宾同坐主席台上的学生组委会。他们是本次活动的主要组织者和执行者，主力承担组委会工作和裁判工作，用切实的行动在学校这个大舞台上充分发挥学生的主人翁意识。学生组委会主任高二（17）班程萱表示："本届体艺节从10月11日召开前期筹备第一次会议到最终敲定方案，总共经历了6场筹备会。在这样短的时间里，通过老师的帮助与支持，学生组委会积极调动了十大部门的力量，与六大类社团骨干和年级分会干部一起完成了这次体育节的筹备。顶着这样的工作压力活动如期顺利举办，离不开所有工作人员的付出与合作，离不开学生组委会的科学统筹。"

除了体艺节台前幕后自主自为的工作人员，赛场上拼搏奋进的运动健儿也值得我们学习，他们是一中体育精神最生动的诠释！2020年体艺节期间，高一新生梁杏意在女子100米和200米比赛中夺得桂冠。接受采访时，梁杏意同学强调说："我告诉自己，别人永远只会记得第一名。"她介绍自己的经验："赛中脑子只有赢，没有紧张。"她严格要求自己，坚定着"赢"的原则，在赛场上一骑绝尘。每当裁判挥下旗子，她总会爆发出让人惊叹不已的力量，直冲第一，不给对手任何机会。100米、200米比赛，最考爆发力，爆发力并不是一朝一夕就能拥有，而是需要没日没夜地训练，需要夜以继日地练习，也意味着需要异于常人的毅力和耐力。

当谈到体育精神时，梁杏意同学表示在这次体艺节中，她深刻地领悟到体育竞技本该有的精神：即使知道自己被别人超越，但仍坚持不懈。这种坚持到底、一心向前的拼搏精神，不仅仅只是体育竞技精神，不仅仅只在运动员身上出现，很多一中人身上都闪耀着这种义无反顾、勇往直前的光，梁杏意同学只是其中一个缩影。就是这种精神，支撑了一代又一代的一中人在赛场上、考场上，创造出所向披靡，无可匹敌的成绩。这种精神值得被我们铭记和学习，值得我们在学习和生活中秉持。而这，也正是顺德一中举办体育艺术节的意义所在，也正是顺德一中张力无限的体育文化的重要内涵。

七、体育社团，绽放活力的舞台

　　顺德一中是一所社团文化浓厚的学校，学校社团至今已发展成为包括文化、科技、艺术、体育、技能和特色等6大类47个组织1000多名社员的"航空母舰"。所有社团都配备了经验丰富的指导老师，并由社团联合会负责所有社团的日常管理。其中，顺德一中体育社团就是由一中体育精神文化凝结的一朵仙葩。

　　"学会健身"是顺德一中的校训，同样提醒全体一中人重视体育活动。学会健身挥洒青春汗水，阳光少年彰显体育风采。顺德一中体育类社团，引领一中学子强青春之体魄，健青年之精神，集合了深受一中学子喜爱的八项体育运动，以学生为主体，以兴趣为动力，以运动为特色，包括羽毛球社、乒乓球社、田径社、篮球社、足球社、台球社、排球社、软式棒垒球社。

　　顺德一中羽毛球社，成立于2015年。崇尚奥林匹克运动精神，发扬"友谊第一，比赛第二"的竞赛精神。宗旨是"敢于竞争，敢于挑战，敢于拼搏"，让每一位社员可以在互相切磋中精进，在互相扶持中增进友谊。

　　顺德一中乒乓球社，成立于2021年，是富有活力而志向远大的新社团。球桌上乒乒乓乓的击球声，是他们梦想的声音。社团旨在强健体魄，以球会友，希望乒乓球社能够成为各位球友梦开始的地方，也能为各位的未来推波助澜，书写自己的人生。

　　顺德一中田径社。社团主要活动分两部分，第一部分是日常训练，包括长短距离跑、跨栏跑等，以及跳高、跳远、铅球。第二部分为比赛，比赛时间根据本区田径赛事而定，所有社员在比赛中均会全力以赴，为校争光，将"学会健身"的校训精神践之于行。

　　顺德一中篮球社，由热爱篮球的一中学子建立，是历史悠久的社团，经常举办各类的篮球活动，如班级篮球赛等。篮球社每年都为校篮球队选拔球技出色的同学参加顺德区篮球比赛，为学校争光，弘扬了团结一致，积极进取的社团精神。

　　顺德一中足球社，致力于顺德一中学生足球运动的发展，促进学生足球竞技水平的提高，丰富我校的校园文化生活和课外生活；同时选拔具有一定足球基础的同学组成顺德一中足球队，发扬团队协作的体育精神。我们一起享受足球，以球会友，交流球技，增进友谊。社团口号是"草根足球，越踢越欢"。

顺德一中台球社，于2015年9月创办，是一个致力于宣传与发展台球文化的社团。社团定期举办各类台球交流赛，让更多的台球爱好者在比赛中比拼球技、增进友谊、享受活动带来的乐趣。

顺德一中排球社，是一个能带给大家活力和轻松的社团，让大家在紧张的学习生活中通过排球来释放压力。社员们在社团活动中不仅学到一些运动技能，更能培养团结协作的合作精神，磨炼坚持不懈的意志。不断学习，不断进步，提升自己，发展友谊。

顺德一中软式棒垒球社，这里是软式棒垒球爱好者的集中地。软式棒垒球是一项安全性高、趣味性强、规则简单的运动，也是一项培养团结协作精神的运动。社员们在一起体验运动的快乐与团队的协作，增强集体凝聚力。

八大社团不仅是一群运动爱好者的集结地，更为顺德一中体育活动的丰富发展贡献了一份重要的力量。学生们不仅在运动中锻炼身体，还在活动策划和社团运作中收获能力。

篮球社社长祝浩哲谈到自己的在篮球社的成长："篮球社集结了校内热爱篮球的同学们，他们一起打球，一起交流球技，一起组织比赛，他们组织的班级篮球赛、3v3篮球赛，都激发了同学们对篮球运动的兴趣。担任篮球社社长的这一年，我组织了几次活动，积累了很多经验，从中学会了很多，我明白我们不能只是努力地工作，更要聪明地工作，作为领头人，要善于领导工作，发挥团队的优势，因为团结才是力量！"

台球社社长林俊超也在社团工作中深有感悟："过去的这一年，本人有幸成为台球社社长，对于我来说，这是一个在热爱中成长的过程。在处理社团事务，策划和组织比赛的过程中，我提高了自己的办事能力，在服务他人中成就自我，在这个充满热爱的集体中，我也感受到了团队力量之强大，在我们的共同努力下能让这个小社团不断成熟，不断发展壮大是我这一年来最大的收获！"

除了日常活动，八大体育类社团还是社团文化节中的最有活力担当。社团文化节是一个让各类社团充分展示风采和成果、让一中学子展示个性和多样发展的大舞台，如今已成为顺德一中富有特色的品牌活动。一中多元的体育运动文化，就在社团文化节中得到展现。

八、多彩体育大课间

多彩体育大课间是顺德一中一直开展的一大特色活动，激发着同学们对于运动健身的热爱，丰富了同学们的课余生活，让学生在高中繁忙的学习生活中展现青春的活力与魅力。汗水是青春的证明，口号是青春的赞歌。每当9:15的下课铃声响起，洋溢着青春激情的口号声回响在一中校园的上空，同学们组成班级方阵，昂扬斗志，步伐整齐，环绕着一中湖热情跑操，成了大课间里一道亮丽的风景线。

除了每天必不可少的跑操锻炼，每逢周三的活力大课间，同学们还能自主选择喜爱的运动开展体育锻炼。广场上，还有备受瞩目的社团展示活动，如，唱歌、跳舞、原创rap表演等，常常引得欢呼声连绵不断，同学们跃跃欲试。

韩语社的随机舞蹈活动是最受学生欢迎的社团活动之一。每当下课铃一响，同学们从不同的方向升旗广场涌来，迅速、有序地围成了一圈。只见韩语社的成员们放好音响，伴随着同学们的欢呼声开始起舞，不时还有一些围观的同学加入其中，一起共舞。活力大课间不仅为社团提供了一个展示社团成果的平台，也为不少非社员的同学们创造了一个展示自我、发展特长的舞台。

多彩体育大课间自开展以来，一中师生热情高涨、参与度高，在校园内营造了浓厚的运动氛围，让"学会健身"的校训精神在青春的汗水中绽放。学生们在采访中表示："大课间的时候就是特别快乐，因为它让我身心更加放松，让我的身体得到锻炼。""大课间使我能够从繁忙的学业中抽出时间提升身体素质，同时释放压力，是一个放松的好机会。""我校大课间活动丰富多彩，既可以参加社团活动展示自我，也可以自主开展体育锻炼，例如，打羽毛球、跑步，等等。我每天都很期待大课间的到来！"

向阳而生是一中体育文化的精神，张力无限是一中体育文化的内涵。除了"一中绿道""拔萃篮球公园""三年千里跑步健身计划"，还有"两大招牌一节多社团"，顺德一中的体育文化还在不断地建设与发展，在不久的将来，将会有一座全新的室内综合体育馆在我校建成。相信"学会健身"这四个大字不仅只是坐落在一中校门旁那庄严的校训，更会成为每一个一中人心之所向，身之所行的信念。

第十四章
顺峰畅想：学校文化的审视前瞻

"求木之长者，必固其根本；欲流之远者，必浚其泉源。"文化育人已经成为新时期教育教学的重要课题。112年厚积薄发，百年一中，春风化雨；新时代再踏新程，扬鞭奋进，正当其时。

一、顺德一中学校文化建设的若干经验

在长期的办学实践中，顺德一中以学校文化建设为着力点，立德树人，培根铸魂，取得了些许收获。

（一）学校文化的根本在于立德树人。学校文化建设的最高纲领和根本指针是党的教育方针，是立德树人的根本任务，是"为党育人，为国育才"的方向指引。顺德一中的学校文化建设，从"奠基"到"卓越"，始终贯穿这一根红线，也唯其如此，学校文化建设才能保持方向正确，为文化育人提供基本保障。

（二）学校文化的源泉在于实践和积累。陶行知先生说"生活即教育"。生活处处皆文化，学校处处皆文化，点点文化皆育人。学校办学，需要从学校的历史传承、自然环境、人文环境、资源禀赋、管理方式、师生行为、教学特色，乃至于每一栋建筑、每一处绿化、每一面墙等方面和事物中探寻文化的存在，挖掘文化的基因。校长要成为文化建设的有心人，善于通过聚沙成塔，集腋成裘的过程，丰厚学校的文化积淀。

（三）学校文化的根脉在于传承与发展。郑板桥的《新竹》诗中写道："新竹高于旧竹枝，全凭老干为扶持。下年再有新生者，十丈龙孙绕凤池。"习近平总书记也多次引用古语"以古人之规矩，开自己之生面"。学校文化建设，非常强调文化的传承和发展，任何文化虚无主义、历史虚无主义，终将在文化建设上一败涂地。必须对学校的办学历史心存敬畏，研究分析，然后"站在巨人的肩膀上"，在继承的基础上发展，学校文化建设才可能有基点、有故事、有内涵、有品格、有建树。

（四）学校文化的重心在于提炼和总结。苏轼在其名篇《石钟山记》中，分析石钟山没有广为人知的原因时写道："士大夫终不肯以小舟夜泊绝壁之下，故莫能知；而渔工水师虽知而不能言，此世所以不传也。"能言说，会表达，善于提炼总结，甚至拔高提升，是校长学校文化管理的一项必备工作，也是学校文化建设的"牛鼻子"。我们看到，很多学校用"水""花""木"等具象的事物，概括、凝练学校文化，并依此作为育人的核心要素，值得借鉴。

（五）学校文化的功用在于濡化和塑造。学校文化的育人功能，一是濡化。学生置身于高品位的学校文化环境中，无时无刻接受优秀的文化滋养，润物无声、耳濡目染、见贤思齐、春风化雨。二是塑造，学校通过有意识的文化建设和文化活动，向学生传达真善美，并内化为学生的价值观和自觉行为。顺德一中依托丰富的学校文化资源，开发了"知行合一，体验内生"的德育课程体系，教育效果显著。

（六）学校文化的生命在于创新与致用。《礼记·大学》有一句话，苟日新，日日新，又日新。学校文化建设是一个绿色生态系统，有一个动态更新的过程，与时俱进，吐故纳新，是学校文化的永葆生机的源泉。以常用常新的学校文化，浸润生命，涵养学校，文化育人的效果才会有如源头活水，生生不息，永不枯竭。

二、关于学校文化建设的未来畅想

"为学生一生发展奠基"是顺德一中的学校文化底色。我们紧紧围绕"奠基"这个关键词，把握"立德树人"的根本旨归，挖掘学校文化的深厚积淀，链接学校文化建设的多方资源，定位于现代学校治理的主题情境，尊重学生主体性和参与性，回归"五育并举，全面发展"的教育的本真，形成具有自身特色的学校文化。

"崇尚一流，追求卓越"是顺德一中学校文化的价值取向。我们聚焦于"卓越"的目标，致力于培育能够担当民族复兴大任的"时代新人"：他们有自信、遵道德、讲奉献、重实干、求进取，德智体美劳全面发展，综合素质卓越，才华献给祖国，贡献造福人类。

同时，我们深知，顺德一中的学校文化探索，依然不免于粗浅，对标国内一流中学，我们尚有许多工作要做。未来数年，我们须立足品位，建设更加雅致大气的学校文化；呼应校情，建设更有一中特色的学校文化；对接顺德，建设更有乡土情怀的学校文化；面向世界，建设更加开放包容的学校文化；勇立潮头，建设更具时代精神的学校文化。

三、结语

百年一中，正当年轻；使命担当，当仁不让。文化育人，是顺德一中始终不渝的育人方向。我们将继续坚持"为学生一生发展奠基"的办学观、"让学生站在学校中央"的学生观、"让老师站在教育前端"的教师观、"让学校勇立改革潮头"的发展观，提倡"我在，一中更精彩"的价值追求，弘扬"崇尚一流，追求卓越"的一中精神，以优秀的学校文化，构建"一中人"的精神高度。

为学生一生发展奠基，构筑了顺德一中学校文化的底色，以此出发，从"奠基"到"卓越"，依"卓越"而"奠基"。我们一直在奔跑！

附录一

一中赋

李良晖

　　清之季世，教育维新，科举废，学堂兴，于是五山之抱，顺中应运而生。辛亥孟春，初基肇焉；前挹青云，接凤城之文脉；左环桂水，通时代之潮音。欣见莘莘学子，超六艺而格物致知；济济多士，习百家而驾舟学海。斯文所荟，丽泽邦家。

　　建校以来，人才辈出。志风云则有成仁烈士，标史册之光；许家国更多各界精英，揭人生之帜。忆昔跃进声雄，忘我且毋畏开山劈石之艰；工农情热，投身颇悟上山下乡之旨。至如升学著绩久劳父老口碑，是皆家喻户晓而留岁月之光者焉！

　　迨乎云风幻变，孔氏或不保其宫墙；红羊话劫，庶民且不免于厄运。顾我一中亦每同国步之艰而雾失其途矣！所幸玉宇澄清，洙泗弦歌终不绝黄钟之继；则时风时雨涤荡又有胜乎润物无声！长校者知时驭势，执教者敬业善导，学校浸浸乎如日之升矣！

　　际兹日丽南离，风馨华夏，环宇迎世纪之新，顺德张腾飞之翼。政府念兹育才兴国之业亟宣与时俱进以副当代之期！乃促校址东移，以展基址、新面貌、扩规模、壮瞻视。且喜百年薪火，仍钟泮水之灵；满圃繁花，擅河阳之胜。珍历史宝贵之传承，叶敢先天下之和声。立德树人，追求卓越，则"四会"为宗；求是创新，崇德尚雅，惟校风是则。爱国存诚，继艰苦奋斗之精神，摒纨绔骄娇之习气。蕴兼济之情操，立治平之远志。哲云我材有用，易曰自强不息。所以永葆青春而长续史篇者，良有以也！岁月留声，摘情为赋，风

华演绎,拭目将来!辞曰:

  有鸟东翔,振振其羽。赍志青云,卓尔不群。

  息而养气,鸣则惊人!十年际会,百载传薪。

  博学慎思,笃行求真!修身务本,据德依仁。

  文战时捷,业精于勤。芝兰并茂,桃李争春!

  五山子弟,彧彧乎文!

顺德一中校友楼记

李健明

1911年2月，"顺德公立中学堂"定址大良学宫，开班上课，并呈准省学务处立案，为顺德近代教育之肇始。

其后百年，校址屡迁，校名数变，而名师彬盛，俊杰荟萃；传道引善，授业解惑；教学相长，疑义互析；春风化雨，桃李芳馨；薪火相传，未尝改易。

务实奋进、乐观远谋之顺德精神，浇铸不苟不息、层楼更上之一中气质。历百年光阴，经沉浮世事。育英才，老师初心未改；沉潜砥砺，学生事不避难。故弦歌未绝，桂枝屡折，革故鼎新，气象万千，渐成"崇尚一流，追求卓越"之现代校风。

迩来三十载，尚"学会做人，学会求知，学会办事，学会健身"之校训，代代俊彦春雨细沐，播火传薪。自励自奋，德才兼备，身心谐顺，矢志强邦。

立校以来，社会关怀，无微不至；政府领导，鼎力助推；学校图治，再接再厉；一中学子，龙翔凤翥，立足家乡，心怀广宇。名师躬耕，培砺德；学子敏行，修齐治平，共襄岭南之杏坛沛然盛状。

桂畔海作砚池，书写百年壮史；顺峰山舞彩笔，绘就千秋宏图。承百年精神，启教育新篇，"为学生一生发展奠基"，为国家化英育才，顺德一中定能承前启后，再铸辉煌。

附录二

奋进的一中更精彩

——顺德区第一中学2022年新年献词

阳光灿烂,大地流金。顺峰山上,草木枯黄泛新绿;桂畔海边,浪涛淘尽又激起。

伴随着新年钟声的敲响,走过110年书香芳华的顺德一中,迎来了全新的2022年。

回望2021,"多少事,从来急。"

这一年,中国在大潮流、大格局、大历史中把握前进方向,高举构建人类命运共同体旗帜,在世界大变局中勇毅前行。伟大的中国共产党携百年初心、历久弥坚的责任担当,庄严宣告实现第一个百年奋斗目标,在中华大地上全面建成小康社会;党的十九届六中全会胜利召开,总结百年经验,引领开拓致远;脱贫攻坚取得全面胜利,党史学习教育锻造不朽精神;中国人首次进入自己的空间站,实现碳达峰碳中和明确时间表路线图。中国巨轮,在2021的航线上,留下了精彩纷呈的航程。

一中与祖国,从来休戚与共,演绎一样精彩。

2021,是吐故纳新的一年,也是近悦远来的一年。顺德一中校园环境焕发新姿——在区委区政府、社会贤达和广大校友的大力支持下,图书馆、校友楼、生态园焕然升级,学校后山化身公园,环校绿道靓丽铺展,新教学楼和艺术楼、十余个三人篮球场即将跃然呈现。顺德一中教育集团阔步向前——年初,区委区政府高规格举办顺德一中教育集团化办学提升发展项目发布活动;年中,顺德一中教育集团喜迎新成员;年末,顺德一中教育集团获评首批省级优质基础教育集团培育对象；顺德一中师资建设大获突破——正高级教师、特级教师人数增至7人，省名校长、名班主任、名师工作室达到3个，引入博士研究生、清华生、世界名校毕业生等，应有尽有。

　　2021，是初心如磐的一年，也是繁花似锦的一年。一中人，始终坚守"为学生一生发展奠基"的办学理念，"学会做人、学会求知、学会办事、学会健身"的校训，"崇尚一流，追求卓越"的一中精神，矢志耕耘，上下求索，不负韶华，不辱使命。2021年高考，6人上清北线，6人进入全省总分前50名，9人进入全省总分前100名；荣获顺德区普通高中教学成果突出贡献奖、顺德区办学绩效评估全区第一名、省中小学校本研修示范学校、省排球锦标赛冠军、省棒垒球锦标赛亚军、省艺术展演赛第二名；周祥奉老师获评省"特级教师"；姜勇军老师获评"南粤优秀教师"，陈生聪老师获评区"特殊贡献教师"，何颖瑜、王瑶、甘成质等三位教师参加省教学能力大赛，悉数进入五强，总成绩居全市之冠！

　　2021，是承续文脉的一年，也是宣示未来的一年。年末，建校110周年庆典如约而至，简约高效、庄重热烈。市委常委、区委书记刘智勇同志出席盛典，副区长柯宇威同志发表讲话，亲切关怀，令人鼓舞。庆典见证顺德一中110年的风雨沧桑和光荣梦想，110年的奋发图强和桃李芬芳。"承百十载岭南文脉，铸一中人卓越本色。"我们以优异的成绩和庄重的仪式，担当了岭南文脉的薪火传承；我们也以昂扬的斗志和奋进的姿态，踏上了下一个百年征程的全新起点。

　　涛飞江上，扬帆远航。历史长河的澎湃大潮，推动着我们前进的脚步！

　　风雷激荡，气卷万山。光辉未来的灿烂朝霞，召唤着我们前行的脚步！

　　奋进，是一中人的姿态；精彩，是一中人的底色。

　　奋进2022，我们有志不改、道不变的坚定。乘顺德教育"四好"工程的浩荡东风，百年名校与百年大党和谐共鸣，同频共振，为党育人，为国育才；党旗，见证我们不变的初心；红色，铺就我们永恒的信仰；建设区域龙头、领跑湾区、立标全省的卓越高中是我们不变的追求。

　　奋进2022，我们有勇担当、勤作为的干劲。强师铸魂，立品求真。打造一流名师团队，扩大尖优生规模，巩固卓越高中成果，升华教育集团品质，是我们一中人奋进的节奏，铿锵的步伐。

奋进2022，我们有求创新、敢超越的魄力。顺德一中，素来善领风气之先：创办教育集团、实施"互联·深度"教学改革、建设少年科学院、聚焦创新拔尖人才培养、引进清北博士教师集群……未来的顺德一中，将争当改革者、创造者、领跑者，用奋进的力量，变"不可能"为"可能"，用奋进的力量，将梦想变成现实。

苟日新，日日新；卓越为念，笃定向前。

2022，未来已来。这是一段充满希望的新征程，我们热情拥抱，仰望星空畅想，脚踏实地耕耘。

2022，风帆已张。这是一段充满挑战的新征程，我们蓄势待发，昂首团结奋进，实干续写荣光。

我在，一中更精彩；奋进，一中更精彩！让我们沐浴着2022年第一缕朝阳，蓬勃出发！

祝一中新年顺景，桃李争荣！

祝一中人新年进步，虎步龙骧！

祝关注一中、支持一中、鼓励一中的每一个人新年快乐，平安顺遂！

心之所向，无畏向前

——顺德区第一中学2023年新年献词

2022年底，最强寒潮，呼啸而来；

2023年初，无限春意，盎然新生。

历史的车轮滚滚向前，虽程途险远，但绝不回头；

奋进的旋律激越回荡，虽风雨考验，但绝不停留。

沉舟侧畔千帆过，病树前头万木春。

这一年，我们更亲眼见证了以习近平同志为核心的党中央统筹国内国际两个大局，在中华民族伟大复兴历史进程中写下浓墨重彩的一笔：万众瞩目的北京冬奥会、冬残奥会成功举办，搭载问天实验舱的长征五号B遥三运载火箭直冲云霄，"一总三分"的中国国家版本馆盛大落成，特别是党的二十大胜利召开，为新时代的中国逐梦航程擘画宏图、引领航向……一个焕发青春朝气的民族，一个充满蓬勃生机的国家，正巍然屹立在世界的东方。

不确定的世界，确定的中国；不确定的外部环境，确定的顺德一中。

2022年，顺德一中与伟大的祖国同频共振，与顺德教育血脉相通。佛山市普通高中特色多样高质量发展"双高"行动扬帆起航，区委区政府关于顺德教育发展的"四好"工程深入推进，顺德区教育事业"十四五"发展规划引领未来。顺德一中因时而动，因时而变，日夜兼程，只争朝夕。

春风得意马蹄疾，一日看尽长安花。这是见证初心的一年，也是续写荣光的一年；这是埋首耕耘的一年，也是书写卓越的一年。

我们牢记使命，担当作为，承续岭南文脉，建设龙头标杆。2022年，顺德一中教育集团入选广东省首批基础教育集团培养对象，我校在区属公办学校绩效考核中再度获评第一名，并获顺德区先进学校、顺德区优秀学子培养团队、顺德区2022年高中教学质量优秀奖、顺德区中小学办学质量考核A等次等多项荣誉。被北京师范大学等著名高校授予"优质生源基地"称号。喜获各项荣誉大满贯。

我们为党育人，为国育才，潜心立德树人，矢志追求卓越。2022届高考成绩高位稳定，九成以上学子梦圆名校；2022年7月，佛山市普通高考总结分析研讨会在我校举行，顺德一中优异的高考成绩普获各界盛赞。2022年，我校学子获国家级奖项115项，省级奖项327项；艺术团、女子排球队、女子垒球队出征夺冠，战必凯旋。

我们不忘初心，接续奋斗，深耕三尺讲台，铸就名师风采。2022年，一中教师获得教学科研类国家级奖项22项，省级奖项86项。罗士裤老师被评为正高级教师，谢扬科老师被认定为首届"佛山市文化英才"，赖良才、江蕊、郭婷老师分别被评为佛山市教育系统先进教育工作者、优秀教师和优秀班主任，李智老师获顺德区2022年度"我最喜爱的老师"称号。25个名师工作室继续领跑佛山。青年教师王瑶等7人被评为佛山市中小学学科优秀青年教师，罗筠怡、彭正英、吴浪思、卢碧妍等4人获佛山市中小学教学能力大赛一等奖第一名，顺利进军省赛。张耀雄、李莎莎等8人获"佛山市教学能手"称号。教师获奖人数、获奖质量居全市前茅。

我们敢于创新，勇于突破，特色内涵发展，成就名校风华。2022年，我们进一步探索"现代书院制"育人模式，少年科学院、凤山书院、九章书院并驾齐驱；通过全国奥赛集训、与华南理工大学机器人创新基地合作等形式完善拔尖创新人才培养模式；顺德一中家庭教育研究中心揭牌，家校共育平台发布，备受关注。

这一年，我们一中人踔厉奋发，笃行不怠，在建设"立标省内、领跑湾区的高品质岭南名校"的征途中阔步前进；一中人的集体智慧、团结奋斗、坚定勇毅和优化革新，汇聚成了顺德一中磅礴向前、腾飞向上的精神力量。

携此力量，我们将大力推进拔尖创新人才培养。党的二十大报告中提出："坚持为党育人，为国育才，全面提高人才自主培养质量，着力造就拔尖创新人才，聚天下英才而用之。"拔尖创新人才的培养，是国家发展的大计，也是一中立校的根本。我们将大力推进五大学科竞赛培优工程、数学核心课程建设计划、优化高考备考方案、探索多元成才培养机制等，推进教育教学质量迈上新台阶。

携此力量，我们将加速布局更高水平人才战略。在2022年中业已引进多名"清北"名校生的基础上，2022年底，我们再次引进至少三名"清北"毕业生和两名博士研究生，继续引进高水平学科竞赛教练和各类高层次人才，"让优秀的人培养更优秀的人"，让更多更高端的教师资源嘉惠一中学子。

携此力量，我们将不断推进更深层次综合革新。我们将积极推进学校提质扩容，美化校园环境；将深研顺德文脉，讲好一中故事；将聚合集团力量，促进学段贯通；将强化示范引领，建功教育帮扶。

2023年，心之所向，无畏向前。党和国家为我们廓清前路、引领航向，为我们创造和平，缔造安定；我们将无畏险阻，勇毅向前，昂扬斗志，整装出发！

经历2022年的我们，穿行在历史的经纬中，奔流在时间的山川里，我们终会迎着光，扬起桨，坚定目标和方向；

迈向2023年的我们，走过静默伫立的"智慧之门"，昂首迎面而来的孔圣塑像和书香之城，我们依然涌动着一中人的初心和热血——崇尚一流，追求卓越。

冬至阳生春又来。2022年12月28日12时，佛山地铁3号线首通段正式开通运营，"顺德一中站"跃然登场，一中进入"地铁时代"。搭乘这趟开往春天的地铁，顺德一中正朝着更加美好的明天迈进！

附录三

弦歌弘懋业　百十谱芳华
——顺德一中辛丑芳华录暨建校110周年记盛

2023届高三（18）班　欧阳晓莹

南粤名黉，声华丕著；
一中灵地，长续弦歌。

公元二〇二一年，
顺德一中值建校百十年，
云端共庆，
万人同襄。
弘岭南之文脉，铸卓越之本色；
颂名校之芳华，继先贤之懿范；
承凤城之古韵，扬时代之风帆。

时维畅月①，序属冬杪②；
水钟清秀，土孕瑰奇；
校史薪火，迭代迢遥。
谢公领军执纛，运筹帷幄；
师生笔耕墨舞，与迎盛典。
砖色盘桓圈金壤③，学堂艺苑黛华妆；
鞠城球馆易貌相④，后山焕景惜流光；
藏书阁别开生面，校友楼修葺如新。

183

眺睹翡丘翠木，扬一城渥沃；
侧聆清溪镜渌，泛岭南清波。

是日也，
大典既张，市区领导拨冗莅临，礼赞斯文；
学府隆庆，各域贤达契阔礼堂，共襄盛举；
全球直播，四海宾朋聚目嘉祥，齐蔚荣光。

顾牛岁澜光媚碧堤，区府高擎教改旗帜，肇庠序之基[5]；
待秋菊裛露掇群英[6]，联盟翁祐齐步踔厉[7]，弘广达之行；
及冰月乍晴放红蕊[8]，集团载誉省府教厅，跻优培之列[9]。
至若兼济贵黔，传教授知，
帮扶台江[10]，兴学育才，
携通两地千里韵，
益彰一脉九州情。

谢公领军，勉师以贤；
青蓝接力，锻良追远。
丰稔嘉年，
适逢中国共产党百年华诞，
晔如扶桑[11]，
气贯长虹。
习百年党史，初心焕彩；
摹宏图懋业，谢公[12]领衔。
坚守课堂主阵地，
锻造思政新铁军。
淬炼坚贞信念，立德树人；
传承红色基因，培才报国。
秉丹忱，酬壮志，师生歌嗣响[13]，献礼中国共产党；
追绮梦，臻气象，征文叙家国，展演振奋后浪[14]。

树蕙滋兰，春风化雨；
俊采星驰，骐骥腾跃。
仗青春意志，全面发展臻卓越；
赖鸿儒培育，英杰辈出占鳌头。
千百一中学子，
同乘旭日清风。
高考之仗竭鸿猷[15]，
拿云翘楚蜚声长[16]。
师生同心，
奋翮名校[17]。
高优九十有三，
清北六生逾线[18]。
赫奕者陈师生聪[19]，
铸梦魂，励后昆，
当授"卓越"之称[20]。
承托者高三师生，
担使命，赴征程，
实属"最美"之群。

体呈劲节，艺更精专；
动若脱兔，势如破竹。
女排七蝉桂冠，
女垒省赛夺亚，
艺团获誉省二[21]。
亦有杜、廖良师，
育李培桃铸器[22]。
凤麟才骋，
风格独具。
傲取艺峰美誉，

焕衍名黉气象，
永烑英杰华堂[23]。

喜鸿儒之齐聚兮师伍勃兴；
观英才之广育兮师储功成。
星燧贸迁[24]，清北名校俊彦雅集一中教坛；
播梓种楠，正高特级大师闪耀名校风采。
一中名师之众，
一时甲秀全区。
扬馨吐秀契初心，
长兴骏业续锦章。
及至省青赛捷报喜传，
一中人群情振奋。
学科群贤拔头筹，领冠佛山；
翘楚三杰进五强[25]，蜚声南粤。
名课旗手硕果盈枝，
品牌教研特色[26]显著。
正可谓：
专业拔尖，英才崇实；
翼举高天，声振湾区；
名师工程，频传凯声。

辛丑一岁，伴孺子牛时光静好；
名师二匠，领工作室驰誉岭南。
谢公育德培仁，承道传薪；
李师励志著书，厚弘专业。
此二者，
外汲底蕴，
内培英才。
企立芸芸师者，

旗舞赫赫朝阳㉗。
至于周、姜二师，
腾龙骞凤，铸今熔古，
德高业精，诚当省誉。
亦有赖、吴诸师，
躬耕杏坛，术业专攻，
纵横学界，驰名区府㉘。
一中能师，尺缣难述；
杏坛之盛，可见一斑。

砥砺颖锋百十年，
最是风华一中人。
四会为宗，卓越是则；
五育并举，奠基人生。
传道授业传高风，
赟志㉙振铎育英才。
细数辛丑足迹，快慰人心，
躬逢葳蕤盛世，幸哉吾侪。
踔厉奋发，继起创新致远，
笃行不殆，新岁更上层楼！
秉笔为文，以志纪念；
仰诸师生，盍自勉旃㉚！

注：
①畅月：农历十一月。顺德一中于2021年12月18日（农历十一月十五日）举行110周年校庆庆典。
②抄：末尾。
③砖色：红色。此句讲学校新修的红色环校步道。
④鞠城：汉代蹴鞠场地的一种。
⑤庠序：学校。

⑥袤：缠绕。

⑦翁祐：指翁祐中学。2021年9月，顺德一中与顺德伦教街道翁祐中学签约合作办学，翁祐中学成为顺德一中教育集团新成员。踔厉：振奋精神。

⑧冰月：指冬季。

⑨2021年12月，顺德一中教育集团获评广东省首批省级优质基础教育集团培育对象。

⑩台江：贵州黔东南州台江县。

⑪晔：兴盛，充满生机。

⑫谢公：顺德一中党委书记、校长谢大海。

⑬谓继承前人的事业，如响应声。

⑭指庆祝中国共产党成立100周年，顺德一中举行的党史学习活动、快闪献礼、主题征文、主题展演等活动。

⑮纛：军中大旗。奋翮：展翅。

⑯鸿猷：深远的谋划。

⑰拿云：上揽云霄之意。

⑱此句指2021年高考，顺德一中6位同学超过清北分数线。

⑲赫奕：显耀盛大的样子。

⑳陈生聪老师获得佛山市顺德区2021"年度卓越贡献教师"。

㉑2021年顺德一中女排在广东省中学生排球锦标赛以全胜成绩夺冠，实现省赛"七连冠"。顺德一中女子棒垒球队获得广东省棒垒球锦标赛亚军。顺德一中艺术代表团作为佛山市唯一受邀高中代表团，在广东省第七届中小学生艺术展演活动中，总成绩获全省第二名。

㉒杜永强老师在"第九届广东省版画作品展"上以全省第四名的优异成绩荣获银奖；廖晖老师代表佛山市参加广东省美育教师基本功大赛，荣获全省二等奖。

㉓焕衍：充满。姚：明亮。

㉔星燧贸迁：比喻岁月变迁。

㉕在第三届广东省中小学青年教师教学能力大赛中，顺德一中何颖瑜、王瑶、甘成质代表佛山参赛，全部进入省赛五强，获奖人数居佛山第一。

㉖谷亚楠、邹文孜、林柔莹、李锦欣老师的精品课获得省级奖励。

㉗广东省谢大海名校长工作室、广东省李长福名教师工作室揭牌成立。

㉘周祥奉老师被广东省教育厅授予"特级教师"荣誉称号，姜勇军老师获广东省"南粤优秀教师"和顺德区"我最喜爱的老师"荣誉称号。赖光明老师、吴近昕老师、黄波老师、郑月君老师被评为第八批顺德区骨干学科教师（学科带头人）；廖伟梁老师被评为第八批顺德区骨干管理者，郭婷老师被评为顺德区师德先进个人，林柔莹、陈锟老师被评为顺德区中小学"教坛新秀"。

㉙赍志：怀抱着志愿。

㉚勉旃：努力。多于劝勉时用之。

百年积厚流光　卓越薪火相传

——顺德一中壬寅校史述略

2024届高三（18）班　罗嘉悦

南国水乡，钟灵毓秀；
顺德一中，人杰地灵。
一弹指间，流光瞬息；
寅虎归林，卯兔迎春。
是岁，顺德一中百十添一，
立德树人，因材施教，扬先贤之嘉质；
朝乾夕惕[①]，钻坚仰高，筑南粤之根基。
嘉腾会盟[②]，共造拔尖创新人才；
名家雅集[③]，同挥育人如椽大笔。
创新与人文并举，一中同时代辉映。

习重要讲话之精神，立鸿鹄之志；
施十大行动之计划[④]，明青年之责；
强思想组织之建设，怀济世之心。

夫庠序[⑤]者，教育为本也；
一中者，担当自任也。
大哉百年一中，
南州冠冕[⑥]，鸾翔凤集[⑦]，荣膺[⑧]美名；

兼济远疆⑨，携手近邻⑩，教泽远播；
秀出班行，跻身省优⑪，迈升新阶。
但见一中学子，
逐鹿中原，寒窗苦读圣贤书，卷风云；
数载焚膏继晷，不坠青云志，酬丹心；
胜券在握，举棋若定赴考场，拔头筹。
一朝鲲鹏展翅，抟⑫扶摇直上，斩桂冠。
煌煌⑬典范，力托顺德教育⑭；
殷殷关怀，立标家校协同⑮。
清北名校生执掌一中教鞭⑯，领衔顺德，首开先河；
教改研究者运筹内外远近⑰，科学布局，多元培才。
优秀校友生生不息，焕新一中熠熠生辉。
有丹心报国，共襄冰雪盛事⑱，
有锐气夺人，国际法庭夺亚⑲，
有学养盖世，占位全球前列⑳；
既有恩泽难忘，报以琼瑶，
亦建慈善会站㉑，寸草衔结㉒。
更承优质精华，勇夺鳌头，
高考稳居前三甲，佛山五区共贺㉓；
卓越学子跻名校，高优占比逾九；

莘莘学子携手共进，鱼跃龙门，
代代园丁含辛茹苦，花香桃林。
师资优给，获省市荣誉无数㉔；
学富才高，表论文编著繁盛㉕。
有鸿儒硕学之罗师士祷，文江学海㉖，仰之弥高，授之正高级㉗；
有俊彦大才之江、郭、赖诸师，春风化雨，育李培桃，名列市优秀㉘。
同台竞技搏教学能力，吴、卢诸师脱颖而出㉙；
三尺讲台授毕生所学，辛勤耕耘育新花。

为党育人，为国育才；

四会为宗，卓越是则。

多元培才，五育并举；

文体兼修，奠基人生。

强体魄，三年千里初启动[30]；

炼精神，健身氛围愈浓厚。

更有运动健儿雄姿英发，

动如脱兔，一举夺魁；

势如破竹，鳌里夺尊[31]。

铿锵玫瑰，女排九蝉桂冠，锋芒毕露[32]；

巾帼不让，女垒破旧创新，扬威赛场[33]。

庸中皦皦[34]卓尔不群；

雏凤清声一鸣惊人。

育人模式新探索，

三院并发培英才[35]。

科学高峰无数，内举俊杰[36]外聘名师，科苑一举成名；

凤山春色满园，家骥人璧[37]才高八斗，文坛大展身手；

九章风光旖旎[38]，鸿俦鹤侣[39]才高知深，数理交思驳论。

承岭南文脉，立卓越本色。

一中以文化人，以文铸魂。

其文化特质，谓奠基与卓越；

其文化基因，根深正且苗红；

其文化内涵，集大成而致远。

校园十景[40]，生机勃发。

黉门启智，意蕴悠远，鲤跃荷香，生意盎然。

水蕴芳华，一潭春湖映日月；

楼赋青史，几代贤能写春秋。

望新山之蔼蔼兮[41]，葳蕤[42]如盖春色满园；

观庭院之察察兮[43]，井井有条窗明几净。

喜采水乡瑰貌，掬一渥碧镜清波；
别具南国风情，落一池杏雨梨云。

百十弦歌，风华正茂；
薪火相传，历久弥新。
欣逢盛世，又遇良机；
幸甚至哉，得以侪之。
东隅已逝，桑榆非晚⑭；
只争朝夕，不负韶华。
踔厉奋发，抱凌云之志书华章；
笃行不殆，以磅礴之声颂雄曲。
执笔为文，希冀勉旃⑮，
承幸壬寅，寄意癸卯。

注：

①朝乾夕惕：指终日勤奋谨慎，不敢懈怠。语出《周易·乾》。

②顺德一中与知名创新企业嘉腾机器人合作培养拔尖创新人才。

③举行顺德书法名家雅集，顺德一中建校111周年纪念活动之一。

④指在5月19日，顺德一中团委召开"学精神、担使命、做贡献"专题学习座谈会暨"赓续建团百年志，放飞青春强国梦"十大行动计划发布会。

⑤庠序：学校。

⑥南州冠冕：南方人才中杰出的人。

⑦鸾翔凤集：比喻优秀人才聚集在一起。

⑧膺：承受。

⑨顺德一中教育集团与林芝市广东实验中学签约结对。

⑩顺德一中与佛山市三水区实验中学、茂名市高州第四中学、茂名市高州大井中学分别签署结对帮扶协议。

⑪2022年，顺德一中获得广东省首批优质基础教育集团、顺德区先进学校、顺德区2022年高中教学质量优秀奖、顺德区中小学思想政治教育先进学

193

校、顺德区优秀学子培养团队、广东省基础教育教研基地（2022—2025）等多项荣誉。

⑫抟：回旋而上。

⑬煌煌：形容明亮。

⑭6月，顺德区召开全区教育大会，谢大海校长作为唯一高中校长代表发表演讲；谢大海校长应邀参加佛山市教育局组织的名校（园）长专家团队赴云浮市教育交流活动，并做主题演讲；10月，佛山市基础教育名校长工作室建设经验在线观摩交流培训在我校举行；《南方日报》举行"非凡十年·顺德答卷"系列活动，谢大海校长作为全区唯一教育界代表发表主旨演讲。

⑮9月28日，顺德一中家庭教育研究中心揭牌，家校共育平台正式发布，开启家校合作教育高质量发展新篇章。

⑯2022年7月，来自北大、清华、北外等名校的多名优秀毕业生正式入职顺德一中。6—7月，顺德一中精心安排了全面、规范、实践性强的入职培训，配备正高级教师或学科组长作为学科职前导师。12月，三名来自清华、北大的毕业生以及两名博士生加盟顺德一中，学校师资力量得到进一步提升。

⑰全过程开展各高考学科"三新主题学习"校本研修活动，全面提升教师们应对新教材、新课标、新高考的教学能力和研究水平；"互联·深度"教学改革深入推进。11月25日，校长谢大海面向全省名校长及其工作室团队作了《"互联"赋能 "深度"提质 ——基于"互联网+"未来课堂的顺德范式》的主题报告。

⑱2019届校友欧阳子慧、侯朗彦在北京冬奥会和冬残奥会担任志愿者，积极贡献青年力量。

⑲2020届校友黄泽裔带领中国政法大学代表队在国际刑事法院模拟法庭竞赛（英文赛）国际赛中获得亚军。

⑳2000届高中校友梁俊睿入选"2022年度科学影响力全球前2%顶尖科学家榜单"以及"终身科学影响力全球前2%科学家"排行榜。

㉑4月22日，由1978届校友周伟全牵头成立的宏景英才慈善基金会在顺德一中设立工作站。

㉒寸草衔结：比喻虽然力薄，也当感恩图报。

㉓2022年高考，顺德一中再上新台阶：2022届高考成绩稳中有进，除多项

重要指标继续保持佛山市高中前三甲外，多元培育彰显成效，军警、美术、体育、传媒等全面开花，多名学生考入著名高校。7月27日，佛山市2022年普通高考总结分析研讨会在我校召开，副市长周紫霄、市教育局局长管雪等领导出席，彰显顺德一中教育影响力。

㉔2022年，一中教师矢志一流担使命，爱岗敬业勇钻研，共获得教科研国家级奖项22项，省级奖项86项，市级奖项150项，区级奖项200多项。

㉕教师在核心期刊发表论文43篇，主编和参编专著9部，主持的国家级、省市区级课题结题8项；教师指导的市级、区级学生课题4项，结题优秀率达75%。

㉖文江学海：比喻文章、学问像江海一样深广博大。

㉗罗士祷老师被评为教授级正高级教师。

㉘江蕊老师被评为佛山市教育系统优秀教师，郭婷被评为佛山市教育系统优秀班主任，赖良才被评为佛山市教育系统先进教育工作者。

㉙罗筠怡、彭正英、吴浪思、卢碧妍等4人从佛山市中小学教学能手大赛中脱颖而出，获佛山市一等奖第一名，顺利进军省赛。

㉚2022年2月，顺德一中启动"三年千里"跑步健身计划，在全校范围内营造浓郁的全民健身氛围。

㉛鳌里夺尊：品行、才干高出同类而拔尖。

㉜8月，顺德一中女排勇夺广东省第十三届中学生运动会排球比赛女子组冠军，成为广东省中学生队伍第一个大满贯冠军队，其后在2022年广东省中学生排球锦标赛中再度夺冠，实现省赛"九连冠"的新壮举。

㉝顺德一中女垒在广东省第十六届运动会中获竞技组第三名（金牌），创造佛山垒球项目省运会最好成绩。

㉞庸中皦皦：常人中显得才能特出者。语出《水经注·洛水》。

㉟2022年，在已成立的少年科学院的基础上，顺德一中设立凤山书院和九章书院，并在集团各成员学校设立分院，进一步探索"现代书院制"育人模式新实践。

㊱2022年，我校学子在各级各类学科竞赛中硕果累累，连连获奖：其中，获国家级奖项115项，省级奖项327项。学生在各级各类体艺竞赛中摘金夺银，不断超越。

㊲家骥人璧：喻指优秀人才。语出《诗薮·国朝下》。

㊳旖旎：形容景色柔美、婀娜多姿。

㊴鸿俦鹤侣：比喻高洁、杰出之辈。语出《贡举人见于含元殿赋》。

㊵7月，顺德一中评选出学校"十景"，分别是：黉门启智、鲤跃荷香、水蕴芳华、绿道晨曦、行知修贤、新山曲水、楼赋青史、雅阁书香、积学登高、广场励德。谢大海校长在多场学术讲座中，以"奠基"和"卓越"为主题，阐述顺德一中学校文化特质。顺德一中正以优秀的学校文化，构建"一中人"的精神高度。下文的"黉门启智，鲤跃荷香，水蕴芳华，楼赋青史"为十景之四。

㊶蔼蔼：形容树木茂盛。

㊷葳蕤：形容枝叶繁盛，草木茂盛的意思。

㊸察察：形容干净。

㊹东隅已逝，桑榆非晚：东隅：指日出处，表示早年。桑榆：指日落处，表示晚年。语出《滕王阁序》。

㊺勉旃：努力。多用于劝勉。

后　记

在这个世界上,教育被认为是最光辉的事业之一。我时常为能从事教育事业,并能在顺德一中工作数十载而深感荣幸。

自从接过前辈们的担子以来,我的内心战战兢兢,我的工作也是如履薄冰。这是一种对工作的敬畏:顺德一中如同我的家园,我见证着它的来路,经营着它的现在,也期待着它的明天。我无时无刻不在思考,我该如何做到不负一中,不负时代?

这,注定是一段既艰难又充实的旅途,途中我经历了许多困难和挑战,更幸运留住了许多美好和感动。

怀揣着对顺德一中的这份热爱,同时基于肩头的使命和责任,我萌生了为顺德一中写点儿什么的想法。

"为学生一生发展奠基"是顺德一中的办学理念,"追求卓越,崇尚一流"是顺德一中的学校精神。从奠基到卓越,不仅仅是顺德一中学校文化育人的基本路径,也是顺德一中这所百年老校历经风雨的成长缩影。有感于斯,我终是动笔写下了《胜处是名黉:从奠基到卓越的学校文化行思录》这部拙作,一为记述一中成长历程,并以此表达对所有"一中人"以及各位关心和帮助过顺德一中的各界人士的敬意和感激;二是对这些年的工作做一个梳理,总结出一些校园文化建设的经验。浅薄之见,聊供各位同人交流探讨。

写作本书是一项艰巨的任务,时间紧迫、任务繁重,给我带来了巨大的压力。每天面对着琳琅满目的研究资料和大量的写作素材,我常常感到无从下手，仿佛身处迷雾之中，但我并就此止步。每当我回望数十年的教育生涯，虽然时光倏忽而逝，但许多往事依旧历历在目。小到一位高三老师风湿彻骨仍坚持拄着拐杖来上课，大到学校取得突破性的办学成绩，这些"一中故事"所带给师生们的温暖和感动，足以让我振奋精神，书之为快。

然而，尽管我倾尽全力，我也不得不承认本书存在一些不足之处。由于工作繁重，写作过程中未免存在疏忽之处；受本人水平所限，有关学校文化建设的观点也未免存在偏颇和不足；另外，内容的选取、文章语言的表达和结构的安排也有待进一步提升，未能提供给诸位读者更好的阅读体验。我真诚地希望读者们能够包容这些不足，并给予弥足珍贵的批评和指正。

在此，我要向省校长培训中心龚孝华教授致敬和致谢，他不仅为拙作作序，更为我提出了诸多一针见血的宝贵意见；要向我主持的省级、市级、区级名校长工作室的全体成员、学员致以衷心的感谢，感谢你们在我写作过程中给予的支持和帮助；特别感谢袁永恩副校长和彭伟昊老师，在内容安排和文字处理上费时费力，力求完善。

在此，需要说明的是，拙作的部分素材，来自网络媒体，也参考借鉴了部分同行文字资料，一并对内容提供者深深致谢。

拙作付梓在即，恳请教育道路上的各位同人不吝赐教，让我不断进步。衷心祝愿各位同人工作顺利，生活愉快；祝愿顺德一中桃李芬芳，前程美好！

谢大海于顺德一中
2023年8月